토요일에 눈이 내리면

러시아 현대문학 시리즈 2

토요일에 눈이 내리면

디나 루비나_강규은

하룻밤 새 온 도시의
청소부가 사라져버렸다.
콧수염이 난 청소부,
대머리 청소부, 딸기코를
한 술에 취한 청소부,
울려퍼지는 시끌벅적한…

이야기가있는집

20세기 말에서 21세기 초까지 러시아 현대문학에 대하여

1990년도 러시아 문학은 미학적 · 도덕적 그리고 이데올로기의 큰 변화를 겪는다. 일반적으로 러시아 문학은 '운이 다했다'라고 오해하는 경향이 있다. 정치적 · 사회적으로 혼란이 야기되면서 그동안 억압받고 탄압받던 예술의 자유의지가 쏟아져 나오기 시작했다. 하지만 이러한 상황에서 그 중심점을 찾지 못해 방황하는 모습을 보이기도 한다. 문학 내부의 변화뿐만 아니라, 작가의 역할과 독자들의 취향이 크게 변화된 시기라고 볼 수 있다. 이 시대 러시아 문학의 특징을 살펴보자.

러시아 망명자들의 작품 활동

이들의 주 활동 무대는 베를린, 파리, 프라하, 미국 그리고 아시아 몇 개 국가를 중심으로 수백 명의 시인과 작가들이 다양한 문화 예술 분야에서 활발하게 활동한다. 꾸준히 러시아 밖에서 작업을 해오면서 러시아 내부의 문화, 문학과 상호 영향을 주고받으며 발전한다. 이는 결과적으로 민족문학의 발전이라는 결정적인 역할을 한다. 이때 주목받은 민족문학으로는 플라토토프의 《코틀로반》, 《체벤구르》, 안티유토피아를 다룬 자먀친의 《우리》, 필냐크의 《빨간 나무》, 포르쉬의 《광기에 사로잡힌 배》, 불가코프의 《거장과 마르가리타》, 파스테르나크의 《닥터 지바고》, 아흐마토바의 《레퀴엠》 등이 대표적이다.

소비에트 정권의 붕괴

소비에트 정권이 몰락한 이후 문학과 예술이 자유를 되찾았다. 이로 인해 아방가르드, 포스트아방가르드, 모더니즘, 포스트모더니즘, 초현실주의, 인상주의, 네오센티멘털리즘, 개념주의 등 다양한 사조들이 꽃피우게 된다. 대표적인 작가들로는 사실주의 작가 솔제니친과 마카닌, 포스트모더니즘의 예로페예프 그리고 문학계의 말썽꾼으로 알려진 리모노프가 있다.

새로운 영웅상의 갈망

문학적 자유를 되찾음과 동시에 자발적으로 사회 여론의 전달자로서 인간성, 정신의 개조를 주장하는 교육자들의 권위가 높아졌다. 긍정적인 영웅상 대신 작품 속에 노숙자, 알코올중독자, 살인자로 구세대 낡은 직업군의 인물들이 등장하게 된다. 또한 1990년대 문학은 자유화 물결 속에서 아직 적응하지 못한 시대에 대한 비판적 태도를 갖게 된다. 작가 유리 부이다는 이런 상황 속에 놓여 있는 인물들을 심리학적으로 관찰하고, 갑자기 밀어닥친 자유에 대한 두려움과 공포 등을 다양한 관점들로 분석한다.

포스트모더니즘의 출현

현대 러시아의 많은 작가가 언어와 소재, 형식의 파격을 통해 20세기 전반까지 러시아 문학을 주도했던 '고급문학'에 반감을 드러낸다. 주류문학이 담아내지 못했던 대중의 삶과 감정을 끌어안는 경향이 나타나면서, 대중적 취향의 확대와 더불어 주변문학으로 치부되던 대중문학과 주류문학 간의 경계가 허물어진다. 전통적 글쓰기의 답습과 장르 간 통합 등 텍스트 안에 여러 가지 사조가 뒤엉키는 과감한 시도들이 행해지게 된다. 특히 아쿠닌은 추리소설이라는 대중문학 장르를 중심으로 다양한 문학적 시도를 하고 있다. 아쿠닌은 러시아뿐만 아니라 유럽과 미국 등지에서 큰 인기를 누리고 있다. 러시아에 무라카미 하루키의 작품들을 소개한 번역가이자, 문화평론가인 아쿠닌은 탄탄한 인문학적 기반 위에서 창작활동을 하고 있다.

러시아 포스트모더니즘 글쓰기의 특징으로는 다양한 추론이나 논증의 편집, 텍스트의 확장, 인용을 들 수 있다. 포스트모더니즘의 대표적 작가로는 마카닌, 코롤레프, 쉬시킨, 폴란스카야, 드리트리예프, 울리츠카야, 에펠 등이 거론되고 있다. 이들을 통해 러시아 포스트모더니즘은 자신들만의 독특한 형식으로 소화되고 있다. 현대 러시아 문학에는 다양한 사조들이 쏟아져 나오고 있지만, 엄격한 경계가 없는 현대 문학의 흐름으로 보면 포스트모더니즘, 리얼리즘, 포스트리얼리즘, 포스트포스트모더니즘의 사조로 나눌 수 있다.

작가에 대하여

디나 루비나 Dina Rubin

1953년 우즈베키스탄의 타슈켄트에서 태어난 디나 루비나는 현대 러시아에서 가장 유명한 작가 중 한 명이다. 그녀의 책은 30개국의 언어로 번역되어 출간되었다. 그녀의 부모는 우크라이나 유대인으로 난민이었다. 타슈켄트음악학교(Tashkent Conservatory)에서 음악을 공부한 그녀는 16세에 러시아 문학잡지인 〈유노스트(YUNOST)〉에서 첫 소설을 발표하게 된다.

그녀의 가족은 아주 작은 아파트에서 함께 생활했다. 방 하나는 아버지의 작업실이었고, 그녀의 접이식 침대는 캔버스와 물감들 사이에 끼어 있었다. 그녀의 어린 시절의 악몽 중 하나는 '한밤중 내가 팔 다리를 만지면, 아버지에게 요청된 칼 마르크스의 최신 초상화가 콜호츠를 지나 내 위로 떨어지는 것이었다'라고 한다. 이런 어린 시절의 경험은 물리적 · 사회적 긴장감으로부터의 자유로운 탈출을 모티브로 작품 속에 녹아 있다.

1971년 〈유노스트〉에 첫 번째 작품 〈Bespokoynaia Natura(Fidgety Nature)〉을 발표한다. 이후 자신의 10대 시절의 경험이 바탕이 된 단편집 《Kogda zhe poidet sneg?》(《토요일에 눈이 내리면》으로 출간)가 출간되었다.

이후 디나 루비나는 학생들에게 음악을 가르치며 우즈베키스탄

작가들의 작품을 번역하면서 생계를 꾸려간다. 1982년 우즈베키스탄 문화부는 루돌프 바린스키(Rubud Barinsky)와 공동으로 작업한 〈Chudesnaya Doyra(멋진 도이라)〉로 상을 수여한다. 이 작품은 연극으로 타슈켄트 극장에서 상연되며 큰 성공을 거두게 된다. 또한 한국어판에만 수록된 단편 〈두 개의 성〉은 러시아 채널1에서 영화로 제작되기도 했다.

1980년대 중반 결혼을 한 디나 루비나는 첫 아들을 낳고 모스크바로 이주한다. 그곳에서 프리랜서 아티스트로 일하면서 끊임없이 새로운 소설을 출간한다. 여기서 둘째아이를 낳으며 행복을 느끼게 된다. 하지만 점차 모스크바를 지배하는 냉소적 이데올로기에 환멸을 느끼게 되며, 모스크바를 밀폐된 공간으로 느낀다.

이후 그녀는 단편집 《Liubka》를 통해 정치적인 목소리를 내기 시작한다. 이 작품은 정치적 이데올로기의 갈등으로 야기된 페레스트로이카 시대의 독특한 사회문화적 분위기를 반영하고 있다.

유대계 러시아인이라는 그녀의 정체성은 이후 인간 존재의 진정한 기원을 찾아 나서게 된다. 초기 소설에서는 자신의 주변 세계에 대한 소외가 모티브였다면 1990년대에 들어서면서 민족적 소외가 모티브가 된다. 사회적 변화와 함께 그녀는 모스크바의 전통 속에서 자신의 민족성과 민족문화를 주제로 다양한 작품을 시도한다.

1990년 루비나는 가족과 함께 이스라엘로 떠난다. 이 결정은 그녀에게는 매우 극적인 사건이었다. 이스라엘로의 이민은 이후 그녀의 작품에서 핵심 주제가 된다. 《메시아가 옵니다(Messiah Comesh!)》(1996)에서 그녀는 '갑자기 고아처럼 느껴졌다. 노숙자, 불행, 두려움을 숨기고 이리저리 움직이면서 흉부 안으로 파고들어가 과거의 전이로 영혼의 종양을 제거하고 있다'라고 말하면서, 과거를 포기해야 했던 기억으로 자신을 묻어버리고, 자신의 장례식을 치르면서 새로운 삶을 시작해야 함을 보여주고 있다.

러시아에서 이스라엘로 이주한 루비나는 새로운 삶뿐만 아니라, 새로운 창작활동을 시작한다. 지난 10년간 작가는 자신의 영역에서 많은 것을 일구어냈다. 1990년 루비나는 《Odin Inteligent Uselsya Na Doroge》로 Arie Dulchin 상을 수상하였다. 중편소설인 《In Thy Gates》는 1994년도 러시아 부커상 후보작으로 선정되었다. 1995년에 그녀는 《메시아가 옵니다》로 Israel Writer Union 상을 수상하였다. 1997년 해당 소설은 러시아 부커상 후보작으로 선정되었다. 그녀의 중편소설 《Dvoynaya Familiya》는 프랑스 서점 연합의 평가단에 의해 1996년도 최고의 책으로 선정되었다.

작품으로는 《Babiy Veter(바비 산들바람)》(2017), 《Russkaya Kanareyka. TRILOGY: Zheltukhin, Golos, Bludniy syn(러시아 카나리아 3부작: 젤투킨, 목소리, 방탕한 아들)》(2014), 《Sindrom Petrushki(페트루샤 증후군)》(2015) 등이 있다.

목차

토요일에 눈이 내리면

디나 루비나 단편집

두 개의 성

대체 뭐가 문제예요?

나는 그에게 말했다.

제 성이 두 개인 게 왜 아빨 당황하게 만든 거죠? 결국에는 아빠의 성을 따랐잖아요. 이거 보세요. 여기 여권에 정말 성공적으로 보즈드비젠스키가 쓰여 있잖아요. 심지어 정중하게 인사까지 하고 있다고요. 네? 멋지고, 알아듣기 쉽고, 슬라브 교회식 성 말이에요….

길 좀 잘 보세요. 나무에 쾅 하고 처박힐 판이에요….

맞아요. 엄마 성은 그렇게 알아듣기 쉽진 않아요. 그렇지만 엄마가 절 길러주셨다는 걸 아시잖아요. 혹시나 궁금하실까 봐 말씀드리는데요, 전 빅토르의 성도 제게 붙이고 싶었어요. 단지 한 줄에 다 들어가지 못할까 봐 걱정돼요. 게다가 세 개의 성을 누가 기억할 리도 없고요. 특히 군대에서요. 어떻게 절 대열에서 불러내거나 영창에 가두겠어요? 그러니 걱정하지 마세요. 아주 적절해요. 크류코프 보즈드비젠스키 말예요.

"샐쭉거리지 마. 좁아서 불편하니? 왜 바보 같아서? 골레니셰프 쿠투조프."

나는 곧바로 그에게 말했다. 레베데프 쿠마치, 보리소프 무사토프, 림스키 코르사코프도 있잖아요? 세묘노프 샨스키나, 무신 푸시킨은요, 네?

나는 그렇게 읊어댔다.

이런 취약점은 있지만, 결점은 아니에요. 사실 그건 장점으로 여겨져요….

물론, 전 변했어요. 우린 삼 년이나 못 봤잖아요. 전 성장하고 있어요, 아빠. 전 앞으로도 원칙적으로 계속 살아갈 거예요….

그리고 아빠가 제 두 개의 성을 걱정하지 않으면 좋겠어요. 아시다시피 서양에서는 성이 두 개거나 심지어 세 개인 사람들도 있잖아요. 아빤 왜 서양을 무시할까라는 생각을 해봤어요. 그 누구도, 그 무엇도 무시해선 안 돼요, 아빠. 그건 아름답지 못해요. 그랬다간 에리히 마리아 레마르크나 페데리코 가르시아 로르카 혹은 가브리엘 가르시아 마르케스를 들이받는 거라고요. 불편할 거예요…. 서양을 좋아하냐고요? 물론 좋아하죠. 아빠, 전 서양도, 동양도, 남양도, 북양도 다 좋아요.

전 건방지지 않아요. 나는 그에게 말했다. 전 반론하는 거예요. 게다가 아직 사춘기가 안 끝났다고요. 그러니 너무 실망하지 마세요.

아빠, 길 좀 잘 보시라고요. 저 기둥에 부딪힐 뻔했다고요!

묻지 마세요, 벌어진 상처를 들쑤시지 말아달라고요. 겨우 기어서 지나왔는걸요. 대수학은 3점, 물리는 재시험이에요. 엄마는 여름에 제가 아빠랑 공부하길 바라고 있어요. 제 생각에 이건 아빠한테 갈 수 있는 결정적인 순간인 것 같아요. 아시잖아요. 엄마는 항상 제가 아빠한테 가는 걸 수상쩍어하는걸요.

화학도 3점인데요, 이건 스스로 할 수 있어요….

있죠. 전 누굴 닮아서 멍청한 걸까요? 스스로 놀라곤 해요. 엄마는 디자이너고, 할머니는 박식한 데다가 아빠는 그 어렵다는 상을 받은 발명가잖아요. 특허가 세 개나 되는… 이런 일련의 공식들을 보면, 여기 목 밑이 콱 하고 막혀요. 시선을 숫자에 고정시키고 아무것도 이해하고 싶지 않아요. 온몸이 저항하는 거예요. 왜 이 바보 같은 졸업 증명서를 향해 기어가야 하는 거죠? 대체 왜요?

나는 그에게 말했다. 사실상, 인격 모독이 수년간 벌어지고 있는 거라고요…. 누구의 인격이냐고요? 물론 제 인격이죠! 왜 웃으세요? 이건 정말 심각하다고요. 제 마음이 갈기갈기 찢어졌다니까요.

문학이랑 역사는 당연히 5점을 받았어요. 아무런 소용이 없나요? 얼마 전에 발표를 했어요. 역사 선생님이 '러시아 화가들의 작품에 반영된 러시아 역사'라는 주제로 부탁했거든요. 네, 뭐라도 하긴 했어요. 표면적으로는…. 물론 매우 일반적이었지만요. 이런 주제를 한 시간 반 만에 다루는 건 말이 안 되잖아요…. 빅토르가 복사본을 줬어요. 이건 그의 밥벌이잖아요. 우리집에는 그런 복사본이 수천 권 있어요.

이 주제로 구 학년 세 개 반을 한데 모아 발표를 했는데요. 역사 선생님은 맨 뒷줄에 앉아 조용히 기뻐하고 있었어요. 이건 보충 수업으로 계산되거든요. 그런데요 아빠, 이 모든 것은 허튼소리예요. 나는 그에게 말했다.

절대로, 말도 안 돼요! 이걸 직업으로 하라고요? 빅토르처럼 예술학자나 문학자가 되라고요? 무슨 말을 하는 거예요, 아빠. 아빠는 절 존중하지 않는군요. 말재주가 좀 있고, 그림을 잘 안다는 이유만으로 평생을 예술과 함께하라고요? 오, 아네요. 괜찮아요. 예술에 온전히 몰두한다는 건 뭔가 자신만의 것을 만들 때만 가능한 거라고요. 이해력이라는 건 나쁘지 않은 머리에 불과해요. 예술에 대한 이해라는 게 직업이 될 수 있나요? 게다가 예술학자라는 말을 들을 때면 웃음이 나온다고요. 예술을 안다고 말하는 사람들은 마치 열쇠 꾸러미를 한아름 들고 있는 관리자들 같다고요. 절대로 안 돼요!

그리고 재능이요. 제겐 진짜 재능도 없어요, 아….

전 아무것도 되고 싶지 않아요…. 아뇨, 진짜로 아무것도 되고 싶지 않아요. 아빠는 진지하게 묻는 거잖아요. 저도 진지하게 대답하는 거예요.

아뇨, 아빤 제대로 이해하지 못했어요. 빈둥거린다는 의미가 아니라고요. 평생을 직장이나 특정한 주소의 아파트, 제 호적에 이름이 함께 올려진 어떤 여자 등 무언가에 속박되어 살고 싶지 않다는 뜻이에요. 이건 사실 노예나 다름없어요….

어떻게 생각하냐고요? 이렇게요. 나는 그에게 말했다. 저는 자유로운 사람이고, 제가 원할 때 원하는 곳으로 움직이고, 빵과 감자 그리고 책을 살 수 있는 최소한의 돈만 버는 거예요. 열차에서 화물을 내리든지, 아니면 채소밭에서 일손을 거들든지, 되는 대로 말예요…. 그런 사람은 '부랑자'라 하고 법에 어긋나지만, 프랑스 같은 곳에서는 예를 들면 한 시즌 동안 네덜란드에 튤립을 심는 일을 하러 가는 게 정말 보편적이래요.

뭘 하는 거예요, 아빠. '서양을 보라고요!' 전 서양만 바라보는 게 아니라, 주위를 모두 둘러본다고요. 전 제 주위를 둘러봐요. 지시된 방향만 보는 게 아니에요. 비록 어렸을 때부터 그래야만

한다고 느끼는 사람들은 모두가 제게 방향을 지시하려고 노력했지만 말이에요. 더군다나 부모님은 되는 대로 이쪽 저쪽으로요…. 나는 그에게 말했다.

이렇게 목덜미를 붙잡고 열차에 넣어버리곤 모두를 같은 방향으로 보내버리는 거예요. 처음엔 10월 배지(피오네르 소년단이 달고 있는 10월의 소년 배지)로, 그다음에는 화목한 교실로, 또 그다음에는 대학교, 전 연방 레닌 공산주의 청년동맹으로…. 그렇게 삶의 끝까지 똑같은 방향으로 움직이죠. 엄마야, 놀라게 해버렸나요? 이기주의자 같았죠! 그러길 바라요. 전 제가 이기주의자였으면 좋겠어요. 예술과 과학에서의 성과는 모두 이기주의자들이 거둔 거니까요.

알겠어요. 나는 그에게 말했다. 놀라지 마세요, 아빠. 낙담한 표정이잖아요. 제가 적들의 수중에 들어갔다고 생각하시는 거죠. 제가 떠들어대는 것으로는 부족한가요. 그럴 때잖아요, 사춘기잖아요. 그리고 우린 삼 년이나 보지 못했잖아요. 아빠가 여름 내내 절 거울에 광을 내는 것처럼 반질반질하고 윤이 나게 닦아주실 거잖아요. 길 조심하시라고요…. 새로운 낚싯대 사셨어요? 망치요…. 골루보예 호수에서 본, 아빠 회사에 다니는 키릴 사니치를 닮았던 왜가리를 기억하세요? 아, 웃겨라! 아빠, 정말로 제 목소리가 완전한 베이스가 되어버렸나요? 왜 바리톤이에요? 베이스요, 베이스. 나는 그에게 말했다. 저와 빅토르는 왜 그런지 통화할 때 헷갈려요. 목소리가 비슷해서 그렇다고 하는데요. 제 생각에는 전혀 비슷하지 않아요….

"빅토르랑 무슨 상관이니? 집은 어떠니?"

별일 없어요….

"엄마는?"

아시잖아요. 나는 그에게 말했다. 엄만 항상 편찮으셔요….

○ ○ ○

대체 왜 난 아들의 두 개의 성에 대해 집착하게 된 걸까? 그저 이 애가 말 그대로 빳빳한, 새로운 성이 쓰인 새 여권을 자랑스러워하며 보여주었을 때, 머리를 갑자기 망치로 맞은 것처럼 그 애가 모든 걸 알고 있다는 생각이 들었다!

맙소사, 내가 얼마나 아들을 기다렸는지! 어떻게 내가 전화로, 편지로 그리고 전보로 이번 여름에 이 애를 그곳에서 빼냈는지. 푯값에만 모든 상금을 다 써버렸지, 사실 오 분의 일로도 충분했는데 말이야. 어제까지만 해도 그 사람들이 이 아이를 보내줄 거라곤 확신하지 못했는데…. 그 사람들은 삼 년 동안이나 새로운 이유를 발명해냈으니 말이야.

괜찮아, 괜찮아. 그저 너무 예민하게 군 것뿐이야. 모든 게 다 괜찮아, 전부 다 정말 괜찮아. 한 가지 애석한 실패는 이틀 밤을 자지 못했고, 아침부터 과일을 사러 시장에 뛰어간 거 하며, 곰소굴 같은 집을 박박 청소하며 줄곧 그가 다 컸다고, 커버렸다고 생각한 것이지. 우린 삼 년이나 보지 못했는걸. 아이는 강아지처럼 자랑스럽게 나에게 두 개의 성이 쓰여 있는 여권을 보여주었지, 젠장. 그 순간 나는 바보같이 그 애에게 빠져버렸어. 멍청이, 불쌍하고 늙은 멍청이 같으니라고!

좋아, 난 당황했어. 두 개의 성이 무슨 상관이 있느냐고? 돈 냄새가 난단 말이지. 몇 년간 난 머릿속에서 빅토르를 동정했지. 그래, 스스로를 가엾게 여길 생각은 들지도 않았던 거야. 난 '불쌍한 빅토르'라고 생각했다고. 내가 그렇게 생각했어. 그런데 빅토르를 불쌍하게 여겨야 하는 바로 지금, 난 놀랐어. 난 차가운 땀을 흘리는 것을 처음으로 느끼게 되었어.

그 애가 진실을 알지 못한 채 평생을 살아갈 것이라고 생각하는 건 순진한 발상이었지. 이건 그 애에게 공평하지 못한 처사야. 언젠간 모든 걸 이야기해주고, 우리 모두를 각자의 자리에 돌려놓아야 해. 이 이상한 상황을 설명해주고, 그 애의 안정을 위해 세워진 거짓말이라는 요새의 돌을 하나하나 해체할 때가 올 거야. 그때 뭐라고 말을 해야 할까? 내게 그런 일이 벌어진다면….

난 그 애에게 어떤 말을 해야 할까?

이 녀석아, 알고 있니? 나는 그때 모든 게 바뀌었다라고 말했을 것이다. 네 엄마는 갑자기 내게 정말 부드럽게 대하기 시작했다. 평상시 네 엄마의 예민함은 우리가 함께 널 기다리며 녹아버렸단다. 난 스스로에게 말했지. 그러니까 여성이 이 기간 동안 더 부드러워지고, 걱정이 더 많아진다는 건 사실이라고 말이야. 넌 이미 다 컸지, 이 녀석아. 나는 그에게 이렇게 말했을 것이다.

여성의 갑작스런 부드러움을 조심하라고…. 이건 먹잇감을 찾아 기어가는 보아뱀의 부드러움이라고. 네 엄마를 증오하지 않는다, 이 녀석아. 네 엄마와 난 서로 셈이 달랐을 뿐이고, 네 상식으로 이건 이해할 수 없을 거야.

그래, 난 절대로 잊지 않았고, 그녀를 절대로 용서하지 않았다는 건 사실이지만…. 이건 배신이 아니야. 아들아, 우리 모두는 연약한 인간이고, 인간에게는 모든 일이 벌어질 수 있단다. 난 네 엄마의 이 꾸며낸 부드러움을 용서하지 않은 거야. 그리고 그 후로도 내가 걸어온 길에서 만난 모든 여성에게 이를 용서한 적이 없단다. 그래서 내가 혼자인 거야, 이 녀석아.

나는 그에게 이렇게 말했을 것이다….

○ ○ ○

엄마는? 아시잖아요, 엄만 항상 편찮으셔요. 그래서 우리 모두보다 오래 살 거예요. 무례하다고요? 무례한 게 아니에요. 비판적인 거라고요. 전 엄마를 사랑해요, 엄마가 절 길러주셨잖아요. 그저 현실을 객관적으로 평가하는 거라고요. 요즘 정말 안 좋아 보이는 건 빅토르예요. 아빠에게 반년 전에 심장마비가 빅토르를 덮쳤다고 쓰지 않았나요? 말 조심하라고요? 그만해요, 아빠.

이건 무례함이 아니라 제가 단순하고 냉혹한 거라고요. 아빠가 요즘 집이 어떤지 이야기해달라고 하셨고, 전 이야기하는 것일 뿐이에요.

그러니까 빅토르는… 심장마비가 온 이후 그는 모든 것에 피로해진 것처럼 단번에 늙어버렸어요. 아시다시피 그는 정말 멋진 아저씨잖아요. 전 항상 그와 잘 지냈고요. 그런데 요즘 그는 시무룩하고 욱 하는 성질이 생겼어요. 심지어 저와 몇 번 충돌도 있었다니까요…. 그래서요? 아프든 안 아프든, 이건 소리 지를 일이 아니에요.

예를 들면 며칠 전에 이런 일이 있었어요. 우린 부엌에서 아침 식사를 하고 있었어요. 세세하게 기억나진 않지만 엄마에게 엄마와 아빠가 제게 붙여주신 '필립'이라는 이름에 대해 따졌어요.

같은 반 바보 같은 여자애가 제 졸업장이 '필립의 문서(아무짝에도 쓸모없는 종이조각)'가 될 거라고 두 번인가 놀렸어요. 평범한 사샤나 디마라는 이름을 붙여줄 순 없었나요?

그런데 엄마는 정말로 평화롭게 제게 이렇게 말씀하시는 거예요. '대신 사샤나 디마는 한 반에 다섯 명씩은 되는데, 넌 학교 전체에 혼자잖니….' 맙소사. 아빠, 길 좀 보세요. 왜 일 분에 한 번씩 절 쳐다보시는 거냐고요!

그런 일이 있었어요…. 전 엄마에게 '그렇다면 절 오스테오혼드로즈라고 부르셔야 했어요. 그렇다면 전 지구상에 혼자였을 텐데요'라고 말했죠. 제 농담, 나쁘지 않았죠? 그래요. 그랬다면 오스테오혼드로즈 게오르기예비치 크류코프 보즈드비젠스키가 되었을 텐데 말이에요…. 문제는 아시다시피 엄마가 새로운 약점이자 정말 귀여운 오스테오혼드로즈를 찾았다는 거예요. 며칠 동안 오스테오혼드로즈 저기 있다, 오스테오혼드로즈 여기 있다라는 말만 들렸어요. 오스테오혼드로즈는 마치 우리 가족처럼 정착했어요. 아시잖아요, 엄마가 무언가 새로운 것에 몰두할 때면, 정말 열정적이고 온 힘을 다해서 한다는 걸요.

아니에요, 생각하지 마세요. 전 정말로 엄마가 안타깝지만 그 누구보다도 엄마를 안타까워하는 사람은 엄마 자신이에요. 좋아요, 제가 끝까지 다 말씀드리고 나면 연민에 대해서 말씀하세요.

전 그저 이 오스테오혼드로즈에 대해서 농담한 거예요. 그런데 빅토르가 정말 예기치 못하게 갑자기 주먹으로 책상을 내리치고는 적절하지 못한 감사표현 같은 온갖 터무니없는 말을 늘어놓는 거예요. 중요한 건 전혀 다른 이야기였다는 거예요. 형편없는 텔레비전 영화의 교훈적인 장면처럼요. 전 어처구니가 없었어요. 먹여주고, 재워주고, 입혀준다는 그런 말이 스쳐 지나갔어요. 극악무도한 행동이 아닌가요, 아빠? 아빤 제게 아주 잘 알려주시잖아요.

전 충격을 받아서 대놓고 한 입 베어물은 샌드위치를 그의 코앞에 뱉어버렸어요. 어쨌거나 빅토르는 그렇게 화해하지 않은 채 떠나버렸어요. 그는 걱정하면서 마지막 날에 관계를 회복하고 싶다는 뜻을 넌지시 내비쳤어요. 그렇지만 전 아무런 상관도 없는 사람이잖아요. 전 냉혹한 사람인걸요.

절 속이지 마세요, 아빠. 왜 제가 어떤 사람의 심장마비를 발전시켰다는 이유 하나만으로 공평함을 내려놓아야 하는 거죠? 맞아요, '발전시켰다'는 말은 물론 잘못된 말이에요. 배불뚝이에 대머리인 빅토르가 갈 데가 어디 있겠어요. 그는 아무에게도 필요없는걸요! 아빤 망치예요. 영리하고 빼빼 마른 미국인이요. 사자갈기 같은 머리는 희끗희끗하고, 가혹한 주름이 이마에 움푹 패였어요. 아빠를 보면 백 살쯤, 성숙한 나이에 접어든 제 초상화처럼 절 기쁘게 해요. 이 말씀을 드리고 싶었어요…. 그런데요, 아빠. 아빤 어떻게 지내세요? 새로운 소식 없나요? 죄송해요, 죄송해요. 나는 그에게 말했다.

길을 살피는 걸 잊지 마세요. 전 아직 살 날이 많이 남았다고요….

○ ○ ○

그래서 내가 혼자인 거야, 이 녀석아….

어쨌든 한 여인의 부드러움이 끊임없이 떠오르더구나. 난 그녀의 이름조차 모르는데 말이지. 사실 그녀에 대해서 아무것도 몰랐어. 단지 본 적이 있을 뿐이었지. 밤에 그녀가 아이에게 젖을 먹이려고 불을 켰을 때.

넌 물론 예전에 우리가 살던 아파트를 기억하지 못할 거야. 이십여 년 전쯤 새로 지어진 좁은 방 한 칸짜리 아파트였어. 집들이 거의 맞닿을 정도로 다닥다닥 붙어 있었지. 우리 아파트 창문이랑 이 여인이 살던 집 창문은 서로를 마주보고 있었어. 내가 네 탄생을 기다리며 날짜를 세던 때였단다. 알다시피 난 밤에 일하는 걸 좋아하잖니. 더 진한 커피, 담배 한 갑, 제도판 그리고 계산된 숫자가 적힌 공책까지…. 맞아, 일을 하면서 스스로 행복하다고 느끼는 밤도 있어. 당시 몇 달간은, 얘야, 모든 게 놀랍게도 잘 돼서, 순간 난 내가 하는 일에 어떤 엄청난 재능이 있다고 생각했단다….

그랬단다, 열두 시쯤이 되면 가느다란 불빛에 맞은편 집 창문이 빛났어. 커튼이 없는 빛나는 창문에서 속치마를 입고 머리에 아무것도 쓰지 않은 여성이 수족관 속 물고기처럼 천천히 그리고 꿈꾸는 듯이 방 안을 돌아다녔어.

종종 아이에게 젖을 먹이고 나서 아이를 유모차에 눕힌 후 불을 끄곤 했지. 때론 미친 것처럼 방 안을 돌아다니며 오랫동안 아이를 재우곤 했어. 나는 그 창문에서 다른 사람을 한번도 본 적이 없어. 그 여자는 항상 혼자였어, 그녀와 아이.

처음에 난 그렇게 집이 밀집해 있는데 왜 그녀가 커튼을 달지 않았는지 이상하다고 생각했어. 이쪽 벽에서 저쪽 벽까지 슬픈 철골 침대와 유모차가 자세히 보이는데 말이야. 얼마 후에야 난 알게 되었어. 그녀는 그럴 여력이 없었던 거야. 매일 밤마다 배고픈 아이의 울음소리에 깨어 베개에서 무거운 머리를 겨우 떼내고, 온몸이 솜 같다가도 동시에 납 같고, 이건 몇 달 동안 매일, 더 정확하게 말하자면 매일 밤 반복되는 거야. 그렇다면 창문을 통해 이웃들이 무엇을 보든 말든 신경 쓸 여력이 없어지고, 본다 하더라도 될 대로 되라는 식이 되어버리는 거지.

난 이걸 몇 달 후 네가 태어나고 나서야 깨달았단다. 그리고 우리집 창문도 동시에 빛나기 시작했어. '어머니들의 위대한 전우애'의 점호가 시작되고 나서 말이야. 단지 내겐 젖으로 가득 찬 비옥한 가슴이 없었단다. 그래서 문가에 기대 피곤함에 칭얼거리며 부엌으로 젖병을 데우러 몸을 이끌었지.

그런데 이 모든 건 그다음의 일이었어. 그 전화 이후에 그 일이 일어났단다.

네가 태어났던 날, 마침내 내가 널 만나게 되었던 날…. 좋아, 여기에 대해선 말하지 말자. 실망할 필요는 없으니까, 이 녀석아. 하지만 실망 없이는 지나갈 수 없겠구나. 아는지 모르겠지만 그해에 난 마흔 살이 되었단다. 남자가 마흔 살이 된다는 건, 네 말마따나 어려운 일이야. 나는 마흔 살이었고, 내 일을 할 줄 아는 사람이었고, 아들까지 태어난 거야. 나는 조산원 여인의 목소리를 아직도 기억해. 모음을 우크라이나어처럼 길게 발음하는 고운 목소리였어.

"아드을이에요…."

그래, 이 녀석아. 운명의 노여움을 살 필요는 없어. 나는 이 찰나를 견뎌냈어. 그리고 꼬박 이틀 동안 내겐 아들이 있었어. 내겐 아들이 있었어, 이 녀석아. 꼬박 이틀 동안. 그리고 난 행복한 삶을 위해 필요한 모든 것을 내 아들에게 사줄 수 있었지. 포대기,

내복, 모자와 바다에 일렁이는 파도 색깔의 멋진 유모차까지 말이야.

그때 내게 전화가 왔어…. 네 미래의 방에 새벽 한 시까지 벽지를 바르느라 늦게 잠든 다음 날이었지. 나는 밤새도록 우리가 타슈켄트의 까맣고, 태양으로 빛나는 중고시장으로 피난 가는 꿈을 꿨지. 또 놀랍도록 활기 차고 배부른 엄마가 꿈에 나왔단다. 밤새 따분한 회전목마가 빙빙 돌았어. 무겁고, 마음을 짓누르는 어린 시절이었지. 그리고 아침 일곱 시 반에 울리는 전화벨 소리에 난 깼어.

"게오르기 씨 맞나요?" 어떤 여인의 깨지듯 서두르는 목소리가 물었어. "당신의 아내가 낳은 아이가 당신 아이가 아니라는 사실, 아시나요?"

이건 바보 같은 꿈의 연장선 같았지.

"전화 잘못 거셨는데요." 나는 말했단다.

"제대로 했어요, 제대로!" 그녀는 충격받은 목소리로 히스테릭하게 소리쳤어. 우는 것 같더라고. "맙소사, 대체 생각이 있으신 거예요? 숫자 셀 줄 모르세요? 아내가 휴양지에 다녀온 이후 몸무게가 사 킬로그램인 팔삭둥이를 낳는데, 남편은 장님처럼, 바보처럼 좋아하면서 다니다뇨!"

"웬 휴양지요?" 나는 가슴을 손바닥으로 문지르며 물었어. "웬 뚱딴지 같은 소리를 하시는 거예요?"

"그 사람들이 다녀온 여행 말이에요. 키예프였나, 민스크였나…. 어디인지가 중요하나요?" 그녀는 울었단다.

"누구세요?" 나는 물었어. 사실 그녀가 누구든 상관없었지만 말이야. 왜냐하면 난 갑자기 단번에 모든 것을 이해해버렸기 때문이었어. 이 녀석아, 이 모든 게 사실이라는 걸 말이야.

"전 빅토르의 아내예요!"

"빅토르가 누구죠?" 난 물었어. 내 목소리는 침착하고 아무것도 느끼지 못할 만큼 냉정했던 것 같아.

"잠에서 덜 깨셨나요?" 그녀가 소리쳤어. "내가 당신에게 무슨 말을 했는지 이해하셨어요? 맙소사, 우리 삶에 무슨 일이 벌어졌는지 이해하시느냔 말이에요! 빅토르와 전 작년에 당신을 방문한 적이 있어요. 기억을 떠올려보세요. 생일 때요!"

"전 아무것도 기억이 안 납니다." 내가 말했지.

"저희는 타루세비치 부부와 함께 왔잖아요!"

"전 아무것도 기억이 안 납니다." 나는 조용히 반복했어. 아는지 모르겠지만, 이 녀석아. 누가 타루세비치 내외와 어딜 갔는지, 왜 갔는지, 언제 갔는지 이 모든 터무니없는 사실에 난 이미 관심이 없었단다. 중요한 건 내게서 아들을 앗아갔다는 거였지.

"왜 가만히 계세요?" 그녀가 소리쳤어. "여보세요! 괜찮으세요? 제 말이 들리시나요? 전 빅토르의 아내예요. 그는 그저께 절 버리고 떠났어요. 당신의 아내를 사랑한다고 말하면서요. 우린 이걸 막아야 해요. 제 말 들리시나요? 뭐라고 좀 해보세요. 당신은 남자잖아요!" 그녀는 흐느껴 울더니 조용히 덧붙였어. "그녀를 때리지만 마세요. 때리면 젖이 안 나올 거예요."

난 당시 그런 상황에서도 '저주받을 여성들의 결속력이란…' 하는 생각을 했단다. 자신은 가족의 폐허에 앉아 다른 가족을 박살 내면서 그녀는 무엇을 얻었을까, 무엇을 기대했을까? 슬픔에 정신이 나간 여자가 무엇을 계산할 수 있었겠니…. 나는 수화기를 내려놓았지만, 하루 종일 다시 수화기를 들어볼까 하고 상상했지. 그랬다면 마음속 히스테릭한 울음이 터져나왔겠지.

나는 짐을 쌌어. 내 직업으로는 말이다, 이 녀석아. 내 머리로는 어디든지 취직할 수 있었고, 어디로든 갈 수 있었지. 멀면 멀수록 더 좋았어. 그리고 사람들이 말하는 것처럼 깨끗한 양심을 가지고 새로운 인생의 장을 열어나갈 수 있었어. 나는 그러려고 했단다.

나는 마흔 살이었고, 내 일을 할 줄 아는 사람이었고, 혼자인 데다가 자유로웠지. 혼자인 데다가 자유로웠어. 이걸로 충분하잖아, 그렇지? 그리고 지나치게 감정에 몸을 맡길 필요는 없단다. 다행히 네 엄마도 당시 내가 안고 다니던 걱정을 떠안을 필요는 없었지. 생각해보려무나. 누군가가 누군가를 배신했단다. 더 정확하게 말하자면 신중하고 오랫동안 배신했지. 삶이라는 게 그런 일이 벌어지면 안 되잖니. 맞지, 이 녀석아? 삶이라는 건 무서운 거야.

조산원에서 그녀와 아이를 데려오는 일만 남았었단다. 그녀는 모스크바에서 혼자였고, 악명 높은 빅토르를 찾으러 온 도시를 헤매어 그의 것을 가져가도록 하는 건…. 아냐, 그럴 필요는 없었단다…. 나는 이 빅토르라는 사람에게 아무런 볼 일이 없었어. 어쨌거나 당시 나와 네 엄마는 거의 구 년이나 함께 살았는데, 이건 뭐라고 할 거니? 거봐, 쉬운 일이 아니란다…. 식탁 위에 메모를 남겨놓는 것? 나는 어렸을 때부터 직접 마주보고 관계를 해명하는 데 익숙해져 있었어. 설명도 하지 않은 채 떠나는 건 이상했단다. 어쨌건 나는 이 이야기를 파헤쳐보려는 노력을 하지는 않았단다. 그들이 어디서 얼마나 그리고 언제 만남을 가졌는지….

그런데 나는 그녀에게 단 한 가지 질문만은 하고 싶더구나. 아마도 나는 가슴속에 한 남자의 아이를 품고, 다른 남자를 포옹하는 게 어렵지 않느냐고 물었을 거야. 아마도 나는 '우리 아이가…'라고 부드럽게 말하는 게 어렵지 않았느냐고 물었을 거야. 남자가 다른 사람의 아이의 움직임을 느끼기 위해 크고, 그에게 정말 소중한 배를 부드럽게 쓰다듬는 것을 보며 미소짓기가 참으로 어렵지 않느냐고 말이야. 그래, 알겠다!

한마디로 말하자면, 나는 정해진 날 아이를 위해 필요한 모든 물건을 비닐에 담았고, 조산원으로 갔단다. 심지어 꽃도 사들고 갔어. 뭐 어때, 나는 생각했지. 그녀는 꽃을 받을 권리가 있어. 어쨌거나 정말 노력했고, 아이를 낳았으니까. 내 아이인지 아닌지가 무슨 상관이야, 고통은 똑같을 텐데.

나는 부드러운 레이스로 덮인 싸개를 들고 있는 산모를 한 명씩 내보내던 방에 앉아 있었고, 카네이션 꽃다발을 들고 언제 그녀가 나올지 오랫동안 기다리고 있었어.

나는 모든 것으로부터, 나무에 움푹 패인 자국처럼 검은 빈 공간에서 미친 듯이 피곤했고, 씁쓸했단다. 앉아서 신생아들의 옷을 입히는 소리와 문 너머에서 들려오는 신생아들의 울음소리를 냉담하게 듣고 있었어. 내 아들이 세상에 없다는데 그 울음소리가 무슨 소용이 있었겠니!

마침내 그녀가 밖으로 나왔어. 그녀는 매우 고통스러워 보이고, 누런 기가 도는 창백한 얼굴을 하고 있었고, 유령이라도 본 것처럼 수척해서 내 마음은 짓눌리는 것 같았단다. 그녀가 저 방에서 아이를 바라보며 생각을 어떻게 바꿨는지 누가 알았겠니. 감히 말하자면 알 수 없는 사람의 아이를 안고 있는 것과 포대기에 누워서 숨쉬고, 젖을 빠는 아이의 얼굴을 바라보는 건 별개의 일이잖니. 사람은 말이야, 언젠간 무슨 질문이든 할 텐데….

내 얼굴빛이 안 좋아서 그런지, 돌아오는 내내 택시에서 네 엄마는 걱정스레 "왜 그래요? 무슨 일이에요?"라고 물었단다.

그녀가 현관에서 내 가방을 보자마자, 모든 걸 눈치챘어. 그리고 마음이 찢어져선 고개를 어깨 쪽으로 푹 숙였지. 작은 등이 굽어 있었어.

난 아이를 침대에 눕혔고, 아이는 장난치다가 우스꽝스럽게 어른처럼 두 번 재채기를 했어…. 아이는 눈썹이 없고, 마치 화난 것처럼 뚱한 인상을 지었어. 코는 없는 것 같았어. 대신 작은 구멍만 두 개 있었지.

나는 아이를 살펴보며 말했어. "엄격한 상사 같군. 아마, 이 아이는 빅토르를 닮았지?"

"맹세해요!" 그녀는 귀가 째지는 듯한 목소리로 소리쳤어. "맹세해요, 그건 모함이에요! 거짓말이라고요! 이 애는 당신 아이예요, 맹세해요!"

그리고 이 녀석아, 나는 그녀가 움찔하며, 애들이 모가지를 비틀어버린 새처럼 짓눌린 목소리로 소리치는 모습을 보고는 이 모든 게 진실이라는 데 완전히 확신했단다. 게다가 그녀는 내가 그 아이에게 무슨 해라도 가할 것처럼 내게서 자신의 어린 새를 보호하고 막아주기 위해 쇠약한 몸을 침대로 던졌단다.

순간 나는 그 두 사람이 불쌍해졌어. 그녀도 그리고 다른 사람의 아이도. 이 두 사람은 이 세상에서 둘이 함께 있었잖아. 연약한 이 두 사람은 마치 자두에 달린 꼭지처럼 서로에게 속해 있었고, 바로 여기에 인생의 강력한 진실이 들어 있었지. 그리고 내 끔찍한 걱정을 포함한 나머지 모든 것은 하찮은 것이었어.

그러나 난 더 이상 해명하기도, 질문하기도 싫어졌어. 그녀는 그렇게나 고통스런 표정을 짓고 무서우리만치 수척해져 있는데, 누굴 벌주고, 누구에게 보복할 수 있었겠니? 대체 그녀의 마음에서, 양심에서 무슨 일이 벌어지고 있었기에 그녀가 일주일 만에 스스로를 집어삼킨 걸까? 누가 알겠니….

그때 아이가 울기 시작했단다. 가슴이 미어지도록 오랫동안 우는 아이에게 젖을 먹여야 했고, 그다음엔 아이가 오줌을 지리더니 믿을 수 없을 정도로 많은 기저귀를 계속해서 적시더구나. 이 기저귀들을 곧바로 빨아서 마른 쪽을 동시에 다려야 했지. 그렇게 쉬지 않고 울부짖는 일주일 된 아기가 있는 집에서는 회전목마가 돌았단다.

나는 이틀 정도 남아서 그녀가 익숙해지도록 도와야 한다는 사실을 깨달았어. 그녀는 완전히 정신이 나가선 한 시간마다 한 번씩 휘청이며 아이가 가슴이 미어지는 소리를 지를 때 다섯 번 정도 멍하니 흐느끼더구나.

저녁쯤에 그녀가 열이 나고, 가슴에 통증이 있다는 사실을 알게 되었어. 밤에 그녀는 헛소리를 하기 시작하더니 가느다랗게 울기 시작했어. 나는 구급차를 불렀어. 뚱뚱하고 마음이 따뜻한 여의사가 진찰하더니 병원으로 가라고 지시하더구나. 네 엄마는 날뛰다가 여의사의 가운 자락을 붙잡고는 그냥 집에 있게 해달라고 빌었고, 의사는 "왜 그러세요. 그렇게 목숨을 끊으려 하지 마세요. 아버지에게 남겨놓는 거잖아요. 모르는 남자가 아니라요." 그리고 네 엄마를 부축해서 차로 데려갈 때, 그녀는 뒤돌아서 떼를 쓰는 눈빛으로 나를 바라보았어. 그래서 난 말이다, 이 녀석아. 발로 가방을 의자 밑에 밀어넣었고, 그녀는 그걸 보았어.

그래, 이 녀석아. 그렇게 네가 태어난 지 일주일이 되었을 때 우리는 단둘이 남게 되었단다. 그로부터 한 시간 후에 넌 어머니의 젖을 요구하며 엄청나게 울어댔어. 난 포대기를 풀어주었지. 너는 붉은 갈고리 같은 다리를 배로 갖다 대곤 이리저리 주먹을 휘둘러 대며 배고픔에 울더구나. 대체 밤 열두 시에 내가 뭘 할 수 있었겠니? 날 살려줄 수 있는 분유 가게는 아침 여덟 시에 문을 열었고, 그때쯤이면 넌 배고픔에 죽지는 않았겠지만 절박한 울음소리로 내 혼을 쏙 빼놓았겠지. 나는 방 안을 서성이면서 너를 어르고 달래다가, 내 자신이 쓸모없다는 사실을 인식하곤 울부짖을 뻔했어.

그런데 갑자기 맞은편 집 창문이 빛나더구나. 그때 난 이웃 여자가 필요할 때 불을 켜는 게 아니라, 밤 열두 시에 젖을 먹이기 위해 불을 켠다는 사실을 알고 있었지. 칠흑같이 깜깜했던 밤에 그 눅눅한 램프 빛은 내게 하늘에서 탈출한 햇빛 같았단다. 나는 결심했지. 빽빽 우는 널 침대에 눕혀놓곤 아래로 뛰어가 어두운 공터를 지나 삼 층으로 쏜살같이 뛰어올라가 초인종을 눌렀어.

"누구세요?

문 뒤에서 졸린 목소리가 물었어.

"문 좀 열어주세요. 제발요. 우유 좀 주세요!"

나는 헉헉대는 숨소리를 잠재우려 노력하면서 말도 안 되는 소리를 지껄였어. 그녀는 곧바로 문을 열었지. 난 혼자 사는 여자가 한밤중에 모르는 남자의 불분명한 애원에 왜 문을 열어주었는지 아직까지도 이해가 안 가. 그렇지만 그녀는 문을 열었지. 그리고 준비 태세로 물었어.

"무슨 일이신가요?"

그녀는 내가 창문을 통해서 보아왔던 그 모습대로 서 있었어. 속치마를 입고, 부스스한 채. 얼굴에 만성피로를 달고 사는 그렇게 젊지 않은 여자였어….

"무슨 일이 생겼나요?"

"우리 애가…."

나는 작디작은 네가, 아무런 잘못도 없는 애벌레 같은 네가 그곳에서 홀로 소리치며 누워 있다는 사실을 떠올리면서 우스꽝스럽게 떨리는 목소리로 말했어.

"아이가… 일주일 만…. 그 애의 어머니는 병원에 있어요…. 달리 방법이 없어요…. 부탁드립니다…."

"그 애를 이리로 데려오세요."

그녀가 침착하게 말하기 시작했어.

"전 젖이 많지는 않지만, 당신의 연약한 아기에게 줄 만큼은 있어요."

나는 집으로 돌아와 얼굴이 시뻘개질 정도로 소리지르던 너를 이불로 감싸 안고, 어두운 공터를 지나 삼 층으로 쏜살같이 뛰어올라갔어.

그 여자는 여전히 속치마를 입은 채 문가에 서 있었는데, 가운도 걸치지 않았어. 널 안아들더니 "에구, 아가야. 온 동네를 깨우는구나"라고 말하고는 침대에 앉아서 모르는 남자와 함께라는 사실에 전혀 개의치 않으면서 깊게 파인 옷 안쪽에서 정맥이 드러나 보이는 가슴을 꺼냈어. 너는 병아리같이 가느다란 목을 쭉 내밀며 욕심스레 젖꼭지를 물었고, 숨 막혀 하다가 심한 기침을 했지.

"아이구!"

그녀는 소리치더니 손가락으로 네 볼을 쓰다듬었어.

"죽을 듯이 배고팠구나!"

너는 또다시 젖꼭지를 물고는 시끄럽게 쪽쪽거리고 젖을 빨며 삼켰어. 나는 마침내 침을 삼키고 땀에 젖은 손바닥을 무릎에 문질렀어.

"저흴 살려주셨어요."

내가 말했어.

"별말씀을요."

그녀가 널 이리저리 살펴보면서 헛기침을 했어.

"이 주 정도 지나면 아기 울음소리를 넘기는 게 훨씬 더 쉬워질 거예요. 아기의 어머니는요?"

"유선염에 걸렸어요. 세 시간 전에 구급차에 실려갔죠."

"아!"

그녀가 눈꺼풀을 부드럽게 닫으며 몽롱하게 웅얼거렸다.

"괜찮아요, 모든 게 잘될 거예요…. 모든 게 다 잘될 거예요…."

그녀는 엄지손가락으로 네 코 아래에 있는 자신의 가슴을 조금 흔들고 누르면서 눈을 감은 채 너에게 젖을 먹였어. 그녀의 아기는 벽 옆에 있는 유모차에서 조용히 자고 있었지. 그녀는 우리가 다 잘될 거라는 사실을 전혀, 아무것도 몰랐어.

스탠드의 노란 불빛이 그녀의 어깨와 가슴, 팔꿈치를 부드럽게 비추고 그 주위를 돌았어. 너는 그녀의 팔에 머리를 편안히 누이고 있었지. 그리고 이 장면은 렘브란트의 캔버스에 있는 것처럼 아름답고, 가슴 떨리고, 성스러운 일이었어. 나는 그녀의 흔들리는 헝클어진 머리카락을 따라, 피곤한 얼굴을 따라, 가느다랗고 예민한 손을 따라 소심하게 흘러내리는 그림자를 넋을 잃고 바라보았고, 내 목에는…. 너는 아직 어리니까, 아무것도 이해하지 못할 거다….

넌 어리고, 사춘기 나이 때 응당 그러하듯이 바보 같아.

마침내 너는 우스꽝스럽게 작은 아랫입술을 내밀면서 젖꼭지를 놓았어. 입 언저리에서 볼을 따라 흰 우유 방울이 흘러내렸고, 이마는 땀으로 번들거렸어. 넌 자고 있었단다.

"다 된 것 같네요."

그녀가 말했어.

"행복을 위해선 필요한 일이죠."

"맞아요."

나는 동의했어.

"십육 년쯤 지나면 이 아이에게 행복을 주는 게 훨씬 더 어려워지겠죠."

그리고 우리는 눈빛을 교환했어.

"어떻게 아셨나요?"

그녀가 갑자기 물었어.

"제가 아이에게 젖을 먹인다는 사실 말이에요."

"매일 저녁 창문 너머로 당신이 보여요."

나는 말했어.

"제 책상이 창문 앞에 있거든요."

"그렇군요…."

그녀는 웃었어.

"커튼을 달아야 하는데, 손이 닿질 않아요. 우린 곧 떠나요…."

그녀가 덧붙였어.

"친구가 어디 가 있는 동안 세 달 정도 살게 해주었어요. 원래는 친구와 함께 살았어요."

여자가 한쪽으로 유모차를 밀었다.

"세를 얻어서 살아요. …저기요."

그녀가 제안했다.

"아이를 아침까지 제게 맡겨주세요. 여섯 시쯤 또다시 배고파 할 거예요. 제가 여기서 아기를 보살필게요."

아침까지 여인의 따뜻한 옆구리에 있는 게 너에게는 훨씬 나았지.

"부탁드립니다."

나는 동의했어.

"정말 고맙습니다. 어떻게 감사드려야 할지 모르겠군요."

"그러실 필요 없어요."

그녀가 소리 내어 웃었다.

"좋은 아버지의 모습을 봐서 제 기분이 나아졌어요. 어쨌거나 다 잘될 거예요…."

나는 집으로 돌아와 책상 앞에 앉아 아침이 오기를 기다렸단다. 맞은편 집 창문에 불이 꺼졌지만 나는 누워서 잘 수 없었어. 나는 텅 빈 네 침대 옆을 서성이다가 내게 일어난 일들이 갑자기 떠오르며 정신을 차릴 수 없었어. 네 빈 침대가 눈 앞에 아른거렸단다. 그러니까 내가 너를 손에서 떼낸 거지. 정말 기뻤어. 벗어난 거잖니. 아침까지이긴 해도 벗어났잖니. 나는 강하고 건강한 남자라고 생각했지만, 한 시간 반쯤 텅 빈 침대 근처를 서성이다가 마침내 참지 못했어.

나는 밑으로 내려가 어두운 공터를 지나 삼 층으로 뛰어올라가 또다시 초인종을 눌렀어. 이번에 그녀는 오랫동안 문을 열어주지 않았고, 나는 온갖 고약한 말로 스스로를 저주했지만 그래도 초인종을 계속해서 눌렀어. 마침내 그녀가 문을 열었지.

"정말 죄송합니다. 제가 당신을 괴롭혔지요."

나는 죄책감을 느끼며 서둘러 말했어.

"아무래도 아기를 데려가야겠어요. 왜 그런지 안절부절못하겠어요…. 텅 빈 침대가…. 아침 여섯 시에 아기를 다시 데리고 오는 게 낫겠어요."

"이해해요."

그녀는 전혀 짜증내지 않고 말했다.

"잠시 앉아 계세요. 제가 젖을 담아드릴게요. 집에서 젖병에 담아 먹이세요…."

다른 사람의 아이인 널, 너의 법적인 자리에 나 스스로를 자리 잡게 하고는 안도의 한숨을 쉬었어. 넌 자고 있었고, 조그마한 얼굴에 표정은 예전처럼 상사 같았지만 화난 표정은 아니었고, 소중하고 평화로운 얼굴이었어. 나는 허리를 숙여서 오랫동안 튀어나온 이마와 닫힌 눈꺼풀을 찬찬히 훑어보았어. 그리고 검지로 석고로 빚어진 것 같은 반짝반짝 빛나는 네 코를 살짝 건드렸어. 그러자 갑자기 네 입꼬리가 움찔하더니 환한 미소를 지으며 양옆으로 벌어지는 거야.

우리집에서 처음으로 보낸 이 불안한 밤에 대체 어떤 천사들이 네 꿈에 나온 걸까?

바로 그때 난 네가 내 아들이 아니라는 사실이 정말 안타까웠어. 넌 내 마음에 꼭 들었거든. 어쨌거나 살면서 통통한 볼과 버튼 같은 코를 가진 다른 사람의 귀여운 아이를 만나는 일이 흔하겠니? 아냐, 넌 남의 아들이었고, 나는 너의 엄마, 그러니까 내 전 부인이 병원에서 돌아올 때까지 이 남의 아들을 돌보는 일을 할 수밖에 없었어….

아침에 나는 가까운 가게로 달려가 분유 몇 통과 콜바사, 감자를 샀어. 최대한 집에서 오랫동안 나오지 않기 위해서였지. 그리고 집으로 돌아와서 직장에 전화를 걸어 키릴 사니치에게 이 주 동안의 무급 휴가를 부탁했어. 그는 항상 내게 잘 대해주었는데, 앞으로 우리가 공동 논문을 적잖게 쓸 거라고 이미 예견하고 있었던 모양이야.

"게오르기, 가장 중요한 건 걱정하지 않는 거네."

그가 말했어.

"걱정하면 젖이 안 나올 거야."

그리고는 바보 같은 농담에 웃기 시작하더구나.

나는 말이다, 이 녀석아. 나는 하루 치 음식을 준비한 후 내가 기저귀를 빨고 집안일을 하는 동안 네가 깊은 잠을 잘 수 있도록 만족할 때까지 먹였어. 그렇게 우리는 호들갑스럽고 시끄러운 소아과 방문간호사가 들이닥친 점심 때까지 꽤 평화롭게 지내고 있었지.

"자."

그녀가 발을 문 앞 마른 걸레에 힘차게 닦고 난 후 문턱을 넘으면서 말하기 시작했어.

"안녕하세요, 아버님. 출산을 축하드립니다! 아들인가요, 딸인가요?"

"아들이에요."

나는 그녀의 압박에 정신을 못 차리면서 웅얼거렸어.

"어머!"

그녀는 바람같이 날아와 욕실에 들어가서는 수도꼭지 두 개 모두를 끝까지 틀었고, 그곳에서 빠른 속도로 소리쳤어.

"기저귀는 망간과 세제를 조금 넣어 빤 다음에 헹구세요. 그럼 끝나요! 안 그러면 완전히 깨끗하게 안 빨리거든요!"

그녀는 잠시도 입을 다물지 않고 욕실에서 네 방으로 쏜살같이 들어갔어.

"물은 먹이세요? 좋습니다! 소변은 잘 보나요? 우쭈쭈, 화가 났어요! 이모한테 보여주세요. 자, 뒤로 돌아요! 다시 배를 보여주세요…."

갑자기 그녀는 입을 다물더니 네 몸 위로 고개를 숙였어. 그리고 가운 주머니에서 더듬더듬 안경을 찾아 쓰고는 쭈글쭈글하고 붉은 네 등 위에서 예상치 못한 종기 같은 걸 발견하고 조용히 살펴보았어.

“문제가 있나요?”

나는 경직되었지.

“한 개가 아니에요!”

그녀가 웅얼거렸어.

“여기도, 겨드랑이 밑이랑 귀 뒤에요…. 이건 포도상구균 감염증 같네요, 아버님. 어머님은 어디 있나요?”

“병원에 있어요.”

나는 기어들어가는 목소리로 말했어.

“얼마나 심각한가요?”

“아주 심각해요!”

그녀가 힘차게 대답했어.

“그렇지만 아버님, 너무 걱정하지 마세요. 저희가 아기를 입원시킬 거고, 병원에서 항생제를 투여할 거예요.”

무슨 말을 할 수 있었겠니, 이 녀석아. 이건 정말 내게서 큰 부담이 사라지는 거였어. 너를 병원 음식과 국가의 보호하에 맡기는 것 말이야. 그렇지만 나는 무슨 이유에서인지 큰 안도감을 느끼지 못했단다.

“병원이라뇨? 혼자요?”

“혼자요, 혼자.”

간호사가 쾌활하게 확인해주었어.

"아버지는 안 가실 거예요…. 아버지는 힘 좀 내시고요, 얼굴에 생기가 없네요. 우리 의사 선생님이 아기를 진찰하고 빨리 처방을 내릴 거예요."

간호사는 아파트 밖으로 뛰어나갔고, 나는 포대기에 싸인 너를 침대 옆에 서서 바라보았어. 그리고 이 녀석아, 큰 병원 침대에 누워 있는 오십삼 센티미터밖에 안 되는 네 모습을, 네 작은 엉덩이에 들어갈 굵은 주사바늘을, 그리고 이 고통이 어디서 오는 건지, 대체 무슨 일이 일어나는지 이해하지 못하고 미친 듯이 울어대는 널 상상하기 시작했단다.

우리 지역 여의사는 다행히도 특별히 에너지 넘치는 사람은 아니었어. 그녀는 너를 진찰하더니 한동안 입을 다물었고, 어머니에 대해 물어보더니 마침내 이렇게 말했어.

"지역 의사로서 말씀드리자면 입원을 시키라고 하겠어요. 그렇지만 세 아이의 엄마이자 손자 다섯 명을 둔 할머니로서 말씀드리자면, 입원을 거부하시고 아이를 집에서 데리고 계시라고 권고하고 싶어요. 항생제를 처방해드릴게요. 간호사가 주사를 놓으러 하루에 네 번 댁을 방문할 거예요. 그녀가 어뢰 같다는 사실에 신경 쓰지 마세요. 주사는 잘 놓거든요. 아, 그리고 돈을 주는 걸 잊지 마세요. 그러면 그녀는 기꺼이 일할 거예요. 혼자서 세 명의 환자를 맡고 있답니다…. 좋은 결과를 기대해봅시다."

그리고 그녀는 목소리를 낮추고 덧붙였다.

"물론 우리의 보건 서비스는 세계에서 가장 훌륭하지만, 그래도 친아버지보다는 못하겠죠. 제 말 이해하셨나요?"

모두가 공모한 것처럼 너와 내가 직접적인 관계에 있다는 사실을 불어넣으려고 노력하더구나. 그렇지만 그 누구보다도 이런 생각을 나에게 강요한 건 바로 너였어. 배고픈 울음소리로, 내가 젖병으로 네게 우유를 줄 때면 내 손을 따라 흘러내리는 작은 손바닥으로, 하루 만에 다 빨고 다려야 했던 엄청난 수의 젖은 기저귀로 말이지….

후에 네 작디작은 몸에 열이 끓는 큰 사건으로 발전하게 된 끔찍한 날들이 다가왔단다, 이 녀석아. 난 공기가 닿으면서 네 고통이 조금이라도 줄어들도록 하기 위해 네 옷을 벗긴 채로 두었어. 그때 넌 악을 쓰는 게 아니라 어른처럼 신음하고 있었고, 난 이 신음 때문에 미쳐버릴 것만 같았어. 매일 밤마다 난 너를 품에 안고 자장가 같은 걸 불러주었지. 난 멋진 자장가는 단 한 곡도 몰랐고, 오로지 "바유 바이, 아이야이야이, 트룰률류, 부부부"처럼 흥얼거릴 뿐이었어. 그렇게 밤새 방 이쪽 구석에서 저쪽 구석으로 널 옮기며 몸을 차게 했단다. 맞은편 집 창문이 빛날 때면, 내 마음은 더 따뜻해지고 쾌활해져서 더 이상 사는 게 무섭지 않았어. 그런데 이 주 정도 후에 창문은 더 이상 빛나지 않았고, 나는 그 여자와 아이가 떠났다는 사실을 깨달았지.

나는 아침까지, 생기 넘치는 간호사가 올 때까지, 내가 기다리고 믿었던 주사를 맞을 때까지 너를 안고 방을 돌아다녔어. 그리고 친구들과 지인의 조언에 따라 나는 십오 루블이나 이십 루블을 받는 사립병원 의사들도 여럿 불렀단다. 그렇지만 이들이 말하는 건 전혀 새로울 것이 없었지. 항생제, 부모의 보살핌, 신체가 스스로 극복해야 한다는 말뿐이었지.

이웃집의 한 할멈은 천수국(千壽菊)을 끓인 물에 널 씻기라고 조언했고, 다른 사람은 카모마일을 끓여서 씻기라고 하더구나. 그렇게 나는 천수국도, 카모마일도 끓였어. 너를 낫게 하기 위해서라면 대머리 악마도 끓였을 거야. 가장 무서웠던 순간이 지나갔을 때 나는 네가 목욕할 때 진정한다는 사실을 깨달았고, 욕조에 따뜻한 물을 부어대며 하루에 세 번, 오랫동안 널 목욕시켰지.

몸이 스스로 이겨내야 했어. 그리고 넌 극복했지. 그러지 않을 수 없었을 거야. 넌 수천 명이 죽은 그곳에서 살아났으니 말이야. 넌 이미 생존 경험이 있었고, 게다가 넌 사람으로 태어났잖니.

그래, 내가 널 돌보았단다. 이 녀석아. 후에 의사들이 말하기를 내가 널 포대기로 감싸지 않음으로써 널 강하게 만들었다고 했어. 그때부터 넌 침대에 헐벗은 채로, 통통한 분홍색 몸을 그대로 드러내고 누웠고, 전혀 추워하지 않았지.

그로부터 일 년 후 난 널 바닥에 놓았고, 너는 맨발로 나무 바닥을 조심스레 기어다녔어. 넌 지금도 네 엄마의 친구들을 놀라게 하며 항상 맨발로 온 집 안을 돌아다니잖니….

그녀는 병원에서 한 달 반 후에 돌아왔어. 조용하고, 쇠약하고 낙담한 상태였어. 그동안 너는 많이 컸고, 튼튼해졌지. 붉은 반점이 있는 땅속 요정에서 붉은 머리에 푸른 눈을 한 귀여운 아이로 변해 있었어. 그녀는 네가 한 손을 떨어뜨리고, 다른 한 손은 우스꽝스럽게 가슴 위에 얹고 자고 있던 낮에 돌아왔단다.

그녀는 네 방 문턱에 멈춰 서서 넋이 나간 사람처럼 널 바라보며 오랫동안 그렇게 서 있었고, 가까이 다가갈 엄두를 내지 못했어. 그렇게 서서 앙상한 등을 들썩이며 조용히 울었지. 그다음 손바닥으로 눈물을 훔쳐내곤 뒤를 돌아보지 않고 말했어.

"당신에게 평생의 빚을 졌네요."

"갚으면 되지."

나는 무미건조하게 대답했어.

이젠 말이다, 이 녀석아. 나는 다시 가방을 가져왔어야만 했어. 난 훌륭한 사람으로서 의무를 이행했고, 널 죽게 내버려두지 않았지. 다른 사람의 아이인 널 말이야.

그래…. 네가 다른 사람의 아이라는 사실을 나는 이제는 머리로, 흔히들 말하듯 개념적으로 이해했단다. 그렇지만 네 어머니가 병원에서 돌아온 바로 그날 나는 가방을 챙겨 어디로든 떠나 버릴 준비가 되어 있었어….

물론 나는 아이에게 애착이 있다고 스스로에게 말했지. 그렇지만 여기에는 그 어떠한 놀라운 것도 없었어. 요양원에서 좋은 사람과 한 달간 살았다고 해도 헤어지는 건 슬픈 일이니까 말이다. 나는 떠나면 다 잊을 거라고 스스로에게 다짐했어. 세상에 남의 아이가 얼마나 많으냐고 말이다….

그러나 나는 떠날 수가 없었다. 아는지 모르겠지만 이 녀석아. 네 엄마가 너를 두려워했단다. 그녀는 그저 어떤 방향에서 네게 다가갈지 몰랐고, 내가 익숙하고 편안하게 너를 뒤집고 밥을 먹이는 것에 상당한 두려움을 가지고 관찰했단다. 그녀가 너를 두 팔로 안으려 했을 때, 넌 소리치며 울면서 나를 불렀어.

사실은 말이다, 이 녀석아. 그녀는 쇠약했고, 겁에 질렸고, 너를 전혀 모른다는 사실에 압박을 받고 있었단다. 나는 그때 떠날 수 없었고, 그녀가 널 알아갈 수 있도록 도와야만 했어. 아이를 키우는 데 필요한 기저귀 빨래나 식사 준비, 기타 즐거운 노래와 같은 이 모든 짐을 그녀에게 한번에 지워준다는 건 남자답지 못한 일 같다는 생각이 들었지.

나는 키릴 사니치에게 전화해서 또다시 일주일간의 무급 휴가를 애걸했어. 이 기간이 지나자 너와 네 엄마는 서로에게 조금씩 익숙해지기 시작했고, 나는 출근을 할 수 있었단다. 그러나 출근 첫날 이 제도판에서 저 제도판으로 돌아다니면서 담배를 태웠고, 네가 잠을 자고 있을지, 목 뒤에서 꾸르륵 소리를 내고 있을지, 아니면 젖병을 빨고 있을지, 거울 같은 진한 푸른 눈으로 주변을 응시하고 있을지를 생각했단다.

퇴근시간이 되면 나는 네 엄마의 기저귀 빨래를 도와야 한다고 나 스스로를 설득하며 서둘러 집으로 돌아왔단다. 나는 스스로에게 거짓말을 한 거지. 너를 만나기 위해 서두른 거야. 나는 지하철역에서 나오면서 이미 너와 말하기 시작했지.

"가고 있어. 가고 있어, 우리 아기."

나는 웅얼거렸어.

"뛰어가고 있단다…. 이제 계단을 올라가…. 열쇠를 꺼내는 중이야…."

네가 두 달이 되었을 때, 나는 스스로에게 이젠 충분하다고, 그만 해도 좋다고 말했단다. 난 내가 해야 할 모든 일을 다 했다고. 더는 망가지지 말자고. 그녀의 저주받을 부드러움을, 움츠러든 거짓말을 용서할 힘이 없다고. 내 두 손은 익숙한 애정을 담아 그녀의 어깨와 가슴을 어루만질 힘이 없다고. 얼른 가방을 들고 나와 이제는 스스로를 자유로운 사람이라고 느끼라고….

그렇게 이 녀석아, 나는 아침 내내 나 자신을 응원했단다. 나는 샤워를 하고, 면도를 하고 나서 지난 밤 쌓인 더러운 기저귀를 마지막으로 열심히 빨았어. 나는 그녀가 다른 수천 명의 여성들이 그러하듯 이 모든 일을 스스로 해야 한다고 생각했지.

나는 가방에 속옷과 셔츠를 챙겼고, 넌 자고 있었지. 네 엄마는 마치 뒤에서 공격을 받을 거라 예상한 것처럼 어깨를 경직해 올린 상태로 나를 등진 채 안락의자에 앉아 있었어.

그녀는 침묵하고 있었단다. 그녀는 완고하게 그리고 무방비 상태로 침묵하고 있었어. 나는 내가 떠나는 날에 대한 설명을 할 생각은 없었단다. 이제 날 이 집과 연결하는 건 아무것도 없으니까. 네 침대 말고는 아무것도 없으니까. 그러나 그녀에게는 언제라도 다른 사람이 권리를 주장할 수 있었지. 그렇게 모든 게 분명하고 간단했단다, 이 녀석아. 분명하고 간단했어.

내가 짐을 다 싸자 넌 잠에서 깼어. 그리고 난 너와 작별인사를 하기 위해, 어떻게 해서든 공포와도 같은 가슴속 애수를 극복하기 위해 방으로 들어갔지.

너는 침대에 누워 있었는데, 아직 잠에서 덜 깨어 따뜻했고, 마치 무언가를 질책하는 듯이 나를 집요하게 바라보았어. 난 네 아래 마른 기저귀를 놓으며 혀를 찼어. 그러자 믿을 수 없는 일이 일어났지. 네가 갑자기 나에게 이가 없는 큰 입을 벌려 놀라운 미소를 지은 거야. 넌 처음으로, 내게 일부러 미소지은 거야. 그러니까 바로 내게. 그 순간 나는 시중을 드는 사람에서 살아 있고, 중요하고, 정말 네 마음에 드는 생물체로 변한 거지. 어리디어린 작은 녀석인 너는 내가 널 버리려고 한다는 사실을 깨닫고선 너의 유일하지만 강력한 카드를 꺼내 든 거야.

나는 문을 홱 잡아당기곤 부엌으로 나갔어. 그리고 그곳에서 치명적인 울음소리를 내지 않기 위해 접시 세 개를 들어 바닥에 한 개, 두 개, 세 개를 연속으로 집어 던졌단다. 난 저주받을 거야, 나는 스스로에게 말했단다. 모든 저주를 받으라지. 왜 내가 내 자식을 떠나야 하는 거지? 그리고 누가 감히 내게 이 아이가 내 아이가 아니라 말할 수 있겠는가! 그렇다면 이 애는 누구의 애란 말인가? 나는 내 아이를 위협하는 사람들의 뼈를 산산조각 내버릴 거야. 나는 스스로에게 말했다. 그 사람의 머리를 뚫어버릴 테다! 그러자 나를 제외하고 이 아이를 필요로 하는 사람이 보이지 않더구나!

나는 방으로 돌아와 짐을 풀고 셔츠를 옷장에 걸기 시작했단다. 네 엄마는 여전히 입을 다문 채 의자에 등지고 앉아 있었고, 이 등은 많은 걸 말해주었지….

내 시야에서 보이지 않는 이야기에 대해서 말이다…. 알고 보니까 말이다, 이 녀석아. 그는 줄곧 우리 곁에 있었어. 네 엄마를 보러 병원에 왔고, 우울해했으며 고통받았지만 난 그걸 나중에서야 알았단다. 훨씬 후에….

○ ○ ○

논카 말이에요? 구월에 열한 살이 돼요. 걘 뭐 재미있어요. 단지 정말 바보 같을 뿐이에요. 좋아하는 일은 어학실 카세트 밑에서 패션 잡지를 넘기는 일이에요. 책이라곤 읽지 않고, 아는 것이 아무것도 없지만 인기가 많은 애예요. 우리 반 반장이거든요. 그렇지만 정말 무시무시하리만큼 무식해요! 생각해보세요.

나는 그에게 말했다. 얼마 전에 정말 우연히도 〈브레먀〉(저녁 뉴스 프로그램)라는 프로그램을 집중해서 듣게 되었는데요. 마침 교황한테 일어난 사건을 보도하고 있었어요. 논카는 눈이 툭 튀어나와선 앞머리를 휘날리며 부엌으로 달려와서 부모님께 소리치는 거예요. "여기서 차나 마시고 계시는 거예요? 림스키 코르사코프 교황(교황을 러시아어로 Papa Rimsky(파파 림스키)라고 함. 언어유희)이 살해됐다고요!"

농담 같죠…? 저랑 닮았다고요? 빅토르를 닮았죠. 엄마 친구인 열렬한 하마 같은 마르가리타 세묘노브나 아줌마는 저랑 논카가 "미-친 듯이 닮았다"고 말해요. 바보 같은 아줌마죠. 논카는 자기네 아버지를, 전 제 아버지를 닮았는데 어떻게 우리가 닮을 수 있겠어요. 그렇죠, 아빠? 제 생각에는 모든 여자가 말이에요, 가장 똑똑한 여자들이라고 해도 정말이지 바보 같아요. 아빤 모르시겠나요? 웬 비관주의요? 전 그저 주의 깊은 것일 뿐이라고요. 아뇨, 여자들이 저에게 나쁜 행동을 하진 않았지만, 제 생각에는 두고 봐야 알 일인 것 같아요.

아빤 말이에요. 살면서 여자에게 단 한 번도 당하지 않은 남자를 본 적이 있나요? 그래요, 전 그 누구에게도 사랑에 빠지지 않아요. 그만 하세요. 대체 뭘 저랑 엮는 거예요. 되레 저한테 사랑에 빠진 건…, 좋아요. 교환 수업 때 만났던 여자애라고요. 다만 우린 헤어지기 전에 싸워서 전 도덕적으로 자유롭다고 생각해요. 왜 웃으세요? 아니에요. 전 아빠가 웃는 걸 봤다고요! 아뇨, 사실 전 전혀 걱정하지 않아요.

어쨌거나 배신당할 땐 기분이 나쁘잖아요. 별로 이야기하고 싶지 않아요. 좋아요, 말씀드릴게요. 다만… 아시잖아요…. 있죠. 걔랑 로마뉴크가 함께 있는 걸 발견했어요. 우리 반 여자애들이 좋아하는 그런 애가 있어요. 쾌활하고 운동도 잘하고요. 그 애들이 입구 쪽에서 나오는데, 저희가 다니는 입구가 아니었어요. 단둘이서요. 질문 하나 할게요. 사람들이 대체 인적이 드문 곳에서 단둘이 무얼 하는 거죠? 물론, 키스겠죠…. 그런데요 아빠, 저는 개인적으로 배신을 용납하지 못해요. 절대로! 그 누가 배신하든지 간에요. 전 이걸 굳게 마음먹었어요. 그 애가 어찌나 울부짖던지요.

전 진정한 남성의 모습을 보여주었어요. 전 차가웠고 매너 있었어요. 우스꽝스러울 정도로 매너 있었어요. 그 애는 절 눈물로 매달렸지만 전 너무나도 큰 슬픔을 가져다주어서 유감이라고…. 정말로 유감이고, 로마뉴크의 멋진 이두박근을 선호하는 감동적인 본성을 이해한다고 말했죠. 더욱이 전 로마뉴크에게서 가장 강력하고 두드러지는 이두박근은 다른 사람의 뇌가 자리 잡고 있는 곳에서 찾아볼 수 있을 거라고 신랄하게 말하기까지 했어요. 나쁘지 않죠. 그렇죠, 아빠? 이건 맹세컨대 즉흥적으로 생각해낸 거예요. 거의요….

그런데요, 아빠. 민감한 질문 하나 할게요. 이번 여름에는 어떤 숙녀분이 우리의 삶을 신성하게 해줄 건가요? 아뇨, 만약 그런 여성이 있다면요. 전 그녀를 어떻게 불러야 할까요? 이름과 부칭(父稱)으로요. 아니면 예전에 그랬던 것처럼 발랴 이모, 나타샤 이모, 올랴 이모로요? 왜 아무도 없어요? 제가 어른스럽지 못한 태도를 보인다고 생각한다면, 그건 오산이에요. 아뇨, 전 마음이 넓은 사람이라고요. 아빠, 제 앞에선 솔직하셔도 돼요. 어쨌거나 이건 아빠 일인걸요. 전 아빠가 갑자기 결혼한다고 해도 반대하지 않을 거예요. 정말이에요. 정말로요. 전 그런 일에 정말로 충성스런 태도를 보일 거라고요.

죽을 때까지 혼자 살 수는 없는 거잖아요. 가정생활이라는 건 물론 제 생각에는 정말 끔찍한 일 같지만요. 이웃집 아줌마가 그러는데 늙어가면서 함께 차 한 잔을 마실 사람이 필요하대요. 전 엄마랑 아저씨를 관찰해요. 있죠, 그 둘은 하루 만에 사이가 좋아지기도 하고 나빠지기도 해요. 특히 둘 다 기분이 안 좋은 날에는 더 그래요. 잘 들어보면 엄마가 아저씨의 삶을 망쳤고, 아저씨는 엄마의 무언가를 망가뜨렸다고 말하는데, 저녁이 되면 엄마는 아저씨에게 협심증 약도 가져다주고, 아저씨는 엄마에게 밴드를 붙여주고 있어요. 전원 같은 생활이죠? 그러니까 아빠, 그런 관계에 이끌리면 주저 말고 결혼하세요. 예를 들면 전 절대로 결혼하지 않을 거예요. 정말이에요. 진짜로요. 왜 웃으세요?

아빠, 길 조심하시라고요. 그렇지 않으면…. 예전에는 그렇게 위험한 행동을 하지 않으셨잖아요.

그런데요, 이제 이 무능력한 자포로제츠를 더 점잖은 차로 바꿔야겠다는 생각 안 들어요? 음, 예를 들면 지굴리나 볼가도 좋고요. 어디서, 어떻게 살까요? 아빠, 불쌍한 척하지 마세요. 계속해서 사용할 수 있는 것을 발명하세요. 아빤 쉽게 만들 거고, 그럼 1만 루블 정도는 받을 수 있잖아요…. 비웃지 마세요. 웬 메르세데스요? 실수하시는 거예요. 전 국산 자동차를 이용하려는 애국자라고요. 그러면 볼가를 사시고, 자포로제츠는 버리는 게 아까우시면 저에게 주세요. 전 늘 그랬듯이 이 잡동사니를 기꺼이 받아들이겠어요. 하! 농담이에요. 전 인간 문명이 만들어낸 모든 것을 경멸해요. 네, 맞아요. 네….

아무래도 상관없어요. 뭘 먹든, 뭘 입든, 어디에 살든, 뭘 타고 다니든지요. 중요한 건 저에 대해 사람들이 뭐라고 생각하든 상관없다는 거예요. 두 개의 성을 갖는 문제를 예로 들어볼게요. 우리 반 바보들의 웃음보가 터졌어요. 재밌는 건요. 우리 반에 스비나리라는 성을 가진 여자애랑 포코이니라는 성을 가진 남자애가 있어요. 그런데 하이픈으로 연결된 제 성이 애들에게 기쁨을 주었고, 걔들의 무능력한 머리를 폭발시켰어요.

아뇨, 전 그들을 멸시하는 게 아니에요. 그저 걔들이랑 함께 공부했고, 모두가 괴짜라는 사실도 알고 있고, 걔들은 모두 다 절 미친 듯이 지루하게 만들어요. 이건 정상적인 가정생활과 마찬가지예요. 사랑에 의한 사랑, 말다툼에 의한 말다툼이죠. 왜냐하면 사람들은 서로에게 정말 빨리 질리거든요. 모르시겠나요?

가족에 대해 말이 나왔으니 말인데요. 제 두 개의 성에 대한 이야기가 사랑스런 가족의 근간을 흔들어버렸어요. 네, 그 이유가 뭔지 어떻게 알겠어요. 어쨌거나 꽤 전전긍긍하더라고요.

아시다시피 엄마는 특히나 예민하잖아요. 제가 열여섯 번째 생일을 맞기 두 달 전에 엄마는 이 문제의 뿌리를 캐묻기 시작했어요. 그러니까 말하자면 제가 누구의 성을 따를지에 대해서요. 아뇨, 정말 조심스럽게 이 위험한 문제를 다뤘어요. 마치 어금니가 흔들리는 것처럼 말이에요. 왜 위험한 문제냐고요? 아시잖아요. 아빠에게 말하고 싶지 않았지만요. 엄마가 오래 전부터 정말 조심스럽게 제게 말했어요. 말하자면 빅토르가 절 길러주고 있고, 그리고 또 말하자면 그는 저를 참 잘 대해준다고요. 몇몇 사람들은 두 개의 성을 가지기도 하고, 또 그리고 기타 등등요. 아네요. 그렇게 생각하지 마세요.

전 배은망덕한 놈도 아니고요. 그가 이제껏 제 일에 참견하지 않고, 저에게 권리를 주장하지도 않았고, 사실 굉장히 멋진 사람이었다는 데 정말 감사해요. 모든 게 더 나빴을 수도 있잖아요. 그렇지만 이거랑 제 여권에 새겨질 성이랑 무슨 관련이 있나요? 아뇨, 정말로요. 전 그렇게 해도 괜찮은데요. 그렇다고 해서 제가 알고 있고 좋아하는 모든 사람의 성을 저에게 갖다 붙일 수는 없잖아요. 그렇죠, 아빠. 전 낳아주신 아빠도 있고, 성도 있고요. 다행히 전 그 둘 다에 정말로 만족해요. 전 엄마가 그런 제안들로 절 지치게 했을 때 엄마에게 그렇게 말씀드렸어요. 그때 무슨 일이 벌어졌는지 보셨어야 했는데, 눈물과 물약, 뛰는 맥박소리요. 엄마는 히스테리 전문가잖아요. "좋아요, 두 개의 성을 쓸게요."

그렇게 된 거예요. 집으로 여권을 가져와서 보여드리는데, 여기서 연극이 시작되는 거예요. 이번에 주연이 누군지 짐작이 가세요? 빅토르요. 이젠 제가 아빠의 성을 따를 것인지, 그의 성을 따를 것인지에 그가 관심을 둔다는 데 의심의 여지가 없었어요. 빅토르는 욕실에 처박혀선 반나절이나 있었어요.

아빠가 이걸 보셨어야 했는데, 엄마는 꼬꼬댁거리는 암탉처럼 욕실문 앞에서 발을 동동 구르며 "비탸! 비탸!" 하며 불러댔고, 욕실 안에서는 "난 면도 중이오!"라며 샬랴핀(러시아의 성악가) 같은 그런 울음소리가 들렸어요. 정말 재밌죠…. 왜 절 그런 눈으로 바라보세요? 아뇨, 그냥 아빠 얼굴이 좀 이상해서요.

아빠, 길 좀 보세요, 제발요. 집에 살아서 가고 싶단 말이에요….

○ ○ ○

그러니까 말이다, 이 녀석아. 내가 지평선에서 누굴 봤는지 말이야. 그가 처음 나타난 건 네가 세 살이 되던 날이었어. 그때 나는 네가 내 친자식이 아니라는 사실을 완전히 잊어버렸지. 그러니까 완전히 잊어버린 건 아니었고, 이 감흥 없고 빛바랜 생각은 완전히 다른 사람의 일처럼 정말 가끔 떠올랐단다. 말하자면 두 유럽 정상 간의 회담에 대한 보도나 스웨덴 어딘가에 원자력 발전소를 짓는다는 보도처럼, 물론 존재하지만 우리와는 하등의 관계도 갖지 않는 그런 정보 말이다. 나는 가게나 직장, 병원 등 어디나 널 데리고 다니길 좋아했단다. 넌 활발한 개구쟁이였고, 네게 관심을 가지는 모든 사람과 친해졌어.

줄을 서서 기다릴 때면 네 매력에 빠진, 아이들을 좋아하는 할머니가 꼭 한 명씩은 있었어.

"아빠 아들이라는 사실이 분명하네요."

그런 할머니들은 네가 전력을 다해 내 무릎으로 날아들어왔을 때 제대로 봤단다.

"왜요, 닮았나요?"

나는 네 보송보송한 머리를 헝클이며 뻐기듯 대답하곤 했어.

"빼다 박았네요."

할머니들은 확신에 차서 대답했지. 하지만 내 마음속에는, 마음속 깊은 곳 저 안쪽에서는 잠잠하고 달콤한 아픔으로 이 말을 하는 거야….

네가 세 살이 되던 날 우리는 지칠 때까지 놀이공원을 돌아다녔고, 모든 놀이기구가 우리를 위해서 일했단다. 돌아오는 길에는 시장에 들러 아주 소중한 선물을 샀지. 일 리터짜리 어항과 진줏빛이 나는 회색 구라미 두 마리, 홍관조 두 마리 그리고 무지갯빛 꼬리를 가진 구피 여러 마리를 말이야.

넌 이미 잘 시간이 한참 지났었지. 즐겁고 기나긴 생일날을 즐기느라 지쳐 있었어. 피곤함과 지나친 흥분 때문에 칭얼거리며 내 뒤를 졸졸 따라다녔어. 우리가 마당으로 들어섰을 때 난 네 손을 잡기 위해 멈췄고, 바로 그때 작은 가게에서 어디선가 본 것 같은 사람을 보았단다. 나는 그를 따라 시선을 위아래로 움직이다가 눈을 뗐지만, 곧바로 떠오른 기억이 갑자기 나를 타오르는 모욕으로 활활 태웠단다. 나는 모든 것을 기억해냈단다. 오래전 생일 파티, 타루세비치 부부 그리고 우연히 불꽃으로 뛰어든 모르는 커플까지.

한마디로 그 사람은 네 아버지였단다. 그리고 그는 네게서 눈을 떼지 못했지. 난 어쩔 줄을 몰랐고, 두 손바닥은 땀으로 젖어서 어항이 손에서 미끄러져 떨어져 아스팔트 바닥과 부딪혔어.

진줏빛이 도는 회색 구라미와 아름다운 홍관조 그리고 무지갯빛 꼬리를 가진 구피가 웅덩이에 처박혔지. 넌 떨면서 물고기들이 죽음을 앞두고 팔딱이는 걸 바라보았고, 빽빽하고 늘어지는 베이스 톤으로 갑자기 울기 시작했단다. 그땐 말이다, 이 녀석아. 네 목소린 베이스 톤이었어. 그때 말이야, 지금 말고. 지금은 바리톤에 가깝지….

난 네 손을 붙잡고 가게에 있던 그의 눈길을 어깨 너머로 곁눈

질하며 계속 갔단다. 나는 어깨가 충분히 넓었지만, 그래도 나는 내 자신이 죽음을 앞두고 공포에 휩싸여 아스팔트 위에서 뒹구는 회색 구라미처럼 느껴졌단다.

우리가 집에 도착하자 넌 마침내 진정했고, 밥을 먹인 후 너를 침대에 눕혔단다. 나는 네 엄마 방으로 들어가 만약 내가 우리집 마당에서 또다시 그를 보게 된다면… 우리집 마당이 아니어도…. 어쨌거나 또다시 보게 된다면, 우연이라 하더라도, 도시 저쪽 끝에서라도 마주치지 않도록 경고하기 위해 무채색의 고른 목소리로 말했단다. 그러니까 무기력하고 아무런 도움이 안 되는 사람에게 이 상황에 대해 모든 걸 말했지….

그날부터 나는 끊임없이 내 자신이 사냥꾼에 의해 가죽이 벗겨진 짐승 같다는 생각이 들었단다. 그런 생각이 들 때면 아이를 뺏긴 짐승의 격렬한 분노가 떨림으로 나를 뚫고 지나가는 것 같았어. 네 아버지는 사냥꾼이 아니라 나와 마찬가지로 운명의 게임에 몰려 가죽이 벗겨진 짐승이라는 사실을 당시에는 몰랐단다. 두 번째로 운명이 우리를 때려눕힌 건 별장에서였어.

축축하고 어두침침했던 그해 여름 넌 다섯 살이 되었고, 골목에서 함께 뛰놀던 친구들이 없어 지루해했어. 그날도 날씨가 거들먹거리지 않을 것이라는 사실이 분명해졌고, 넌 베란다에 앉아 힘없이 벽을 긁어 대며 내가 시내에서 돌아오기만을 기다리고 있었어.

난 이 슬픈 여름을 숲지기 미헤이치와 그의 충실한 짐승들에 대한 끝없는 이야기로 꾸몄단다. 이 미헤이치는 늠름한 카우보이와 마자이 할아범(《니콜라이 네크라소프의 마자이 할아버지와 토끼들》이라는 동화)을 합쳐서 생각해냈고, 이야기는 매번 저민 고기나 생선 통조림, 콜바사, 마카로니 등 손이 닿는 곳에 있는 모든 것을 섞어서 만드는 캠핑용 수프를 떠올리게 했지. 그렇지만 넌 이 수프를 변함없는 환희를 가지고 삼켜버렸단다. 얼마 지나지 않아 나는 미헤이치가 지겨워졌는데, 저녁에 내가 테라스 문턱을 넘자마자 넌 환호를 지르며 내게 뛰어와선 그다음 캠핑용 수프를 기대했어. 저녁식사 후에 나는 알록달록한 커튼이 달린 정사각형 침대에 널 눕히고 나도 곁에 누워서 퇴근, 상점, 긴 줄, 전차 후 갈가리 조각 난 미헤이치와 그 짐승들을 증오하며 주인공들을 어디로, 왜 보낼지 겨우 생각해내곤 했지.

내가 생각해낸 이 숲에는 선량한 카우보이 미헤이치와 그의 재치 있는 손녀 마냐 외에도 숲귀신이나 마녀, 물귀신, 집귀신 등 누구나 알 만한 다양한 악당과 흰곰부터 악어까지 모든 동물이 살고 있었단다.

이런 주인공의 운명에 어떤 변화가 일어났는지 더 이상 기억나지 않는다. 하지만 이 주쯤 후에 나는 지쳐버렸고 매일매일 직장 동료들에게 미헤이치 이야기의 새로운 주제를 이야기해달라고 애걸복걸하곤 했지.

네가 "아빠, 나 일어났어요. 아빠, 나 깼어요. 얼른 눈 뜨세요. 창문에 물방울이 말라버렸어요"라고 반복하며 고사리 같은 손으로 내 코와 입술, 닫힌 눈꺼풀을 때리며 무자비하게 아침 일찍 나를 깨웠던 그 일요일에…. 그 일요일에 며칠 만에 처음으로 해가 떴단다. 그리고 점심 때쯤 태양은 게걸스럽게 덤불과 풀밭에 있는 수분을 다 핥아먹었고, 지붕에 있는 계단을 다 말렸으며, 다차 지붕의 지느러미를 따라 미끄러져 내려왔단다.

우리는 산책하러 나갔고, 기쁨 속에서 오랫동안 돌아다녔어. 근처 역으로 갔다가 시장으로 가서 꼬부랑 할머니에게 큰 피클 두 개를 샀지. 우린 지쳤고 허기졌지만, 삶에 매우 만족한 상태로 집으로 돌아왔어.

네 엄마는 우리에게 점심을 먹이고 식료품을 사러 역으로 갔고, 너와 난 자려고 누웠어. 물론 그 전에 교활하지만 매우 귀여운 야가 할멈이 숲에 있는 나무집을 도둑질한 이야기를 했지.

"있죠, 제 가장 큰 기쁨이 뭔지 아세요?"

넌 잠에 빠져들며 웅얼거렸어.

"자고, 놀고, 먹는 거예요…."

마침내 넌 잠이 들었고, 나는 옆에 누워 내 뺨을 금발이 보송보송한 네 뒤통수에 갖다 댔며 생각에 잠겼지. 이젠 무슨 생각을 했었는지 기억이 안 난단다.

졸음 사이로 대문이 끼익 하고 열리는 소리를 들었고, 풀밭을 따라 누군가의 발걸음 소리가 바스락거렸어. 어떤 감각으로, 어떤 동물적 감각으로 앞으로 벌어질 일을 느꼈는지는 모르겠다만, 난 갑자기 눈을 떠서 고개를 창가로 홱 하고 돌렸어.

그곳에는 얼굴을 유리창으로 갖다 대고 손으로 망원경 모양을 한 네 아버지가 탐욕스러운 그리움으로 방 안을 쳐다보고 있었단다. 우린 이삼 초 동안 얼어서 서로를 바라보고 있었어. 분노가 내 피를 집어삼켰고, 나를 미치게 만들었단다. 나는 문을 주먹으로 치고 마당으로 뛰어나갔어. 네 아버진 대문으로 향하는 길을 따라 도망갔지. 난 그의 뒤를 쫓아갔어…. 팰까? 죽여버릴까? 모르겠다, 다행히도 따라잡진 못했어. 그는 자신의 체구에 비해 놀랍도록 빨리 뛰었어. 내 앞에는 젖은 셔츠와 긴장 때문에 시뻘개진 빛나는 대머리가 깜빡이고 있었어.

나는 다차가 모여 있는 우리 마을의 대로변으로 뛰어나가면서 이웃집 여자와 부딪혔고, 그녀의 멍한 얼굴이 나를 멈춰 세웠단다. 나는 티셔츠와 팬티 바람으로 대머리 남자를 쫓아가고 있었다는 사실을 갑자기 떠올렸지.

나는 초록색 다차가 있는 골목으로 들어가 울타리 밑 풀밭에 오랫동안 앉아 있었어. 그리고 정신을 차렸지.

연민과 두려움이 내 양손에 있었어, 연민과 두려움이…. 그를 뒤쫓아가야 했어. 쫓아가서 그 불쌍한 머리통을 날려버려야 했지. 남의 다차를 살그머니 돌아다니면서 남의 아들을 훔쳐보면 안 된다는 것을 가르쳐주기 위해서 말이지.

연민과 두려움은 양쪽에서 내 손을 살그머니 붙잡고는 우리 다차가 있는 골목으로 나를 이끌었단다. 그렇지만 마치 암초에 걸린 것처럼 나를 꼼짝 못하게 내 마음속으로 파고 드는 감정이 하나 더 있었어. 그리고 나는 이 감정이 안타까움이라는 사실을 깨달았단다. 긴장해서 얼굴이 빨개진 대머리 남자에 대한, 도망치는 자루 같은 기이한 모습의 사람에 대한….

제길, 나는 스스로에게 말했지. 바로 여기서는 내가 제삼자고, 그는 한쪽 눈으로라도 자신의 여자와 아이를 훔쳐보러 온 거라고. 바로 내가 껍데기고, 사실은 여기서 내 것은 아무것도 없다고. 내가 가진 모든 건 카우보이 미헤이치나 가짜 아내, 가짜 아들처럼 다 허구라고….

맙소사, 대체 우리 삶에 무슨 일이 벌어지는 거지? 누가 삶을 거꾸로 세운 건지 그 이유를 나는 알고 싶었단다….

테라스에서는 네 엄마가 조용히 접시를 정리하고 있었어. 나는 그녀를 바라보기가 두려워서 방으로 들어가 네 옆에 누웠지. 나는 심장이 너무나도 뛰어서 널 깨울까 봐 약간 뒤로 물러났어. 바로 그때 몇 년 동안 내가 비겁하게 내 자신으로부터 쫓아내왔던 생각이 떠올랐고, 가슴을 무겁게 짓눌렀단다. 난 이젠 끝이라고 생각했지. 내일이든 일주일 후든, 한 달 후든 언젠가 우린 헤어질 수밖에 없을 테니까.

결국 그날은 왔지.

칙칙한 여름이 가을의 무거운 납빛으로 흘러갔어. 우리는 도시로 돌아갔고, 얼마 지나지 않아 비가 내리는 헤어짐의 저녁을 맞이했고, 마침내 나와 네 엄마의 유일한 대면이 이루어졌지….

넌 이미 잠들어 있었고, 나는 옆방에서 연신 담배를 피우며 일하고 있었는데 그건 그날 저녁, 그해 가을에 그랬던 것처럼 아무것도 되는 일이 없었기 때문이었단다. 나는 마음이 무거웠고, 말 그대로 어떤 불행을 기다리고 있었어.

그래서 네 엄마가 노크하고 방으로 들어왔을 때, 내 심장은 가을비가 창문을 두드리는 것처럼 빠르고 묵직하게 뛰었단다.

나는 내가 이 집을 떠나려고 했던 날 그녀가 앉아 있었던 것처럼 등을 돌린 채 있었어. 그러면서 조용히, 마치 날 준비시키는 것처럼 그녀가 들어오자 나는 모든 걸 깨달았단다. 나는 모든 걸 깨달았단다, 이 녀석아. 그녀는 쓸모없는 대화를 시작할 필요조차 없었지. 그러나 네 엄마는 말을 꺼내기 시작했어.

마침내 그녀가 말하기를, 상황이 모든 걸 제자리로 돌려놓았다더구나. 견딜 수 없이 고통스러운 우리의 공존을 끝내야 한다고. 그녀는 희미한 목소리로, 조용하고 피곤해하며 말했어. 목소리는 부드럽게 내 등을 타고 바닥으로 흘러내렸어.

“전 둘째를 기다리고 있어요.” 그녀가 말했단다. “노보시비리스크에 있는 출판사에서 빅토르에게 일자리를 제안했어요. 방 두 개짜리 아파트를 주겠대요. 그리고 우린 모레 떠나요. 표도 이미 구했어요.” 모레라, 나는 생각했단다. 모레….

“이혼은…. 거기서 신청할게요. 당신은 서류에 서명만 해서 보내면 돼요. 이혼은 금방 끝날 거예요. 전 둘째를 가졌어요. 당신은 아무 걱정하지 마세요. 당신이 신경 쓸 일은 없을 거예요.”

내가 신경 쓸 일은 없다, 나는 생각했단다.

“그리고 또 하나….” 그녀가 여전히 피곤한 회색빛 목소리로 말했단다. “걱정 말아요. 모두를 위해 필립은 당신의 아들로 남을 거예요. 당신 성을 따를 거예요. 그 애를 여름엔 당신에게 보낼 수도 있어요. 아이에게 상처를 줄 필요는 없잖아요. 그 아인 당신을 사랑하고, 아버지라 여기니까 제가 결정한 대로 해요…. 빅토르도 동의했어요. 그는 우리가 이 모든 악몽을 뒤로 하고 빨리 떠나기만을 바라며 모든 것에 동의했어요….”

아, 그가 동의한다고…? 나는 등을 돌린 채 내쪽으로 떨어진 각도기를 격렬히 구부리며 말했단다.

"어쨌거나 그는 제게 매우 자상해요."

그렇게 자상한 사람이 오 년 전, 이 주 된 아들이 내 품 안에서 죽어가고 있을 땐 어디에 있었나, 나는 궁금했지. 그리고 침착하게 말하기 위해서. 이 녀석아, 나는 힘을 짜냈는데, 왜냐하면 이 '모레'라는 말이 내 머릿속을 쑤셨고, 내 목에 못을 박아버렸기 때문이었어.

"당신은 아무것도 모르기 때문에 불공평해요." 그녀가 반박했단다. "빅토르는 정말 노력했어요. 그는 제가 병원에 입원한 날 아이를 데려가고 싶어 했지만 제가 전화하지 않았어요. 그는 생활 여건이 나빴거든요. 방을 얻어 살고 있었죠…. 전 그에게 우리의 삶에 끼어들지 말라고 했어요…."

"아, 그렇군, 이제야 알겠어. 그러니까 내가 더 나은 삶의 조건이라는 면에서 아버지 역할에 보다 더 걸맞은 후보였다는 거군." 나는 친절히 지적했어. "그렇다면 당신이 병원에서 퇴원한 다음엔?"

"제가 병원에서 퇴원한 후엔…." 그녀가 조용히 말했단다. "당신이 아이에게 얼마나 큰 애착을 가졌는지 알게 되었고, 그래서 당신에게 상처주기가 두려웠어요."

난 웃기 시작했단다, 이 녀석아. 나는 악의에 차서 웃기 시작했는데, 사람을 죽이면서 그에게 상처주기가 두려웠다는 전형적인 여성적 사고방식에 감탄했기 때문이었단다.

난 여전히 그녀를 등지고 있었어. 난 그녀를 죽이지 않기 위해 등을 돌리지 않았단다. 나의 손으로 가느다란 그녀의 불쌍한 목을 짓누르지 않기 위해서 말이야. 이 녀석아, 하마터면 네 엄마를 죽일 뻔했다!

인간 쓰레기. 나는 생각했어. 어디가 더 나을지 이리저리 재는 더러운 창녀. 내가 그들의 아이를 키우는 동안, 그들은 잠자리를 가졌던 거야. 나는 이 아이를 사랑했고, 내 삶보다 더 사랑했어. 맙소사, 그녀는 이 사랑으로 내 두 손을 묶어버렸고, 난 힘없이 너덜너덜해졌어…. 그리곤 줄곧 내 관자놀이로 날카로운 '모레'라는 말이 내 머릿속을 파고 들었지.

넌 벽 너머에서 자고 있었단다. 넌 공기, 나무가 절대로 사라지지 않는 것처럼 우리의 멋진 삶이 절대로 사라지지 않을 것이라고 완전히 확신하며 자고 있었어…. 우리의 멋진 삶은 모레 끝날 예정이었지.

난 네 아버지의 긴장해서 시뻘개진 머리와 자루 같은 몸을 떠올렸단다….

"내가 그에게 나타나지 말라고 했어요. 빅토르는 동의했어요.

그는 모든 것에 동의했어요….”

나는 처음으로 그에 대해 생각했어, 불쌍한 사람이라고….

마침내 나는 그녀를 향해 몸을 돌렸어.

“멍청하고, 잔인한 여자.” 나는 작게 말했단다. “당신은 나와 그 남자를 가지고 대체 무슨 짓을 한 거야. 두 남자에게 뭘 한 거냐고!”

그러자 그녀는 갑자기 일어서서 부들부들 떨었어. 그녀는 소리치기 시작했지. 그녀는 증오로 나를 노려보며, 눈물과 광분에 숨이 넘어갈 듯한 목소리로 소리쳤단다.

“아녜요.” 그녀가 소리쳤어. “바로 당신이, 당신이 다 잘못한 거예요. 당신의 두 손으로 직접 이 모든 것을 저지른 거라고요! 당신은 날 밀어냈고, 말을 듣지 않는 개를 쳐내듯 역겨워하며 다리로 날 밀어냈다고요! 오, 당신은 깨끗하고, 고상하고, 원칙적이고, 외과용 드레이프처럼 깨끗하죠! 그 고상한 원칙들과 함께 저주나 받아요. 당신은 날 짓밟았어요! 지난 오 년간 당신은 내가 하찮고, 미개한 생물이라 당신의 아내도, 필립의 엄마도 될 자격이 없다는 사실을 매순간 일깨워줬어요.

난 잊지 않을 거예요. 당신이 지난 오 년간 친절한 이웃의 눈빛으로, 친절하지만 멸시하는 목소리로 내 아이에게서 날 어떻게 강탈해갔는지 절대로 잊지 않을 거예요. 보아 하니 나보다 당신이 필립에게 백 배는 더 중요해서, 이 애가 당신 없인 살 수 없을 거라고 생각했던 모양이죠? 당신은 고집스레, 끊임없이 내게서 아들을 빼앗아갔어요! 그 앤 당신을 아주 좋아하고, 당신의 손짓이나 걸음걸이를 그대로 따라 해요. 당신은 내가 떠나는 걸 무서워하도록, 내가 필립을 당신에게 떼놓는 걸 두려워하도록 할 수 있는 모든 걸 했어요!"

"맞아요, 전 잘못된 길을 갔어요." 그녀가 히스테릭하게 말했다. "난 당신을 단 한 번 배신했어요. 여행지에서 벌어진 멍청하고 말도 안 되는 일이었죠. 그리고 전 곧바로 그를, 우연히 만난 그를 증오하기 시작했고, 중요한 건 제 자신을 증오하기 시작했어요. 왜냐하면 당신을 사랑했기 때문이에요. 제 삶에서 당신만을 말이에요. 그런데 그는 캐러멜처럼 제게 달라붙어선 한 발짝도 떨어지지 않았고, 우리가 모스크바로 돌아온 후엔 매일같이 직장에 절 보러 나타났어요. 그에게서 벗어나는 건 불가능했다고요!"

그녀는 빠르게 그리고 혼란스럽게 땀거미가 내려앉는 가운데 땀이 나 광이 나는 이마를 밝히며 말했다. 그리고 나는 그저 모레, 모레라고만 생각하고 있었단다….

"당신이 뭘 알아요. 임신 사실을 알고 나서 저는 죽음과도 같은 공포를 겪었어요. 전 의사들을 만나러 여기저기 다녔고, 길에서 만난 사람의 아일 낳을 생각은 추호도 없었다고요. 왜냐하면 전 항상 당신을 사랑했고 아이를, 당신의 아이를 꿈꿔왔기 때문이에요…. 그렇지만 의사들이 하나같이 이건 수천 분의 일의 확률이었다고, 정말이지 운이 너무나도 좋은 경우여서 이번 기회를 놓치면 다음은 기대할 수 없다고 말했다고요…."

그녀는 울었어. 하지만 내가 말을 끊고, 그녀가 말을 끝내거나 끝까지 다 울지 못하게 하고, 그녀의 아픔을 캐내지 못하게 할까 봐 말 그대로 걱정하면서 서둘러서, 불쌍하게 계속 말했단다….

"난 내 배를 증오했어요. 그리고 그 속에 숨어있는 애도요. 심지어 그 애가 제 애라는 생각도 들지 않았다고요. 그저 내 마음과 신경을 갉아먹는 교묘하고 교활한 짐승을 넣고 다니는 것 같았어요.

전 당신을 한 번도 속인 적이 없었고, 그때 모든 것을 말하려고 했어요. 당신을 영영 잃을 걸 알면서도 차례대로, 모든 걸 잔인하게 말할 생각이었다고요.

그런데 제가 입을 겨우 떼고, 아이를 기다리고 있다고 겨우 말했을 때…. 아뇨, 얼마나 살든 전 그 찰나 당신의 눈과 어린아이처럼 벌어진 입술을 기억하고 있어요. 당신은 행복에 귀가 멀었고, 전 혀가 움직이지 않았어요. 알겠냐고요. 혀가 움직이지 않았다고요…. 그때 전 번뜩 생각이 들었어요. 모든 걸 잊어야 하고,

기억에서 그 여행을 찢어내고 이 아이가 당신의, 당신의 아이라는 사실을 스스로에게 불어넣어야 한다는 사실을 깨달았어요! 그리고 전 성공했죠. 거의요….

전 빅토르를 떨쳐버렸고, 나타나지 말라고 했어요. 그렇지만 그는 매일같이 연구소 근처로 와서 일정한 간격을 유지하며 집까지 제 뒤를 따라왔어요. 제가 가장 두려웠던 건 당신이 이 사실을 아는 것이었어요.

당신이 이해할 수 있었을까요. 그때 어떻게 제 마음이 두 조각으로 찢겨졌는지, 밤마다 어떤 악몽을 꿨는지, 얼마나 간절히 이 아이의 죽음을 바랐는지 말이에요. 그렇지만 아인 죽지 않았고, 자라고 있었어요. 제 안에서 자라고 있었고, 태어나서 살기를 원했어요.

당신이 뭘 알겠어요. 아이를 처음 제게 데려왔을 때 전 보자마자 아이가 빅토르를 쏙 빼닮았고, 죽을 때까지 제 앞에 당신의 얼굴이 아닌 다른 사람의, 우연히 만난 사람의 얼굴이 계속해서 아른거릴 거라는 사실을 깨달았죠. 저도 죽고 싶었다고요. 맙소사, 얼마나 죽고 싶었던지! 밤마다 병동에서, 모르는 여자들 사이에서 병원 베개로 울음을 삼키며 어떤 슬픔을, 어떤 공포심을 제가 겪었는지 당신은 절대 이해 못 해요! 그러고 나선 당신의 얼굴을 보았을 때, 당신이 모든 걸 알고 있다는 사실을 깨달았어요.

바로 그때 제 삶에서 진정한 공포가 시작된 거예요.

맞아요, 당신은 떠나진 않았어요. 그렇지만 남지도 않았죠. 그게 가장 무서웠어요. 당신은 지난 오 년간 매일 절 처형했다고요. 전 당신이 떠나기만을 매일같이 기다렸어요. 처음엔 기대하는 구석도 있었죠. 당신이 그렇게도 아이를 사랑하니 언젠간 이해해서 저를, 그의 엄마를 용서해줄 것 같았거든요. 이해와 용서요.

매일 밤 전 마비된 심장을 안고 긴장한 채 누워 복도에 울려 퍼지는 당신의 발자국 소리에 귀를 기울였어요. 그리고 마침내 당신이 방으로 들어오면 전 당신에게 몸을 던지고, 당신의 무릎을 붙잡고 당신이 절 용서할 때까지 울부짖고, 또 울부짖으며, 기어 다니려고 기다렸다고요. 그러면 우리 사이는 다시 좋아질 테니까요.

아뇨! 당신의 발자국 소리는 변함없이 문 옆을 지나쳤고, 낮에 당신은 방으로 들어오기 전 노크를 했어요. 당신은 정중하게 노크했다고요. 오, 사랑하는 여보. 당신은 예의 바른 사람이에요. 오 년간 우리 아파트는 하숙집이었어요. 그래도 전 여전히 기다렸어요. 그리고 빅토르를 끊임없이 밀어냈죠. 전 어떤 희망을 가지고 있었던 사 년 동안에는 혐오스러운 그를 밀어냈어요. 그리고 결국 포기했죠."

그녀가 소리쳤다. "맞아요. 전 약해 빠져서 혼자 살 수 없어요!

당신은 강인하고, 당신은 거만하고, 당신은 고귀해요. 사람이 아니라 칼날 같아요. 당신은 오 년 동안이나 나를 매일같이 죽였고, 전 살고 싶었을 뿐이에요! 아시겠어요? 전 삶을 사랑하기 때문에 살고 싶었을 뿐이라고요!

전 떠나는 게 슬퍼요. 그를 사랑하진 않지만 그 옆에선 전 지저분한 개가 아닌 여자가 된 것 같아요. 그래서 전 필립을 데리고 떠나요. 이 딱딱한 사람아, 당신 마음이 아프든지 말든지요! 아마도 언젠가는 당신이 지난 오 년이 제게 어땠는지 이해하겠지요…."

나는 그녀에게 아무 말도 하지 않았고, 그녀도 입을 다물었단다. 우리는 황혼이 내려앉은 방에 앉아 있었어. 서로 다른 구석에, 각자의 슬픔을 안고. 그리고 누군가 일주일을 더 말한다 한들 상대방은 절대 이해하지 못할 거라고, 이해하고 싶어 하지 않을 거라고 생각하면서 말이다. 나는 아이들이 자라면 떠나서 다른 도시에서 살기도 한다고, 그런 일은 흔하다고 스스로에게 되뇌었어. 네가 너무 빨리 자라서 조금 빨리 떠나는 거라고 생각하기로 했단다. 그렇게 생각하기로 했단다….

그녀가 방에서 나가기 위해 일어났을 때, 나는 고개를 돌리지 않은 채 물었단다.

"그러니까, 그래도 나는…."

"약속해요."

그녀가 단호하게 말했다.

"아이는 아무것도 모를 거예요. 전 당신네들 둘 중 한 사람이 죽고 나면 그때 아이에게 모든 걸 이야기해줄 거예요."

그때 말이다, 이 녀석아. 이 말이 그녀가 우리 둘 중 한 사람을 묻을 것이라는 차가운 확신으로 날 비뚤어지게 했단다. 그렇다면야 뭐, 나는 생각했다. 그렇다면 그곳에 내가 먼저 가게 되도 나쁘지 않겠다고 말이야….

이튿날 넌 떠났단다. 난 널 바래다줄 수도 없었어. 네 어머니가 나와 빅토르의 만남을 불필요하다고 여겼기 때문이었지.

현관에서 마지막으로 네게 외투를 입히고 털모자를 씌워주고, 부츠를 신겨줄 때 넌 볼을 부풀렸다가 마치 풍선이 터지는 것처럼 입술로 크게 소리를 냈단다. 넌 영영 떠난다는 사실을 몰랐어. 아마 엄마의 이모 댁에 일주일간 놀러간다는 구실로 허둥지둥 네 눈을 가렸겠지. 난 네 모자 끈을 어떻게든 묶으려 했지만 그럴 수 없었는데, 이건 내가 혐오스러우리만치 손을 떨어서가 아니라, 네가 늘 그래왔듯 일 초도 제자리에 서 있지 않아서였어.

"가만히 있어, 아들."

나는 쨰지는 목소리로 소근소근 말했지.

그때 난 네가 아무것도 느끼지 못한다는 사실이 이상하게, 심지어 모욕적으로까지 느껴졌어. 웃긴 일이지, 넌 겨우 다섯 살이었는데 말이야….

마침내 모자 끈이 묶였고, 넌 고개를 들어 나를 주의 깊게, 능글맞게 바라보았어.

"아빠, 볼 속으로 공기를 보낼 줄 알아요?"

넌 진지하게 물었지. 난 널 감싸 안고 부드러운 갈색 모자털과 옷깃에 얼굴을 파묻었고, 마음을 다잡을 때까지 시간이 얼마간 흘렀단다.

네 엄마는 짐가방을 가지고 문 옆에 서 있었는데, 고통스럽고 창백한 얼굴을 하고 있었어. 그리고 마당에서 너와 네 엄마를 택시에 태워주려 했을 때, 그녀는 갑자기 크게 울기 시작하더니 내게 다가왔어. 아마도 포옹하려고, 인간적으로 작별 인사를 하려는 거였겠지….

나는 그녀에게 한 발짝도 다가가지 않았고, 마당에서 떠나는 택시 뒷모습을 바라보며, 그녀가 옳을지도 모른다는 생각을 했단다. 내가 목석 같은 사람이어서 우리 모두가 불행하다면 내겐 변명거리가 없을 거라고 말이야….

그런데 말이다, 이 녀석아. 그런 날들이었지…. 그래서 미안하구나, 아들아. 넌 숱많은 회색 머리도, 미국식 세련됨도 닮지 않을 거야. 네 아버지의 불룩한 배와 듬성듬성한 머리를 준비하렴. 그리고 '네 아버지'란 단어는 나의 하늘을 불태워버렸다….

아니다, 아니다, 아니다! 그 누구도 절대로 내게서 이 말을 꺼낼 수 없을 것이다! 그 누구도 절대로 나로 하여금 그에게 진실을 말하도록 할 수 없을 것이다! 난 이를 악물고 몇 년 동안 해온 거짓말을 계속할 것이다! 뭐라고? 웬 빅토르? 대체 무슨 뚱딴지 같은 생각을 하는 거니? 거울을 보렴, 아들아. 넌 우스우리만큼 날 닮았잖니! 코도, 눈도, 눈썹도, 이마에 흘러내린 머리카락을 넘기는 바보 같은 습관도…. 말할 필요가 있겠니? 웬 바보 같은 농담이람. 나는 그에게 말할 것이다. 넌 이성적인 사람이라 왜 그들이 이런 이야기를 꾸며냈는지 잘 알겠지!

맞아, 바로 그거야! 누가 날 비난할 수 있겠니? 그들은 두 번이나 너를 내게서 빼앗을 수 없을 거야. 난 끝까지 내걸 지킬 거고, 내 선의의 거짓말은 그들의 썩은 진실을 극복해낼 거야!

나는 긴장된 손으로 운전대를 잡고는 거듭해서 아이의 얼굴을 곁눈질했다. 떠나기 전 소년은 이발했고, 습관적으로 입술을 양 옆으로 잡아당기며, 이마에 흘러내린 앞머리를 계속해서 넘기는 모습을 보는 것이 재미있었다.

난 행복해…. 아이는 나와 함께 있어, 나와 함께. 나는 아이를 꺼내왔고, 우린 여름 내내 함께할 거야. 처음에는 카렐리아(러시아 내 공화국 이름)에 있는 호수로 갈 거야. 그다음에는 늘 그랬듯 콕테벨(카자흐스탄에 있는 산)에 가야지. 그다음엔…. 그때가 되면 알게 되겠지, 뭐라도 생각해내야지….

그리고 일 년 후에 난 이 애를 모스크바로 꺼내와서 대학에 보내야지. 누가 뭐래도 그는 계획한 곳에 입학할 거야. 내 모든 인맥을 쓰겠어. 지인이 많아서 다행이군. 아이는 나와 함께할 거야, 아이는 나와 함께하게 될 거야. 그 아이 외엔 난 이 세상에 아무도 없으니까….

난 행복해…. 좋아. 난 스스로에게 말했다. 두 개의 성이 뭐 어때서. 결국엔 어머니가 그 아이에게 삶을 주었고, 그를 끔찍하게 여기는데, 그녀의 성이 여권에 있지 말란 법도 없지!

넌 완전히 미쳤군, 늙은 당나귀 같으니라고. 나는 스스로에게 말했다. 소년을 빼앗으려고 결정하다니, 그는 이미 다 커서 스스로 결정할 권리가 있다고. 그리고 다행히도 그녀에게는 지금 생각 없는 아들내미일 권리도 있지…. 좋아. 나는 스스로에게 말했다. 그러라지…. 무신 푸시킨, 골레니셰프 쿠투조프 그리고 또 누가 있지…? 좋아. 이게 문제는 아니니까.

나는 길을 바라보며 침착하고 지루한 나 자신의 목소리를 듣고 있단다. 넌 엄마에게 좀 더 잘해야 한다. 엄마는 훌륭한 사람이지만 그저 건강하지 못하고 삶에서 많은 일을 겪었을 뿐이야…. 그리고 빅토르도 멋진 사람이고. 나는 말했다. 똑똑하고, 근면한 사람이지. 14세기 러시아 이콘에 대한 그의 최신 저서는 놀라워….

그리고 오는 길 내내 기쁨 속에서 나는 교육적인 허튼소리를 하고, 그는 으르렁거린다. 그의 강아지 같은 으르렁거림을 들으며 나는 그 또한 기쁘다는 사실을 느꼈다. 우린 삼 년이나 보지 못했잖니!

난 우리집 마당으로 차를 돌렸고, 대문 쪽으로 꺾어 들어가 시동을 껐다.

"드디어 왔네요!"

소년이 익숙한 마당을, 버섯 같은 모래통과 철봉을, 대문 옆 벤치를 흥분하여 바라보며 말했다.

"수레가 질질 끌렸네요…."

우리는 트렁크에서 가방을 꺼내고, 차 문을 잠그고 계단을 따라 올라갔다. 그는 나처럼 손을 휘저으며 무언가 내게 이야기하면서 약간 앞서 갔다.

우리 목소리를 듣고 같은 계단을 사용하는 사랑스런 할머니, 니나 세묘노브나가 우리를 바라보았다.

"필리포크(필립의 애칭)가 왔구나!"

그녀의 까칠하게 늙은 얼굴이 환해지며 소리쳤다.

"얼마나 기다렸는데…. 드디어 왔구나, 필립 게오르기예비치. 드디어 왔어…. 여기 네게 전보가 왔단다. 지금 막 우체부가 다녀갔고, 내가 서명했어."

소년은 어리둥절하며 전보를 받아 열어보았고, 나는 그의 뒤통수가 무감각해지고, 뺨이 창백해지는 것을 보았다. 그는 무언가 말하려 애썼지만 내게 전보를 찔러주며 귀머거리처럼 어버버거릴 뿐이었다. 나는 부자연스러운 손가락으로 회색 전보를 낚아챘는데, 거기 쓰인 의미를 이해하기 전 몇 초 동안 투하되는 미사일 소리처럼 매끈하고 짧은 문구를 멍청하게 바라보았다.

'속히 돌아와라. 아빠 돌아가심.'

토요일에 눈이 내리면*

하룻밤 새 온 도시의 청소부가 사라져버렸다. 콧수염이 난 청소부, 대머리 청소부, 딸기코를 한 술에 취한 청소부, 울려퍼지는 시끌벅적한 목소리를 가진 갈색 패딩점퍼를 입은 거대한 뚱보 청소부, 체호프의 마차꾼을 닮은 모든 청소부가 지난 밤 모두 사라져버렸다.

그 누구도 죽은 금붕어처럼 바닥에 굴러다니는 수많은 빨갛고 노란 낙엽을 쓸지 않았고, 그 누구도 서로를 소리치며 부르거나 양동이로 철커덩거리는 소리를 내며 아침에 나를 깨우지 않았다.

청소부들은 지난 목요일, 평범하지 않은 그 꿈을 내가 막 꾸려는 찰나에, 심지어 아직 꿈도 아닌, 사건도 인물도 없이 기쁜 기대감이 모두 엉킨 채 다가오는 환상과 같은 느낌을 꾸려고 할 때

---

* 고 블라디미르 니콜라예비치 토카레프 장군에게 헌정합니다.

나를 깨웠다.

꿈은 몸 속 깊은 곳에서, 손가락 끝에서, 관자놀이에 있는 얇은 피부 속에서 동시에 힘차게 펄떡이는 큰 물고기 같은 느낌이었다. 바로 그때 저주받을 청소부들이 나를 깨웠다. 그들은 양동이로 철커덩거리는 소리를 내고, 인도를 따라 빗자루를 질질 끌면서 수족관에 있는 금붕어처럼 공중을 떠다니던 수많은 아름다운 낙엽을 쓸었다.

지난 목요일이었다…. 그날 아침 나는 잠에서 깨 마치 극심한 고통을 겪은 사람의 머리가 하룻밤 새 희끗희끗해진 것처럼 갑자기 노랗게 물든 나무들을 보았다. 내가 봄 토요노동 때 심었던 묘목마저도 이제는 황금빛 머리칼을 흔들며 서 있었고, 헝클어진 붉은 머리의 아이를 닮아 있었다.

'드디어 시작되었구나….'

나는 스스로에게 말했다.

'안녕, 이제 시작이야! 이제 그들이 이 많은 나뭇잎을 쓸어 모아서 이단자처럼 화형에 처하겠지.'

지난 목요일에 있었던 일이었다.

그런데 지난 밤, 온 도시의 모든 청소부가 사라져버렸다. 사라져버렸다, 만세! 어쨌거나 낙엽이 쌓인 도시는 정말 환상적이었다. 홍수가 아니라, 홍엽(洪葉)이었다.

나는 늦잠을 잤다.

오늘은 일요일이다. 막심은 수업이 없고, 아빠도 출근하지 않는다. 그리고 우리는 하루 종일 집에 있을 것이다. 우리 셋이서, 하루 종일, 아침부터 저녁까지….

"청소부들은 더 이상 나타나지 않을 거야."

나는 식탁에 앉아 빵에 버터를 바르며 말했다.

"지난 밤에 모든 청소부가 끝장났어. 그들은 공룡처럼 멸종해 버렸어."

"이건 뭔가 새로운데!"

막심이 소리쳤다. 내 생각에 오늘 그는 제정신이 아니다.

"난 더는 반복하지 않을 거야."

나는 그 말에 동의했고, 우리의 아침 체조는 그렇게 시작되었다.

"오늘 체조 프로그램은 아주 다양합니다. 누가 샐러드를 만들었죠?"

"아빠가."

"막스가."

아빠와 막스는 동시에 말했다.

"아주 좋아요!"

내가 소리쳤다.

“둘 다 틀렸어요. 샐러드를 만든 사람은 저예요. 어제 저녁에 만들어서 냉장고에 넣어두었죠. 아마 샐러드가 냉장고에서 나왔을 것 같은데요?”

“맞아.”

아빠가 말했다.

“뻔뻔한 사람들 같으니라고….”

아빠도 오늘 제정신이 아니었다. 그러니까 제정신이 아니라기보다는 무언가 걱정거리를 안고 있는 듯 보였다. 내가 저녁부터 계획한 아침 체조도 성공을 거두지 못했다.

아빠는 십 분 정도 샐러드를 뒤적거리더니, 포크를 내려놓곤 깍지를 낀 손에 턱을 대고 말했다.

“의논할 일이 한 가지 있단다, 얘들아…. 너희들과 이야기하고 싶었어. 더 정확히 말하자면 상의하고 싶었단다. 나탈리야 세르게예브나와 나는 같이 살기로 결정했다….”

그는 무슨 말을 할지 적절한 단어를 찾기 위해 멈췄다.

“그러니까… 서로의 운명을 엮기로 했단다.”

“어떻게요?”

나는 미친 듯이 화를 내며 물었다.

“어떻게 그럴 수 있어요?”

“아빠, 죄송해요. 어제 이야기한다는 걸 깜빡 했어요.”

막스가 서둘러서 말했다.

“우리는 반대하지 않아요, 아빠….”

“어떻게?”

나는 멍청하게 되물었다.

“저 방에서 이야기하자!”

막스가 내게 말했다.

“다 알겠어. 우리는 다 이해하고 있어.”

“어떻게? 엄마는 어떡하라고?”

내가 물었다.

“너 미쳤니?”

막스가 말했다.

“저 방에서 이야기하자니까!”

그는 쾅 소리를 내며 의자를 뒤로 젖혔고, 내 손을 잡고 방으로 질질 끌고 갔다.

“뭐야 너, 미쳤어?”

그는 나를 강제로 소파에 앉히면서 차갑게 반복했다.

나는 굉장히 오래된 소파에서 잠을 잤다. 내가 다리를 뻗는 두 번째 둥글고 긴 베개 너머를 보면 너덜너덜해서 겨우 알아볼 수 있는 ‘소파 No. 627’이라고 쓰여 있는 라벨을 볼 수 있었다.

나는 No. 627 소파에서 잤고, 이따금 밤마다 누군가의 집에 내 소파처럼 오래된 소파가 있을 것이라고 생각했다. No. 628, No. 629, No. 630 등 내 소파의 남동생 소파 말이다. 그리고 나는 얼마나 다양한 사람들이 이런 소파에서 잠을 잘까, 또 이 사람들이 잠자리에 들면서 얼마나 다양한 생각을 할까라는 생각을 하곤 했다.

"막심, 엄마는 어떻게 해?"

나는 물었다.

"넌 미-쳤어!"

그가 투덜거리며 손바닥을 무릎 사이에 끼고 앉았다.

"엄마를 되살릴 수는 없어. 그리고 아버지 인생은 아직 끝나지 않았어, 아직 젊으시잖아."

"젊다고?"

나는 경악하며 다시 물었다.

"아빤 마흔다섯 살이잖아."

"니-나!"

그가 내 이름을 길게 불렀다.

"우리는 성인이잖아!"

"오빠가 성인이겠지, 난 겨우 열다섯 살인걸."

"열여섯이겠지…. 우리는 아빠의 삶을 망치면 안 돼. 그렇잖아도 오래 참으셨어. 우리 때문에 오 년이나 혼자서 말이야….”

“그리고 엄마를 사랑하기 때문이기도 하지.”

“니나! 엄마를 살릴 순 없어!”

“왜 당나귀처럼 자꾸 같은 말을 반복하는 거야!”

나는 소리쳤다. 당나귀들이 같은 말을 반복한다는 소리는 들어본 적이 없지만, 나는 그렇게 말했다. 어쨌든 당나귀는 정말 귀여운 동물이기는 하다.

“그래, 어쨌든 이야기했다….”

막심이 피곤해하며 말했다.

“내 말 다 알아들었잖아. 아버진 거기서 사실 거야. 여긴 자리가 없으니까. 그리고 우리는 성인이야. 이건 사실 좋은 일이야. 왜냐하면 아빠의 작업실이 네 방이 된다는 뜻이니까. 넌 오래 전부터 네 방을 가졌어야 했어. 이젠 더 이상 밤마다 브래지어를 베개 밑에 두지 않아도 돼. 이젠 인간답게 의자 등받이에 걸어놔.”

어떻게 오빠가 브래지어에 대해 아는 걸까? 바보 같으니라고….

우리는 방에서 나왔다. 아빠는 식탁에 앉아 빈 콜바사 그릇에 담뱃불을 끄고 계셨다.

막심은 나를 앞으로 밀었고, 내 목 뒤에 손을 올렸다. 그는 사람들이 돈을 거는 경주마를 쓰다듬듯 내 목을 쓰다듬으며 달래는 듯 낮은 목소리로 말했다.

"자…."

"뭐 하세요?"

나는 청소부 같은 목소리로 아버지에게 소리쳤다.

"재떨이가 없어서 그래요?"

그리고 빠르게 문으로 다가갔다.

"어디 가는 거야?"

막심이 물었다.

"산책 좀 할게."

나는 모자를 쓰면서 대답했다.

그때 전화벨이 울렸다.

막심은 수화기를 들고는 나를 막으며 내게 말했다.

"네 전화야. 완전 남자 목소리야."

"실수가 분명해."

나는 말했다. 남자들이 내게 전화하는 것은 드문 일이다. 남자들은 내게 전화한 적이 없었다. 사실 칠 학년 때쯤 캠프 조장이 날 귀찮게 한 적이 있긴 했다. 그는 부자연스럽게 높고 웃긴 목소리로 말했다. 그가 우리집으로 전화를 걸어 오빠가 받았을 때, 오빠는 현관에서 내게 소리쳤다.

"이리 와, 고자가 널 찾는다!"

이 남자는 아름다운 저음으로 말했다.

"니나 씨 맞죠?"

그가 말했다.

"고마워요, 알고 있어요."

나는 기계적으로 답했다.

"목소리가 참 아름다우시네요. 죄송합니다, 긴장해서 뻔한 말을 했네요…. 당신을 극장에서 봤습니다…."

"네, 제가 출연하는 연극 〈죄와 벌〉 초연에서요."

내가 말했다. 우리 반의 누군가가 나에게 장난을 치는 게 분명했다.

"아, 아니에요…."

그가 머뭇거리며 반박했다.

"당신은 원형극장에 앉아 있었어요. 알고 보니 제 친구가 정말 우연히도 당신을 알아서 제게 전화번호를 알려주었어요."

"뭔가 착오가 있는 것 같네요."

나는 지루한 목소리로 말했다.

"지난 삼십이 년간 저는 극장에 가본 적이 없거든요."

그는 웃기 시작했다. 그의 웃음소리는 정말 유쾌했다. 그리고 그는 책망하는 듯 말했다.

"니나, 전 진지해요. 당신을 꼭 봐야겠어요. 꼭이요. 전 보리스라고 합니다….”

“보리스, 정말 안타깝지만 당신은 속았어요. 전 열다섯 살이에요. 아니, 열여섯 살이요….”

그는 다시 웃더니 말했다.

“나쁘지 않네요. 아직 정말 젊으시군요.”

“좋아요, 우리 지금 만나요.”

나는 단호히 말했다.

“독특하게 신문을 손에 들고 뻔한 꽃을 단춧구멍에 꽂고 만나요. 당신은 ‘모스크비치(1971년 동서냉전기 소련의 국민차)’ 자동차를 훔쳐서 고비 사막 쪽으로 오세요. 전 빨간 점프 수트를 입고 노란 피크트 모자(앞에 챙이 있는 모자)를 쓰고 그쪽으로 갈게요. 그곳에서 만나요. 단 일 분 동안만요! 혹시 직업이 청소부 아니죠?”

“니나, 당신은 놀라워요!”

그가 말했다.

그는 내가 정말로 빨간 점프 수트에 노란 피크트 모자를 쓰고 온 것을 가장 마음에 들어했다. 이 모자는 막스가 레닌그라드에서 사다준 것이다. 길고 우스운 트럼프 카드가 달린 큰 모자였다.

“너 미국 액션영화에 나오는 청소년 같아.”

막심이 말했다.

“사실 정말 유행에 걸맞고 멋져.”

할머니들은 경악하며 나를 뒤돌아보긴 했지만, 이 모든 것은 견딜 만했다.

다시 돌아와서 그는 내가 정말로 빨간 점프 수트에 노란 피크트 모자를 쓰고 온 것을 가장 마음에 들어 했다. 그렇지만 이 이야기는 다른 것에서부터 시작되어야 한다. 내가 채소 가판대 옆, 우리가 만나기로 한 곳인 모퉁이에서 그를 본 시점부터 이야기가 시작되어야 한다.

나는 곧바로 그가 보리스임을 알아챘다. 왜냐하면 그는 손에 커다란 흰 과꽃 세 송이를 들고 있었기 때문이다. 또 그 이외에는 이 냄새 나는 가판대 근처에 아무도 서 있으려 하지 않았기 때문이었다.

그는 놀랍도록 멋있었다. 내가 본 남자들 중 가장 잘생겼다. 그가 내 생각보다 아홉 배 정도 못났다 하더라도, 어쨌건 그는 세상에서 가장 잘생긴 남자보다 열두 배는 더 멋있었다.

나는 그에게 가까이 다가가서 손을 주머니에 넣은 채 눈을 동그랗게 뜨고 그를 쳐다보았다. 점프 수트에 주머니가 약간 높이 달려 있어서 내 팔꿈치는 양옆으로 튀어나와 강철로 만들어진 조각상 같은 모습이었다.

그는 두 번 정도 나를 흘끗 쳐다보더니 뒤돌아서 움찔하고는 다시 내 쪽을 바라보다가, 당황하더니 나를 찬찬히 살피기 시작했다. 나는 입을 다물었다.

"저, 넌 누구니?"

그가 놀라서 물었다.

"전 푸른 반바지와 노란 셔츠, 콧물이 잔뜩 묻은 피크트 모자를 쓴 수도승이에요."

나는 동요 숫자 노래를 떠올렸지만, 이는 적절하지 못한 것 같았다. 숫자 노래를 알지 못하는 그는 나를 비정상적인 사람을 쳐다보듯 바라보았다

"어떻게 이럴 수 있지? 안드레이가 말하길, 넌…."

"모든 게 분명하군요."

나는 말했다.

"안드레이 볼로호프는 5호에 살아요. 우리 이웃이죠. 그가 장난으로 내 전화번호를 알려준 거예요. 그는 장난을 좋아하잖아요, 모르셨나요? 언젠가 그가 제게 위험한 낙원(알렉시에 톨스토이의 소설, 원제 《엔지니어 가린의 쌍곡선》)이라고 서명한 러브레터를 여러 장 보낸 적도 있어요.

"음…."

그가 느리게 말했다.

"원래 그래."

"나는 지금 이 상황이 바보 같다는 생각이 들어요."

"그래, 그래. 먼저 이거 받아…."

그가 내게 과꽃을 내밀었다.

"하지만 이건 정말 최악이야! 대체 그녀를 어디서 찾을 수 있을까?"

"누구?"

"있잖아, 내가 극장에서 본 아가씨 말이야."

그는 자신과 나를 측은히 여기며 실망한 눈길로 바라보았다.

"있지, 너 정말로 열다섯 살쯤 먹었니?"

그가 말했다.

"열다섯 살쯤이 아니라, 열다섯 살이야. 아니, 열여섯 살이야."

나는 그의 말을 고쳤다.

"나쁘지 않네, 그런데 왜 나한테 반말하니?"

"나쁘지 않아."

나는 말했다.

"나랑은 다른 방식으론 안 될걸. 난 주머니만 하니까."

"응?"

"키가 작다고…."

내가 말했다.

"더 자랄 거야."

그가 날 격려했다. 정말 싫다!

"절대로!"

나는 그의 말을 끊었다.

"여성은 작은 조각상 같아야지, 에펠탑 같아서는 안 돼."

뻔뻔하게 거짓말을 했다. 나는 마음속으로는 키 큰 여성들을 숭배했다. 그렇지만 어쩌겠는가, 이런 갑옷을 입고서는 자기 방어를 할 줄 알아야 하니까 말이다.

그는 즐거운 듯 헛기침을 하더니 콧날을 한번 쓸고는 주의 깊게 나를 응시했다.

"있지, 일이 이렇게 된 이상 공원에 앉아서 이야기나 할까? 에스키모(아이스크림) 한 입씩 먹자! 신경계에 장애가 올 때 아이스크림이 큰 도움이 된다고들 하더라고. 에스키모 좋아하니?"

"좋아해. 다 좋아!"

"싫어하는 건 있니?"

"물론 있어. 청소부"

나는 말했다.

공원에선 에스키모를 팔지 않았다. 사실 공원에는 빈 벤치 외에는 전혀 아무것도 없었다. 아이스크림은 카페에서만 팔았다.

"갈까?"

그가 물었다.

"물론이지!"

나는 놀랐다.

이런 기회를 놓치는 건 정말 바보 같은 일이었다. 놀랍도록 잘생긴 남자가 나를 카페로 초대하는 일은 거의 없기 때문이었다. 나는 지금이 저녁이거나 겨울이 아닌 게 아쉬웠다. 저녁이었다면 카페는 사람들로 가득 찼을 것이고, 음악이 흘러나왔을 것이다. 지금이 겨울이었다면 그는 내가 외투 벗는 것을 도와주었을 것이다. 이렇게 잘생긴 남자가 외투 벗는 것을 도와주는 일은 미친 듯이 기분 좋은 일일 것이다.

"난 대체 뭘 해야 하지?"

우리가 자리에 앉을 때 그가 골똘히 생각하며 말했다.

"그녀를 어디서 찾아야 하나?"

"내 생각에는 그녀를 찾을 필요가 없을 것 같아."

나는 거칠게 말했다.

우리는 천막이 처진 테라스에 앉았다. 공원은 여기에서도 바로 보일 정도로 밝게 빛나서, 입구에 있는 가로등과 가로등 아래에 붙어 있는 포스터까지 보일 정도였다.

"당신은 극장에서 마음에 드는 아가씨를 보았어요. 아가씨는 아름다웠겠죠. 그래서요? 예쁜 아가씨들은 길거리에 천지예요! 저도 자라면 아름다워질 거고, 그땐 다시 생각해보시겠죠! 그럼에도 불구하고 꼭 그 아가씨를 찾고 싶다면, 탐험대를 모집하고,

배를 준비해서 팁을 꾸린 후 절 사환으로 데려가세요."

그는 웃음을 터뜨렸다.

"넌 정말 사랑스럽구나, 얘야!"

그가 말했다.

"그렇지만 가장 사랑스러운 건 네가 정말로 빨간 점프 수트에 노란 피크트 모자를 쓰고 나타난 거야. 이십삼 년 동안, 아니지 이십이 년 동안 난 너 같은 사람은 처음 봐!"

나는 숟가락을 쪽쪽 빨아 한쪽 눈을 찡그리며 숟가락으로 흐릿하게 빛나는 가을 태양을 가렸다.

"뭐죠, 제 나이나 생김새 때문에 당신이 그렇게 거들먹거리듯이 이야기하는 건가요? 왜 제가 당신 코를 갈기지 못할 거라고 확신하시죠?"

나는 호기심에 물었다.

"화내지 마."

그는 이렇게 말하며 미소지었다.

"너와 이야기하는 건 참 묘하다. 나한테 시집 와라, 어때?"

"제 남편 될 사람이 저보다 일곱 살이나 많은 거로는 모자라요. 그가 저보다 칠 년이나 먼저 죽는 것으로도 모자라요. 그것만으로는 정말 모자라요."

그는 웃다가 접시에 코를 박았다.

"그리고 가장 즐거운 건 늙은 처녀로 남아 마르멜로 바레니에(러시아식 잼, 주로 차에 넣어 먹는다)를 만드는 거예요. 바레니에 수천 통이요. 그다음엔 바레니에가 달콤해질 때까지 기다렸다가 친척들에게 나눠주는 거예요."

나는 진지하게 그를 바라보았다. 대화 도중 내가 굳은 표정으로 농담하기 시작하는 상황이 온 것이다.

"그런데 엄마는 지금 상황에 반대하지 않으시니?"

그가 윙크하며 물었다.

"엄마는 원칙적으로 반대하지 않으세요."

내가 말했다.

"엄만 오 년 전 비행기 사고로 돌아가셨거든요."

그의 얼굴이 변했다.

"미안해."

그가 말했다.

"진심으로 미안해."

"괜찮아요, 그럴 수도 있죠."

나는 차분하게 대답했다.

"아이스크림 더!"

사실 나는 아이스크림이 먹고 싶지 않았다. 그저 이 키가 크고 잘생긴 남자가 고분고분하게 자리에서 일어나 카운터로 향하는 모습을 바라보는 게 즐거웠을 뿐이었다. 아주 잠깐 그가 친절해서가 아니라, 내가 그에게 아이스크림을 더 먹고 싶다고 말해서 그가 자리에서 일어났을 거라고 생각했다.

사실 그가 이곳에 십오 분 정도 더 있든지, 아니면 정중하게 작별을 고하든지는 상관없었다. 단지 나 스스로 연기하는 것이 재미있었다. 이런 상황은 항상 즐거웠다.

카페 옆으로 난 좁은 길을 따라 자전거를 탄 청년이 지나갔다. 그는 한 손으로 자전거 핸들을 잡고 있었는데, 우습지만 그가 원한다면 핸들을 잡지 않고도 자전거를 탈 수 있다는 사실을 보여주려는 것 같았다.

평일이었음에도 게으름이 공원을 지배하고 있었다. 게으름은 모든 곳에 만연했다. 벤치에는 신문이 바스락거렸고, 햇빛이 나뭇잎 사이를 비추었다. 그리고 각자 볼 일을 보러 종종걸음으로 걸어가는 사람들도 목적 없이 비틀거리는 것처럼 보였다.

게으름이 모든 것을 완전히 지배해버렸다.

“빨리 눈이 왔으면….”

그가 자리로 돌아와 내 앞에 약간 녹은 흰 아이스크림이 올려진 접시를 놓았을 때 나는 말했다.

“썰매 타세요?”

“그럼.”

그가 눈을 찡긋했다.

"주로 하는 일이 그거야."

그가 이 말을 했을 때, 나는 내 앞에 이미 다 큰, 그리고 엄청나게 바쁜 사람이 앉아 있다는 사실을 갑자기 깨달았다. 이제 인사를 하고 집으로 돌아가야 할 때라고 생각했지만, 불쑥 이렇게 말했다

"영화관 가지 않을래요?"

정말 뻔뻔함과 무례함의 극치였다. 그러나 그는 떨지 않았다.

"공부는 언제 하려고?"

"전 수업 준비를 하지 않아요. 공부를 잘하거든요."

나는 자포자기한 심정으로 그를 바라봤고, 내 시선은 뻔뻔하고 순진했다….

우리는 어둑어둑해질 때까지 도시를 돌아다녔다. 나는 형편없이 행동했고, 미쳐 있었다. 나는 그의 앞을 뛰어다니면서 두 팔을 휘두르고, 그의 눈을 이따금 바라보며 쉬지 않고 떠들어댔다. 정말 부끄럽고, 수치스럽고, 끔찍한 일이었다. 나는 조종사인 이웃집 바샤 아저씨가 동물원에 데려간 일곱 살짜리 페치카 같았다.

비가 내렸다. 하지만 사람들은 이 고귀한 하늘의 선물에 신경쓰지 않고 종종걸음으로 걸어갔다. 그들은 택시에서 기어 나와 문을 쾅 하고 닫고, 상점 쇼윈도를 구경하거나, 쇼윈도에 눈길도

주지 않고 그 옆을 지나갔다. 또는 전차 정류장에 서 있거나, 지나가는 말로 만남을 기약했다. 그리고 많은 사람의 손에는 사랑스럽고 좋은 물건인 우산이 들려있었다. 인간이 발명한 물건 중 가장 무해한 물건인….

조금 후 다시 햇살이 내리쬐었다. 햇살은 인도에 젖어 나뒹구는 차가운 낙엽을 비추었고, 가을의 낙엽 냄새는 마음 가득 우울함을 채우며 나를 흔들었다. 말 그대로 가을 도시의 새벽을 걷는 사람들이 실제가 아니라 추억인 것처럼, 빼저린 애수가 아닌 달콤하고 밝은 우울함이었다.

이번 가을은 특히나 기쁘고 밝았다. 정말이지 매우 기쁜 가을이었다. 날이 갈수록 여름의 죽음이 더욱더 확실해졌고, 가을은 매혹적인 노란색과 주황색으로 죽어가는 적을 상대로 거둔 승리를 축하했다.

새벽에 불이 꺼진 대문 입구는 이가 없는, 크게 벌려진 입과 빈 눈구멍을 동시에 생각나게 했다.

나는 다시는 올 수 없는 하루가 끝이 났다는 사실을 잘 알고 있었다. 그를 위해 추억을 만들어주려고 노력했지만, 대문 입구에 다다르자 생각대로 되지 않을 것이라는 사실을 깨달았다. 그리고 왜인지는 모르겠지만 이렇게 말했다.

"이제 갈게요."

"전화를 받은 사람이 아버지였니?"

"오빠요. 좋은 오빠예요. 고품격이죠. 레닌 장학금을 받아요. 저랑은 다르게요. 저는 문학 시험에서 3점(5점: 아주 뛰어남, 4점: 잘함, 3점: 통과, 2점: 재시험)을 받았어요. 또 시작이네요…. 갈게요!"

"아버지는 좋은 분이니?"

"오빠보다 더 좋아요. 아버지는 극장 무대 연출가예요. 실력 있는 예술가이자 좋은 아버지이지만, 지금은 결혼할 생각만 하고 있어요."

"그럼 그렇게 하도록…."

"절대로 안 돼요!"

"넌 심술궂구나."

그가 웃기 시작했다.

"정말 가요!"

바로 그때 예기치 못했던 첫 번째 사건이 벌어졌다.

"너무 즐겁지 않을 때 네게 전화해도 될까?"

그가 눈을 찡그리며 쾌활하게 물었다.

바로 그때 예기치 못했던 두 번째 사건이 벌어졌다.

"아뇨."

나는 말했다.

"너무 우울하지 않을 때 제가 전화하는 게 더 낫겠어요."

오늘 밤 아빠가 떠났다. 오빠와 나는 처음으로 단둘이 남게 되었다. 그는 현관에서 구두솔로 구두를 닦았고, 우리는 곁에서 어슬렁거렸다. 나는 팔걸이와 등받이가 없는 의자에 앉아 있었고, 오빠는 문에 기대어 서 있었다. 그리고 우리 둘 다 입을 다문 채 아빠의 행동을 바라보기만 했다.

아빠는 즐겁고 활기가 넘쳤다. 어쨌거나 그렇게 보였다. 나는 아빠가 떠나지만 아직 짐이 남아 있기 때문에 으레 그렇듯이 천천히 짐을 가져갈 것이라고 생각하고 있었다.

아빠는 벽에 걸려 있는 엄마의 초상화만큼은 가져가지 않을 것이다. 긴 손가락에 담배를 끼우고 마치 뒤돌아보는 것처럼 몸을 절반 정도 틀고 앉아 있는 모습이 펠트펜으로 그려진, 아빠가 가장 좋아하는 초상화 말이다. 이 그림은 엄마 친구인 로자 이모가 그렸다. 로자 이모는 기자였다. 그녀는 '푸른 손수건'이라는 노래를 들으면 울기 시작하는 고양이가 있었다. 나도 그랬다! 나도. 고양이도, 로자 이모도….

오늘 아빠가 떠났다.

아빠는 물론 자주 들리고 전화도 할 것이다. 하지만 다시는 늦은 저녁, 방으로 들어와 멀쑥하게 자란 우리의 이불을 고쳐 덮어주지 않을 것이다.

오늘 아빠는 사랑하는 여인에게로 떠났다.

아빠는 구두를 다 닦고, 벽에 걸린 못에서 외투를 꺼낸 후 즐겁게 말씀하셨다.

"안녕, 얘들아! 내일 전화하마."

"그래요, 아빠!"

막스는 활기 넘치는 톤으로 대답하면서 문을 열었다. 계단을 내려가기 전 아빠는 다시 한번 환영하듯 손을 흔들었다.

문이 쾅 하고 닫혔을 때, 나는 소리쳤다. 고백하건대, 나는 사랑하는 사람을 위해 펑펑 울기 시작하는 이 순간을 몹시 기다렸다. 나는 어린 아이들이 징징거리는 것처럼 야단스럽게, 달콤하게, 쓰디쓰게 울었다.

막심은 내 얼굴을 세게 움켜쥐고는 숨쉬기가 힘들 정도로 자신의 플란넬 셔츠에 내 얼굴을 힘껏 갖다 댔다. 그리고 한없이 내 머리를 쓰다듬으며 조용히, 빠르게 반복했다.

"괜찮아, 괜찮아…. 뚝…."

그는 아직 입구를 벗어나지 않은 아빠가 내 울음소리를 듣게 될까 봐 노심초사했다. 나는 울음을 그쳤고, 내 배가 칭얼거렸지만 우리는 무얼 해야 할지 모르는 상태로 오랫동안 방에 있었다.

그렇게 우리는 열한 시가 될 때까지 가만히 있었다. 이윽고 막심은 나를 아빠가 사용하던 작업실에 데려다주었다. 내가 드디어 이 방의 주인이 되었음을 뜻하는 것이었다. 그리고 나를 침대로 몰아넣고는 불을 끄고 나갔다.

뭐라도 해야 했다. 나는 이 모든 것에 대해 곰곰이 생각하기로 결정했다. 머리 뒤에 손을 대고, 눈을 감고 생각할 준비를 했다. 그러나 나는 모든 것이 산산이 흩어져버린 것처럼 아무것도 할 수가 없었다. 지난 겨울 대문 입구 근처에서 아빠와 내가 일으켜 세워준, 눈에 흠뻑 젖은 할머니의 크고 하얀 배가 떠올랐다. 나는 순간적으로 모든 것을 생각했고, 또 반대로 아무것도 생각하지 않았다. 내가 견딜 수 없는 것은 다른 생각이 들지 못할 정도의 생각이 나를 덮치며 참을 수 없게 만드는 한 가지 사건에 대해 생각을 끝내지 못했다는 것이다.

나는 원래 한번에 여러 가지 생각을 하지 못했다. 지금 가장 재미있을 것 같은 생각을 고른 후 그것에 대해 깊이 생각하기 시작한다. 무슨 일이 있어도 그 생각의 틀에서 벗어나지 않는다.

잠시 후 나는 마음속으로 이렇게 말한다.

'이것에 대해서는 다 생각했어. 다음으로 넘어가자.'

그리고 다른 생각으로 넘어가는 것이었다.

예를 들면 내가 아빠에 대해서 생각할 때, 나는 아빠의 작업실과 극장, 새로운 연극을 위한 무대장식, 초연 때 입기 위해 다려야 하는 셔츠에 대해 생각할 수 있다.

초연이 끝난 후에는 아빠가 정중하게 조감독인 나탈리야 세르게예브나가 외투를 입는 것을 도와줄 것이다. 그리고 그녀를 우리집으로 데려올 것이라는 것에 대해서도 생각할 수 있다. 차를 마시러 말이다.

그리고 그들은 엄마의 초상화가 걸려 있는 방에서 차를 마실 것이다. 그 방에서는 우연히 고개를 돌린 것 같은 엄마가 막 피우기 시작한 담배를 손에 들고는 놀란 눈으로 그들을 바라볼 것이다.

하지만 이 모든 상황에서 나는 엄마에 대해 생각해야 한다는 마음이 들지 않았다. 엄마는 특별하고, 훌륭하며 천 번은 더 고민한 생각의 구역이었다. 이 구역에서는 저널 심포지엄이 열리는데, 엄마는 이 심포지엄에 낡은 비행기를 타고 와 내게 수영하는 여자 그림이 있는 펜을 선물로 준다(펜을 밑으로 돌리면 여자는 푸른 수영복을 입고 있고, 위로 돌리면 손으로 수영복을 집는 모습이 나타난다).

나는 초를 켜고 침대에 앉았다. 여러 가지 모습으로, 다양한 포즈를 취하며 앉아 있는 것은 즐거웠다.

아무리 위대한 사람이라도 나만큼 많은 초상화를 뽐내지는 못할 것이다. 아빠는 내가 뛰어난 모델이라고 말씀하셨다. 나는 훈제 콜바사의 남은 조각이라는 생각을 하며, 무릎 위에 올려진 손이 절대 다른 부위에 닿지 못할 것이라는 생각이 들 때까지 가만히 앉아 있었기 때문이다. 내 초상화 여섯 점은 벽에 걸려 있었고, 나머지는 밑에 세워져 있었다.

거울에는 아빠가 잊고 간 흰색 도트무늬가 그려진 푸른 넥타이가 걸려있었다. 나는 원피스 잠옷 위로 넥타이를 맸고, 더 높이 잡아당겼다. 이리저리 보아도 나는 엄마를 닮았다! 코도, 턱도….

나는 우리방의 방문을 열었다. 막심은 책상에 앉아 한 곳을 응시하고 있었다. 그는 뒤돌아서 이상한 눈초리로 나를 쳐다봤다.

"막스."

나는 닭 목 같은 내 목에서 우유부단하게 달랑거리는 넥타이를 잡아당기며 말했다.

"물론 내 방이 생긴 건 좋은 일이야. 그렇지만 내 소파에서 조금만 더 자면 안 될까?"

나는 나 자신과 사흘간 싸웠다. 나는 내 얼굴을 세게 때렸고, 얼굴을 땅바닥으로 내동댕이치기도 했고, 발로 짓밟기도 했다. 나는 이 사흘을 어떻게 살았는지에 대해, 더 정확하게 말하자면 이 사흘 동안 어떻게 살아남았는지에 대해 소설을 한 편 쓸 수 있을 것만 같았다. 소설의 1장 제목은 '1일 차'가 될 것이다.

사흘 후 나는 그에게 전화를 걸었다. 내 머리를 뒤덮는 파도처럼 나에게 밀려오는 길고 긴 통화음을 겁에 질려 듣고 있었다.

나는 '만약 내 마음이 산산조각 난다면, 우스꽝스러운 조각을 가지고 뭘 할 거니?'라고 그에게 말하려고 한다.

그러나 전화기 너머로 들려오는 '여보세요?'라는 목소리는 너무나 부드럽고 무관심했다. 나는 갑자기 뻣뻣해져 조심스럽게 말했다.

"음, 안녕하세요…."

"이봐, 몇 달 동안이나 사라지는 법이 어디 있어?

그가 장난스럽게, 그리고 기쁘게 소리쳤다.

"탐험을 가지 않겠다는 거야?"

우리는 사흘간 만나지 않았다. 나는 지금 전 세계에 존재하는 모든 사랑스럽고 기분 좋은 말이 변한 주황색 오렌지들 사이에서 비범한 재주로 오렌지를 위로 던지고 받는 곡예를 부리고 있는 것 같았다.

"오늘은 무슨 분별 있는 말을 하려고 하지, 무서운 꼬마야?"

그가 물었다.

"혹은 삼 일 동안 완전히 퇴화해버린 거야?"

"오, 당신이 날짜를 셀 줄 안다는 건 정말 멋진 일이에요."

나는 왜인지 오른쪽 엄지발가락이 떨리는 것 같은 기분을 느끼며 침착하게 말했다.

"아마 당신은 제가 하는 말 때문에 제게 사랑에 빠졌겠죠."

그는 정곡을 찔린 사람처럼 웃기 시작했다. 그러니까 아주 만족스럽게 말이다.

"뻔뻔한 청소년 같으니라고."

그가 말했다.

"문학 공부는 잘 되어가니?"

"형편없어요. 《뇌우》(러시아의 극작가 오스트롭스키의 희곡)에 나오는 카테리나에 대한 작문을 제출해야 하는 지 삼 주나 지났는데, 생각하기만 해도 손이 떨어져나가는 것 같아요. 어떡하죠?"

"기다려 봐."

그때 누군가 벨을 눌렀다.

"잠시만요."

내가 말했다.

"우유 배달 왔나 봐요."

문 앞에 나탈리야 세르게예브나가 서 있었다. 그녀는 미소를 띠고 있었다. 부드러운 분홍빛 피부의 둥근 얼굴과 깃에 털이 달린 짙은 푸른색 코트를 입은 통통한 몸과 푸른 장갑 속의 포동포동한 손, 이 모든 것이 생동감과 상큼함으로 숨쉬고 있었다.

"니눌!"

그녀는 내게 오렌지가 가득 들어 있는 그물망을 건네며, 늘 그렇듯 그녀의 스타일대로 즐겁고 열정적으로 말했다.

"극장에서 줬는데, 아빠가 챙겼어."

"당신 아버지가요?"

짧게 물었다.

"너희 아빠!"

그녀가 웃기 시작했다. 그녀는 내 말에 신경 쓰지 않는 것처럼 행동했다.

"너희들 주려고 아빠가 오렌지 육 킬로그램을 챙겨서 내게 가져다달라고 부탁하셨어. 아빤 급한 일이 있으시거든."

나는 즐겁고 열정적으로 말하기 시작했다.

"무슨 말씀이세요, 나탈리야 아줌마, 우리집에는 오렌지가 차고 넘치는걸요! 온 발코니가 가득 찼어요! 오렌지로부터 도통 벗어날 수가 없다니까요. 부엌에는 손을 뻗는 곳마다 오렌지가 굴러다녀요!"

그녀는 놀라서 화살처럼 가는 눈썹을 치켜세우곤 오렌지 자루를 오른손에서 왼손으로 옮긴 후 약간 뒤로 물러섰다.

"괜히 무겁게 가져오셨네요!"

나는 이 상황을 즐기며 말했다.

"우리집 현관에 오렌지가 굴러다녀요. 저기 슬리퍼 안에서도 빛나네요. 어제 막심은 화장실에서 오렌지로 못을 박았다니까요!"

그녀는 계단을 내려가며 어색한 미소를 지으며 말했다.

"그렇구나, 그래…."

나는 문을 세게 닫고 도둑같이 살그머니 뒤돌았다. 막심은 우리방 문 옆에 서서 나를 바라보고 있었다. 나는 그가 복날에 개 패듯이 나를 두들겨 팰 거라고 생각했다. 그리고 이 개는 속담으로 남게 되었으니 아마도 좋을 것 같다는 생각을 했다.

"이 망할 오렌지 사면 되잖아!"

나는 한탄하듯이 소리질렀다.

그는 아무 말이 없었다. 나는 나쁘게도 그가 전혀 자비를 베풀지 않을 거라고 생각했다.

"왜 그렇게 힘들어하는 거야, 쌍불한 내 동생!"

그는 조용히 말하곤 문을 닫고 나갔다.

쌍불한 내 동생! 뭔가 자그마하고, 불쌍하며 절뚝거리는 것 같다. 오빠는 내 걱정에 말실수를 했다.

나는 까치발을 하고 전화기로 다가가서 조용히 수화기를 내려놓았다.

'당신은 스스로에게 애원하는군요, 마에스트로! 시작하세요, 이건 옳지 않아요! 당신이 모두를 기다리게 하고 있잖아요.'

눈은 아직 오지 않았다. 나는 낡은 NO. 627 소파에 앉아 눈의 공연이 시작되기를 간절히 기다리고 있었다. 하늘에서 수백만의 눈먼 흰 곡예사가 탈출하기를 말이다.

나는 긴 팔로 무릎을 감싸고 앉았다. 팔이 너무 길어서 마치 잘 휘어지고 이리저리 얽힌 구불구불한 철길 같았다. 내가 원한다면, 거대한 공간을 내 팔로 안을 수 있을 것 같았다. 여러 집과 밤거리로 가득 찬 우리 도시 전체를…. 나는 우리 도시를 내 배와 세운 무릎 사이에 놓을 수 있을 것이다. 그러면 턱 때문에 생긴 그림자는 도시 절반을 덮는 먹구름 같을 것이다. 그리고 이 먹구름은 공중제비를 넘는 위대한 눈먼 곡예사 무리로 퍼져나갈 것이다. 나는 따뜻한 바람 같은 숨을 쉴 것이고, 이 바람은 구부러진 길 사이에 있는 모든 집의 창문을 울릴 것이다.

그 집 중 한 곳에 아빠가 살고 있다. 아빤 내가 어린 시절부터 과장하거나 축소해서 상상해왔던 모든 것이 아빠의 스케치나 무대 모형에서 비롯된 것이라고 말씀하셨다. 종종 아빠는 오랫동안 작은 방이나 정원 모퉁이와 같은 무대 모형을 만들곤 했다. 그리고 나는 마음속으로 그곳에 사람들을 채웠다. 나는 무대 모형에 눈을 가까이 갖다 대고 속삭이면서 그들과 대화를 나누었다. 어린 시절 나는 그들과 이야기를 나눴다.

이 모든 불행은 눈이 오지 않아서 시작되었다. 그리고 오늘 내릴 눈은 가장 장엄한 공연이 될 것이다.

'부끄러운 일이에요, 마에스트로. 그렇게 포기하는 것 말이에요! 부탁드려요, 제발요!'

"거기서 뭐라고 웅얼거리는 거야?"

막심이 내게 물으며 침대에 앉았다.

"눈을 보고 싶어."

나는 고개를 돌리지 않고 대답했다.

"나는 담배가 피우고 싶은데. 창턱에서 성냥 좀 집어줄래?"

나는 그에게 성냥갑을 던졌고, 그는 담배를 피우기 시작했다.

"요즘 어떤 녀석이 너한테 전화하는 거야?"

오빠가 눈썹을 치켜올리며 엄격하게 물었다.

"오빤 지금 미국 보스가 취하는 바보 같은 포즈를 취하고 있어."

나는 말했다.

"오빠가 생각하는 그런 녀석이 아냐. 그는 엔지니어야. 그는 뾰족 뒤지개나 잔디깎기 기계, 혹은 바인더를 디자인해. 그가 설명해줬는데, 뭔지 잊어버렸어."

"웬 뾰족 뒤지개?"

막스가 갑자기 소리쳐서 나는 움찔했다. 그가 그렇게 격분하는 일은 드물었다.

"너 뭐 하는 사람이야! 널 집 밖으로 나가게 하면 안 되겠어. 넌 돼지가 물 웅덩이를 찾듯이 멍청한 모험을 찾고 있잖아!"

"막스, 부탁이야. 그렇게 세게 나오지 말아…."

나는 등과 저주받을 오른쪽 옆구리가 아침부터 아팠고, 지금은 더 아팠다.

"그런 '엔지니어'들이 너처럼 바보 같은 여자애들로부터 무엇을 원하는지 스스로에게 보고서라도 써서 제출할 참이야?"

그가 차갑게 물었다.

"있지, 괴짜나 백치가 대체 너에게 원하는 게 뭐겠어?"

나는 그의 말을 되받았다.

그러자 그는 삶에서 절대로 벌어지지 않을 온갖 믿을 수 없는 이야기로 나를 겁주기 시작했다. 그가 너무 오랫동안 말을 해서 나는 세 번 정도 잠들었다가 다시 깰 수 있을 것 같다는 생각이 들었다. 그리고 옆구리는 점점 더 아파왔고, 막스가 눈치채지 못하게 하려고 노력했다.

그러나 그는 알아챘다.

"또?"

그의 두 눈은 공포심으로 얼어 있었다. 내가 발작을 일으킬 때면 그의 눈은 항상 그랬다. 그는 현관으로 뛰어나가 아빠에게 전화를 걸었다. 팬티 바람으로 현관에서, 거긴 추울 텐데….

오빠가 공황 상태에 빠져 전화기에 대고 소리치는 동안, 나는 조용히 소파에 누워 꼼지락거리며 창가를 바라보았다.

'아유, 참….'

나는 속으로 눈을 책망했다.

'결국 안 오는구나….'

나는 고통스럽긴 하지만 이 순간이 마지막으로 평안한 시간이 될 것이라는 사실을 알고 있었다. 이제 아버지가 택시를 타고 오고, 구급차가 오면 모든 것이 고요한 무성영화처럼 빙글빙글 돌 것이다….

우리는 운이 좋았다. 마침 아주 멋진 이름을 가진 친애하는 마카르 일라리오노비치 의사 선생님이 당직을 서고 계셨기 때문이었다. 구 년 전 그는 내 신장을 제거하는 수술을 했고, 이번에는 그가 무엇을 할지 미친 듯이 궁금했다. 마카르 일라리오노비치 선생님은 전쟁 중에 목에 부상을 당했다. 그래서 머리카락이 완전히 빠진 머리를 돌리려고 할 때는 어깨와 가슴을 틀어야만 했다. 그는 훌륭한 외과의사였다.

"어디 보자."

그가 나를 살펴보며 시무룩하게 말했다.

"왜 여기서 꾸물대는 거야? 넌 여기 있을 필요가 전혀 없어!"

그가 간호사에게 뭔가 소리쳤고, 간호사는 주사기를 들고 내게 다가왔다.

'이젠 다 괜찮아.'

고통 때문에 감각이 사라진 나는 생각했다.

아빠는 형편없이 행동했다. 그는 비밀 주머니에서 무언가를 꺼내 무언가 믿기 어려운 걸 만들어냈다. 나는 그가 고독한 존재인 것 같다는 생각이 들었고, 어찌할 바를 몰라 부산하게 움직이는 그의 손은 스스로를 위로하고 있었다. 아빠는 내내 의사 곁을 서성이다가 내 앞에서 부끄러운 줄도 모르고 애원하는 목소리로 말했다.

"선생님, 이 아이는 꼭 살아야 합니다!"

마카르 일라리오노비치 선생님은 빠르게 아빠 쪽으로 어깨를 돌렸고, 무언가 가혹한 말을 하려 했던 것 같았다. 하지만 아빠를 바라보고는 아무 말도 하지 않았다. 아마도 그는 구 년 전 이곳에서 부모님이 같은 부탁을 하는 장면을 떠올렸을지도 모른다.

그가 부드럽게 말했다.

"집으로 돌아가 계세요. 할 수 있는 건 다 할 거요."

따뜻한 나날들이 도시로 돌아왔다.

부정(不貞)한 아내들이 돌아올 때보다 두 배는 더 사랑스럽게 돌아왔다. 하루 종일 하늘에는 아무 생각 없는 구름들이 돌아다녔고, 가을 낙엽처럼 마르고 뻣뻣한 나뭇잎은 조용히, 바스락거리는 소리도 없이 길 위에 빽빽하게 누워 있었다. 며칠 동안 도시는 따뜻하고 더없이 행복한 상태에 빠져 있었고, 변덕이 심한 거짓말쟁이 같은 가을에 자신을 바친 것 같았다. 곧 추위가 찾아온다는 사실을 믿지도, 믿고 싶어 하지도 않는 것 같았다.

며칠 내내 나는 병원 건물에서 멀리 떨어져 있는 벤치에 앉아 헐벗고 메마른 나뭇가지들이 만들어내는 기하학적인 그림자 놀이를 구경하고 있었다. 그림자는 빛바랜 의사 가운 그림과 팔, 그리고 아스팔트를 따라 미끄러져 내려왔다.

병원 앞 마당에는 사랑에 빠진 강아지 두 마리가 서로를 뒤쫓고 있었다….

공원이 바로 보였고, 사 층짜리 병원 건물 여러 채를 지나가는 격자무늬로 된 울타리가 보였다. 울타리 너머에 있는 길을 건너면 멋들어진 쇼윈도가 있는 사진관이 있었다. 쇼윈도에 진열된 사진 속 사람들은 목이 비틀어진 칠면조처럼 모두가 고개를 돌리고 앉아 있었다. 그들은 하나같이 보이지 않는 연사의 연설을 듣는 것처럼 흥미와 희망을 가지고 몸을 앞으로 향하고 있었다. 마치 연설 끝부분을 놓칠 수 없는 것처럼, 그리고 반드시 박수를 쳐야 하는 것처럼….

울타리 너머에는 건강한 사람들의 세상이 펼쳐져 있었다. 나에겐 그 세상이 적이었다. 그들의 건강함과 즐거움은 나에게는 당혹감으로 다가왔다.

여성질환 박사였던 베라 파블로브나 할머니가 때때로 나를 끌고 벤치에 가기도 했다. 그녀는 유일하게 나와 병실을 같이 쓰는 사람이었다. 나는 그녀를 멀리서부터 알아보았고, 그녀는 건물 벽과 울타리, 나무를 붙잡고 놀랍도록 조심스레 조금씩 움직이고 있었다. 마침내 그녀가 내 곁에 앉아서 오랫동안 숨을 가다듬었다.

"사람들은 젊을 땐 시간이 얼마나 빨리 흐르는지 느끼지 못해."

그녀가 말을 꺼냈다.

"스무 살도, 마흔 살도 다 젊은 나이지. 이십 년 전 나를 떠올려보면 그때는 사람이긴 했어…."

우리는 아스팔트길을 따라 미끄러지는 그림자를 함께 바라보면서 오랫동안 조용히 앉아 있었다. 잠시 후 그녀는 사색에 잠겨 이야기를 해주었다.

"얼마 전 길을 건너보려고 했단다. 가만히 서서 아무런 결정을 할 수가 없었지. 걷는 데 진척이 없었으니까. 나는 이제 별볼일 없는 사람이라는 생각이 들었어. 가만히 서서 젊은이들이 서두르는 모습을, 종종거리며 일을 보러 다니는 모습을 바라보고 있었어. 그런데 갑자기 나에게 어떤 여자가 다가와서 내 손을 잡으며 말하는 거야. '안녕하세요, 선생님! 물론 절 기억하지는 못하시겠지만, 전 선생님을 절대로 잊을 수 없어요. 전 지금 선생님을 쭉 지켜보고 있었어요. 예전에 선생님께서 이십 분 만에 가장 복잡한 수술을 끝내셨는데, 이제는 십오 분 동안이나 길을 건너지 못하신다고 생각하고 있었어요.'"

그녀는 눈을 감고 키득댔다.

"내가 그녀를 기억하냐고? 나는 그런 수술은 수백 번도 더 했어."

베라 파블로브나 할머니의 두 눈은 툭 튀어나왔고, 눈꺼풀은 닫힌 조개껍질의 주름처럼 보였다. 부드럽고, 젤리 같은 조갯살이 숨어 있는 껍질 속의 평평하고 진주 같은 눈이었다.

"아마 너는 부모님이 늙은 것 같겠지만, 나와 비교하면 네 부모님은 완전 코흘리개야."

"우리 엄만 젊으세요."

내가 말했다.

"베라 할머니, 아시는지 모르겠지만 우리 엄마는 놀라운 여자였어요. 엄마의 인생 전체가 평범하지 않았고 놀라웠지요. 직업도 그렇고요. 아마 보신다면 기억하실 거예요. 신문에서 에테리

콘투아에 대한 풍자 기사를 보셨을 거예요. 그녀는 특별한 조지아 여자였어요. 머리칼은 붉은색이었고, 눈은 파랬으니까요. 저는 니나가 아니라 사실 니노예요. 마음에 드세요? 니노….

엄마는 열여섯 살 때 아빠를 만났어요. 그리고 그날 부모님은 도시 근교에 작고 보잘것없는 집을 임대했어요. 베라 할머니, 아세요? 저도 곧 열여섯 살이 돼요. 차 한 잔 끓여본 적 없는 응석쟁이 딸이었던 엄마보다는 더 독립적이에요. 만약 저라면 운명이라는 사실을 깨닫는 순간 뒤도 안 돌아보고 곧바로 결혼할 수 있었을까라는 생각을 자주 해요. 전 할 수 없을 거예요. 할아버진 결혼 소식을 들었을 때 심장마비를 일으킬 뻔하셨대요. 이해하실 거라고 생각해요. 엄만 '구슬, 이슬 같은 사랑하는 외동딸'이었는데, 갑자기 머리에 떨어진 눈처럼 가난한 미술학교 삼 학년생과 결혼이라뇨. 엄청나게 괘씸한 일이죠!

그 집 가운데에는 미완성된 엄마의 초상화가 있는 이젤이 있었고, 벽 옆에는 접이식 침대랑 등받이와 팔걸이가 없는 의자 두 개가 있었어요. 그게 전부였죠. 남 말 하기 좋아하는 이웃들이 엄마를 손가락질했어요. 배가 이만큼 불러서 다녔던 .엄마는 그들을 신경 쓰지 않았어요. 막심이 열일곱 살이 되었을 때, 엄만 서른세 살이었죠. 엄만 언제나 말도 안 되게 젊어 보여서 엄마와 오빠가 함께 거리를 다닐 땐 모두가 엄마를 오빠의 여자친구라고 생각했대요."

'그다음, 그 비행기.'

"베라 할머니, 전 비행기를 증오해요. 전 절대로 비행기를 타지 않을 거예요. 그리고 아빠가 말씀하시길, 가장 놀라웠던 건 그 비행기가 바로 우리 눈앞에 있었다는 거예요…. 그런데 전 기억이 안 나요. 전 그때 다 큰 아이였거든요. 열 살이었지요. 전 사탕 모양의 방울이 달린 흰색 반스타킹을 신고 있었고, 막심은 그날 처음으로 면도를 하곤 끔찍이도 자랑스러워했죠. 아빠는 엄마가 좋아하는 카네이션을 구하지 못해 실망했던 것은 기억나요. 그 다음 공항에서의 오랜, 불길한 기다림이 기억나요. 그러고 나서요….

아마 비행기는 공중에서 폭파했을 거예요. 제가 기억하는 게 맞다면 말이에요. 정말 말도 안 되게 끔찍하지 않나요, 그렇죠? 모두가 소리쳤고, 아빠는 우스꽝스런 모습으로 담장을 뛰어넘어 비행장을 따라 달리셨어요. 전 사탕방울이 달린 반스타킹은 기억하지만, 이건 기억이 안 나요. 정말 끔찍해요."

나는 말을 멈추고는 태양 아래를 한가로이 거니는 사랑에 빠진 강아지 한 쌍을 바라보았다. 내가 암컷이라 생각한 강아지는 주둥이를 구혼자의 붉은 광택이 나는 등에 갖다 댔다. 암컷 강아지의 반쯤 감긴 눈과 축축한 채 실룩거리는 코는 행복한 여성들이 느끼는 감정, 즉 평온함과 확신, 주변에 대한 가벼운 멸시를 드러냈다.

"어머나, 하느님 맙소사…."

베라 파블로브나가 웅얼거렸고, 나는 박사 학위까지 받은 그녀가 늙은 여인처럼 한숨 쉬고 나를 안타까워하는 게 기분이 좋았다.

나는 또 삼 일째 이층 창가에 앉아 있는 아가씨를 주시하고 있었다. 그녀는 책을 읽고 있었다. 그녀의 얼굴은 창백하고 주근깨가 나 있었고, 사랑스러운 머리카락은 구릿빛을 띠었다. 머리카락은 열린 창밖으로 후두둑 떨어졌고, 농익은 가을의 따뜻한 숨결 같은 바람이 그녀의 머리카락을 어루만지고 있었다.

왜인지 나는 이 아가씨가 아주 많이 아픈 것 같았고, 실제로도 그녀는 심각하게 아팠다. 나는 그녀가 마당에 나온 모습을 한 번도 본 적이 없었다. 그리고 깃발처럼 창밖으로 탈출한 그녀의 눈부신 머리카락은 작년에 있었던 일을 떠오르게 했다.

당시 막심은 음악원에 다니는 어떤 여학생과 사귀고 있었는데, 꼬박 두 달 동안 감동적인 사랑으로 클래식 음악에 심취해 있었다. 그러던 어느 날 오네게르 교향곡 필하모닉 연주회의 표를 구해왔다. 그런데 어쩌면 거대한 사랑이 죽을 때가 되어서였을까, 그날 그 여학생에게 곤란한 일이 생겼다. 어쨌거나 잘은 기억나지 않지만 표를 버릴 수 없었기에 막스는 나를 끌고 공연을 보러 갔다.

'3개의 레'라는 이상한 제목의 교향곡이었다. 그래서인지 교향곡이 그림 동화처럼 즐겁고 아주 재미있었다.

내가 푹신한 붉은 벨벳 의자에 앉은 후 정신이 들었을 땐 이미 늦었다. 긴 현을 들고 있는 바이올리니스트들의 헐벗은 손이 위로 날아올랐고, 검은 횃불을 둘러싼 화염의 눈부신 언어가 뒤치락거리는 것 같았다.

나는 이대로 연주가 좋게 끝나지 않을 것이며, 어떤 비극적인 사건으로 인해 음악이 끊기고 검은 연미복을 입은 까마귀를 닮은 코가 긴 지휘자가 얼굴을 돌려 '여러분! 지금 막 우리가 아꼈던 아무개가 생을 마감했습니다'라고 말하며, 유명하고 친근한 어떤 사람의 이름을 부를 것이라는 생각이 들었다. 그냥 그런 생각이 들었다.

그러나 내 걱정과는 달리 모든 것이 완벽하게 이루어졌고, 오케스트라 단원들은 조용히 박수 갈채를 받은 후 무대를 떠났다. 우리는 코트를 가지러 체크룸 앞에 오래도록 줄을 서 있었다.

나는 이 층 창가에 있는 창백하고 주근깨가 많은 아가씨를 보고 바로 이 이야기가 떠올랐고, 얼마 후 그녀를 데리러 어머니인 뚱뚱한 빨간 머리 여자가, 혹은 깡마른 빨간 머리 여자(내가 상상했던 대로 꼭 빨간 머리여야만 했다)가 와서 환자복이 아닌 초록색 원피스나 빨간색 바지정장을 입은 그 아가씨와 함께 지나가길 바랐다. 또 그녀가 병원 입구에 잠시 멈춰 서서 경비 아저씨에게 '안녕히 계세요, 미샤 아저씨'라고 말하고, 경비 아저씨는 그녀에게 '건강하거라, 아프지 말고'라고 말하길 바랐다. 그리고 그녀가 절대로 이곳으로 돌아오지 않기를….

막심은 아침마다, 아버지는 퇴근 후 저녁마다 내게 왔다.

"아버지는 밤 근무를 나탈리야 세르게예브나에게 맡겨야 했어."

나는 막스에게 말했다.

"널 점점 더 참을 수가 없어."

그가 대꾸했다.

"넌 대화 나누기 어려운 사람이야. 그리고 네 성격은 하루하루 남들을 더 골치 아프게 해. 그다음엔 뭘지, 상상조차 안 가!"

"그다음엔 아무것도 없을 거야."

나는 차갑게 그를 진정시켰다.

"얼마 지나지 않아 이 모든 게 끝날 거야, 아직도 모르겠어?"

"닌카, 버릇없기는!"

그가 어린 시절처럼 소리 질렀다.

"우리에게 무슨 짓을 하고 있는 거야! 아버지가 어떻게 변했나 봐. 얼굴에 그늘이 가득해서 다니셔. 나탈리야 세르게예브나는 알아보지 못할 정도로 야위었어."

"그렇게 되기 위해 그녀는 다이어트를 해야만 했을 거야."

"내 말 좀 들어봐…."

그는 담뱃재를 털면서 이맛살을 찌푸리며 말을 멈췄다. 그는 나와 말다툼하는 데 지쳐있었다.

"오빠도 그녀를 좋아하지 않잖아!"

"왜 그렇게 생각하는 거야?"

그가 뾰로통하게 물었다.

"나는 다행히도 오빠의 여동생이야. 오빤 그녀가 엄마 자리를 꿰찼다고 생각해서 그녀를 좋아하지 않잖아. 아니야?"

"절대 그 누구도 다른 사람의 자리를 차지할 수는 없어. 더욱이 여자라면 말이야. 사랑하는 여자가 죽으면, 그녀와 함께 온 세상이 죽는 거야. 세상도 아니지, 삶의 어느 시기가 통째로 죽는 거라고. 그녀와 함께했던 젊은 시절, 그녀와 관련된 일들이나 생각 모두가 그녀의 행동, 목소리, 흉내 내던 모습, 걸음걸이와 함께 죽는 거야. 늘그막에 기분 좋은 추억으로 남을 수 있는 것들이 악몽으로, 뒤엉킨 아픈 상처로 변한다는 것이 어떤 느낌일지 알아? 아주 가까운 여자라고 하더라도 그 여자가 이 상처를 덮어줄 수 있을까? 난 그렇게 생각하지 않아….”

“이제 그 여자네 집에 가서 점심 먹지, 막스? 그녀는 요리를 못 해?”

“괜찮게 해.”

그가 중얼거렸다.

“그리고 또 한 가지 더. 엄마가 더 이상 없다는 사실에, 아버지가 혼자였다는 사실에, 그리고 그녀의 삶이 정돈되지 않았다는 사실이 그녀 잘못일까? 이 모든 것이 그렇게 이해하기 힘든 일이라거나, 이 일 때문에 사람을 증오해야 하는 건 아니잖아.”

“난 그녀를 증오하지 않아.”

나는 반박했다.

“만약 내가 그녀를 증오했다면 난 그녀를 죽이거나, 그녀의 집에 있는 모든 창문을 깨버리거나, 그녀의 푸른색 코트를 갈기갈기 찢어버렸을 거야. 나도 다 이해해. 그렇지만 그녀를 내가 꼭 좋아해야 하는 건 아니잖아?”

막심은 어른스러운 눈빛으로 나를 바라보았다. 그의 재킷 주머니가 담뱃갑 때문에 불룩 나와 있었고, 다크서클이 눈 밑으로 내려왔다. 아마 그는 또 과제를 제출했을 것이다….

“그건 그래….”

그는 다른 사람과 대화하는 식으로 말하기로 결정한 것처럼,

혹은 내게 손을 들기로 결정한 것처럼 수심에 잠긴 어른스러운 눈빛으로 나를 계속해서 바라보았다.

"그건 아마 네가 아직도 어린아이이기 때문에 그럴 거야."

마침내 그가 입을 열었다.

"남자에게 있어 외로운 밤이 무엇인지를 네가 이해하지 못하기 때문일 거야. 그리고 외로운 밤은 정말 무서운 거야. 오 년 동안의 외로운 밤…."

"우리는?"

나는 아직도 막심이 나와 그렇게 진지하게 이야기한다는 사실을 믿지 못한 채 물었다.

"우리는 애들이잖아. 베개에서 서로 머리를 맞대고 소곤소곤 이야기하고, 직장에서 안 좋은 일이 있었다며 잠깐 짜증도 내고, 팬티만 입은 채 창가로 가서 담배로 피울 수 있는 가까운 사람. 그런 여자가 필요해. 그런데 아빤 우리가 잠들 때까지 기다렸다가 작업실로 가서 매일 밤 가족 사진이 들어 있는 사진첩만 보고 있잖아. 아빠가 매일 저녁 사진첩을 보신다는 사실, 알고 있었니?"

"아니…."

나는 조용히 대답했다.

막심은 담뱃갑에서 담배를 꺼내 피우기 시작했다. 이십 분 동안 세 개피째다.

"오빤 담배를 너무 많이 피운다."

나는 늘 그랬듯 기계처럼 지적했다.

"맞아."

그가 말했다.

"매듭을 지어야겠어. 안 그럼 내장이 그을음으로 뒤덮이기 시작할 거야."

이는 '흡연의 유해함'에 대해 우리가 보통 나누는 대화였다.

"사실 나쁜 습관이야."

생각끝에 막심이 말했다.

"엄마는 담배를 많이 피워서 그렇게 아팠던 것일 수도 있어. 줄담배를 피우셨지…. 심지어 네가 세상에 나오길 기다릴 때도 담배를 피우셨던 걸 난 기억해. 엄만 엄청 힘들어하셨어…."

그가 천천히 어렵사리 한 단어 한 단어를 내뱉았다.

"알다시피 니노크, 엄만 돌아가시기 몇 년 전부터 더 이상 아버지를 사랑하지 않았잖아. 그렇게 된 거야."

"어떻게?"

나는 속삭이듯 물었다. 그리고 곧바로 바보 같은 말에 막스가 화를 낼 것이라 무서워하며 그의 재킷 소매를 부여잡고 애처롭게 쳐다보며 말했다.

"오빠야, 막샤, 계속 말해줘. 다 이해할 거야, 진짜로!"

"그녀는 다른 사람을 사랑했어."

"아냐, 그럴 리 없어."

나는 말했다.

"그럼 왜 떠나지 않았어?"

그는 씁쓸하게 씩 웃었다.

"네가 이해 못 하는 게 있어…. 오만한 조지아 사람들 말이야…. 단지 그 누구도 우리 가족에게 불화가 있다는 생각을 하지 못하도록 그런 거야. 그다음엔 아이들…. 그리고 아버지에게 죄를 짓지는 않았지만 아마도 아버지에 대한 죄책감도 있었겠지. 엄마의 그런 엄격함, 기억하니? '중요한 건 흰 것을 희다고, 검은 것을 검은 것이라 부르는 거야.' 만약 엄마가 떠났다면 엄만 스스로를 배신자라고 불렀을 거야."

"아버진 몰랐겠지."

나는 시름에 잠겨 말했다.

"아버진 물론 모르셨어. 아셨다면 슬픔 때문에 견디지 못했을 거야."

"있지, 요즘 난 그 생각을 많이 하는데, 내 생각에 엄만 목적이 있어서 널 가진 것 같아. 그러니까 속에서 다른 사랑을 쫓아내기 위해서 말이야. 그리고 비행기가 아니었다면, 엄만 스스로 그렇게 결정하셨을 거라 생각해."

"어떻게 다 알아?"

"난 엄마가 살아계셨을 때도 추측해봤어. 그리고 엄마의 수첩에서 편지 두 통을 발견했지…."

나는 그 편지에 뭐라고 쓰여 있었는지 묻지 않았고, 막심도 내게 이야기하지 않았다. 우리는 엄마의 사랑을 비난하기엔 너무나도 소심하게 엄마를 대했다. 그렇지만 갑자기 지금 나는 우리가 모르는 남자가 엄마의 죽음에 대해 알아낸 상상을 했다. 그 순간, 그는 어떻게 했을까? 아버지에겐 좀 더 쉬운 일이었다. 그는 활주로를 따라 달리면서 소리를 질렀다.

그런데 이 남자는 사람들에게 자신의 아픔을 숨기기 위해 무엇을 했을까?

"입구까지 데려다줘."

자리에서 일어서며 막스가 말했다.

"기다려, 막심카. 앉아. 뭔가 속에서 감각이 사라진 것 같아."

그는 마치 오래된 자신의 얼굴과 더불어 생각들을 한쪽으로 내던지고 싶어 하는 것처럼 힘껏 얼굴을 손바닥으로 쓸어내렸다.

"네게 괜히 다 말했어."

그가 말했다.

"그렇지만 난 그래야만 했어. 매일 밤 나는 '내일 이야기하자,

내일 이야기하자'라고 생각했어. 난 결국 네게 말했어. 왜 그런 줄 알아? 지금 네 나인… 비난하는 나이잖아. 나도 그래 봐서 알아, 나도 똑같이 그랬어. 엄마의 죽음 이후에야 지나갔지. 그렇다면 난 대체 왜 네게 이 모든 걸 이야기했을까? 네가 좀 더 관대해지길 바라서야. 아버지에게뿐만 아니라, 사람들한테. 왜냐하면 내 생각에 관대함 없이는 진정한 인생이 있을 수 없거든. 네 마음이 좀 더 똑똑해지길 바라서야…. 이젠 날 바래다줘."

"안 좋아 보이는데, 막샤. 리포트 쓰는 거야?"

"당신과 설계하겠습니다…."

그가 우울하게 소리쳤다.

오늘 나는 평소보다 오래 벤치에 앉아 있었고, 조금 있다가 내 병실이 있는 삼 층으로 느리게 올라갔다.

7호실을 지나면서 나는 병실 안을 흘끗 쳐다봤고, 양손뿐만 아니라 얼굴까지도 일에 지쳐 보이는 작고 마른 여자에게 말했다.

"페트로바, 아들이 왔어요."

"고마워, 딸아!"

그녀는 부산하게 움직이며 침대 옆 서랍장에서 봉투 같은 것을 꺼내기 시작했다.

"네가 정말 날 기쁘게 해줬어, 딸아!"

나는 왜 이 여자가 겨우 안면만 있는 아가씨인 나를 딸이라고 부를까라고 생각했다. 아마도 그녀는 아들만 넷이고 평생을 딸을 가지기를 꿈꿨기 때문일까? 아니면 아마도, 그녀가 그저 매우 친절한 여자라서?

병실에서 나는 그물망에 든 부드러운 사과 몇 알을 꺼내 베라 파블로브나의 서랍장 위에 올려놓았다. 그녀의 남은 이로는 사과를 먹기 힘들겠지만….

불이 차갑게 꺼졌고, 창밖은 창문에 비친 두 개의 병실침대와 서랍장 때문에 순간 진짜 병원처럼 보여서 불안했다. 낮에는 창밖이 가을과 같이 선명하고, 사랑스러웠다.

나는 조용히 눈을 감은 채 누워서 아빠가 가족 사진이 담긴 앨범을 넘기는 모습을 상상했다. 나는 마음속으로 아빠와 함께 앨범을 한 장 한 장 넘겼다.

여긴 소치다. 나는 아직 세상에 없다. 엄마는 대담한 수영복을 입고 바닷가에 서 있다. 엄마의 어깨에는 다 벗은 어린 막심이 앉아 있는데, 그의 다리는 엄마의 가슴에 닿아 있다. 막심은 두 살이고, 엄만 열아홉 살이다. 그들은 웃고 있다.

막스가 뭐라고 했더라? '엄만 목적이 있어서 널 가진 거야. 그러니까 자신에게서 다른 사랑을 쫓아내기 위해서 말이야.' 그래,

이해해. 엄만 아이가 태어나면 문제나 근심 걱정에 대해 고민할 시간이 없을 거라 생각하셨을 거야. 연결고리를 불태워버린 거지…. 그러니까 바다, 갈매기, 작은 막심, 아빠에 대한 사랑 이 모든 것이 내가 태어나기 이전의 일이라는 뜻일까? 난 엄마에게 씁쓸한 아이였구나!

아니야, 아니야, 그렇지 않아…. 다른 사진이 있다. 막심이 찍었고, 흐릿하게 나왔다. 나를 유치원에 보낼 채비를 하고 있다. 나는 얼굴이 보이지 않을 정도로 고개를 뒤로 젖히곤 목청껏 소리치고 있다. 엄마는 내게 오른쪽 부츠를, 아빤 왼쪽 부츠를 신기고 계신다. 엄마 아빠는 웃고 있고, 그들의 손이 맞닿아 있다.

그래, 그래, 그들의 손이 맞닿아 있다…. 막심이 완전히 틀렸다! 그런 일은 있을 수가 없고, 편지는 말도 안 되는 것이다.

나는 병실로 베라 파블로브나가 들어오는 것을 눈치채지 못했다. 그녀는 병동으로 가득 찬 어두운 창밖을 미동도 없이 응시하며 오랫동안 침대에 앉아 있다가 나를 보지 않고 천천히, 그리고 똑똑히 말했다.

"죽음은 그 누구에게도 자비를 베풀지 않는구나!"

내 속 전체에 차가움을 끼얹으며 무언가가 목 아래로 떨어져, 천천히 밑으로 기어갔다. 나는 누군가의 죽음에 대한 소식을 들을 때마다 항상 그랬다.

"누구요?"

나는 짧게 물었다.

"레나가 죽었어."

베라 파블로브나는 쓸쓸하게 나를 쳐다보며 말했다.

"어떤 레나요?"

나는 망연히 떨리는 손가락을 무릎 사이에 숨기곤 소리치기 시작했다. 그러나 나는 이미 누군지 알고 있었다.

"3병동에 있던 창백한 빨간 머리 아가씨 말이야. 기억하니? 창가에 앉아 책을 읽곤 했잖아. 긴 머리 아가씨…."

병실은 조용했다. 너무나도 조용해서 복도 반대쪽 발소리가 들릴 정도였다.

"울지마…."

그녀가 말했다.

"나도 힘들단다. 참 많은 죽음을 맞닥뜨렸지만, 여전히 적응이 안 돼…. 그녀는 심장이 견디질 못해 수술대에서 죽었어."

"제 심장은 튼튼하죠. 그렇죠, 베라 할머니?"

"그런 생각 마라. 그런 생각할 필요 없어. 그리고 그만 좀 울어, 참 많이도 우는구나!"

"베라 할머니, 아빠가 얼마 전에 착한 여자랑 결혼했어요. 그런데 저는 그녀와 대화도 나누고 싶지 않고, 아빠와 오빠를 지치게만 하고, 모두에게 고통만 주면서 가장 막돼먹은 사람처럼 행동하고 있어요. 정말 끔찍하죠, 네?"

"좋은 게 뭔가 있겠지…."

그녀가 한숨을 쉬었다. 그리고 이불을 펴고는 갑자기 내쪽으로 몸을 틀면서 어린아이처럼 물었다.

"불 끄지 말자, 응? 무섭잖아…."

그를 보았을 때 나는 다리에 힘이 풀렸다. 그는 건강한 사람들의 세계에서 튀어나왔고, 그 세계는 현실이었다. 그는 격자무늬의 울타리 뒤에 그물망을 들고 서 있었고, 철로 된 나뭇가지가 그의 얼굴을 수직으로 지나고 있었다. 그는 미소 없이 조용히 내가 그에게 다가가는 모습을 바라보고 있었다. 그에게, 그렇게나 잘생긴 청년에게 이 괴상한 환자복을 입고 다가가는 모습 말이다!

"드디어 만났구나…."

그는 삼십 년간 갱도에 갇혀 있다가 어린 시절 친구를 우연히 만난 사람의 목소리 톤으로 말했다.

"난 살면서 당신을 두 번째로 보는 걸요."

나는 말했다.

"정말 미칠 노릇이네요. 제가 어디 있는지 막심한테 알아냈나요? 그가 당신을 세게 때렸나요?"

"세게."

그는 그렇게 말하곤 웃기 시작했다.

"웃어 봐, 네 미소에 키스하고 싶어."

"울타리가 방해하네요."

나는 지적했다.

"가요, 개구멍이 어디 있는지 알려줄게요. 대체 어떻게 낮잠 시간에 올 생각을 다 했어요?"

"내 시계는 너무나도 빠르거든."

그가 변명했다.

"만약 내가 이따금 시간을 제대로 맞춰주지 않으면, 내 시계는 이미 오래 전에 20세기를 지나 21세기를 향해 나아갔을 거야."

우리는 울타리를 사이에 두고 길을 따라 걸었고, 나는 지독하게도, 온몸으로 끔찍한 환자복을 느끼고 있었다. 환자복 속에 있는 나는 가슴도, 허리도 안 보였고, 그저 이 모든 게 있을 것이란 추측만 할 수 있을 뿐이었다.

나는 걸어가면서 나 자신을 보지 않고도 환자복 속 옷깃 근처에 해진 셔츠 끈이 보인다고 느꼈다. 그러나 가장 걱정스러웠던 건 헐떡이며 떠듬거리는 심장이 느껴졌다는 것이었다.

"난 살면서 당신을 두 번째로 보는 걸요."

나는 이 생각이 나를 놀라게 했다는 사실을 잊은 채 또다시 말했다.

"오빠랑 넌 아주 잘 어울리는 부츠 한 켤레 같아."

그가 말했다.

"그는 처음엔 네가 수업을 듣고 있다고 말했고, 오늘 아침엔 내게 소리치면서 네가 삼 주째 병원을 돌아다니고 있다며, 그 누구도 신경 쓸 일이 아니라 소리쳤어…."

내가 앉던 벤치엔 한 소년의 젊고 마른 아빠가 앉아 있었다. 그는 접이식 금속자 같은 청바지를 입은 다리를 앞으로 멀리 쭉 뻗고 앉아 있었고, 수심에 잠겨 때때로 콧수염을 베베 꼬며 즐겁게 뛰놀고 있는 머리가 헝클어진 소년을 바라보고 있었다. 채 두 살이 안 된 소년은 정말이지 너무도 귀여웠고, 매우 유쾌한 아이였다. 소년은 우리에게로 가까이 뛰어와서 명랑한 눈으로 바라보았다. 보리스는 그물망에서 오렌지 한 개를 꺼내 소년에게 내밀었다.

"아뇨, 괜찮아요. 고맙습니다!"

소년의 아빠가 벤치에서 일어나면서 불안해하는 목소리로 소리쳤다.

"감귤류는 안 돼요, 특이체질이거든요."

소년의 아버지는 매우 좋은 사람이라는 사실이 분명했다. 죄를 지은 아빠들 중에서 말이다.

"아들 이름이 뭔가요?"

나는 그에게 만족감을 주기 위해 물었다.

"게오르기예요."

그는 자랑스럽게 대답했는데, 마치 '교르기'처럼 들렸다.

"애칭은 고기야예요."

그가 덧붙였는데, 이번엔 '고갸'처럼 들렸다.

그들은 개구멍이 있던 울타리 쪽으로 갔고, 나는 그들의 뒷모습을 바라보며 미소지었다.

"여기로 산책하러 오는구나."

보리스가 말했다.

"정말 멋진 공원이다!"

"그들은 조지아 사람들이야."

계속해서 기쁜 미소를 지으며 내가 말했다.

"이해했어? 조지아 사람들이라고. 정말 기분 좋다!"

"조지아 사람들을 만나는 게 네게 그렇게 기분 좋은 일이라는 사실을 알았더라면, 오늘 안내소에 가서 우리 도시에 조지아 사람이 몇 명이나 살고 있는지 알아봤을 텐데."

그는 곤혹스레 나를 바라보았다.

“넌 아무것도 이해 못 해!”

나는 말했다.

“도대체 왜 여기 온 거야? 날 보러? 그럼 얘기 좀 하자.”

“그래, 얘기 좀 하자!”

그가 동의했다.

그리고 우리는 입을 다물었다.

나는 그가 이곳으로 와서 나와 함께 벤치에 앉아 있다는 사실에 대한 생각을 끝낼 수 없었다. 아무래도 막심이 그에게 가보라고 부탁한 것 같았다. 그의 발 밑에서 기다시피 해서…. 막심은 살면서 절대로 그런 행동을 하지 않으리라는 것을 잘 알고 있긴 했지만 말이다. 혹은 아마도 그는 이렇게 생각했을 것이다. ‘죽을 듯이 아픈 불쌍한 소녀구나…. 가서 삼십 분간의 행복을 선사해야겠다.’

아니다, 이 또한 배제시켜야겠다. 그는 내가 죽을 만큼 그를 사랑한다는 사실을 모르니까.

그렇다면 당신은 사랑에 빠지셨나요, 마드모아젤? 나는 내가 사랑에 빠졌다는 사실을 마침내 스스로에게 인정한 것이다. 아무래도 좋다는 생각은 옳지 않다! 삶이란 아마도 식물성 기름에 있는 무화과 같은 것이리라(‘나에게는 아마도, 살 날이 얼마 남지 않았다’와 같은 의미임). 적어도 바보인 척할 정도로 어리석게 굴 필요는 없다.

"네가 곤란한 상황이라는 거 이해해. 한편으론 어떤 사람이 앓고 있는 병을 떠올린다는 건 불편한 일이야. 그리고 죽을 병에 걸린 환자들의 병문안을 간다는 것도 끔찍한 일이지. 넌 환자들을 측은히 여기고 동정하는 듯한 얼굴을 하고 있지만, 내일 낚시를 가는데 늦잠을 자면 안 된다는 생각을 하고 있어. 반면 환자는 그 어떠한 얼굴도 하고 있지 않아, 아무런 표정도 없이 널 증오하며 생각하지. '어서 내게 건강에 대해 물어봐, 이 활기 넘치는 사람아! 고집불통….' 그런데 증오라는 감정은 종종 전혀 예상치 못했던 사물로 옮겨가기도 해. 울타리 너머 사진관 쇼윈도가 보이지? 난 저 쇼윈도를 증오해. 저곳에는 하나같이 바보들 사진만 찍혀있어. 왜냐하면 똑똑한 사람이라면 형편없는 사진사가 생각해낸 포즈를 고분고분히 따라 할 리 없거든!"

"이건 그렇게 좋은 유머는 아닌 것 같은데."

그는 심각하게 나를 바라보며 말했다.

"고통스러운 유머야."

"이건 전혀 유머가 아니야."

나는 반박했다.

"요즘 나는 유머감각이 완전히 위축됐어. 술에 취해 벌인 난투극에서 한 대 맞은 간처럼 말이야. 내가 말한 건 삶의 진실이야.

체호프도 이렇게 똑같이 썼을 거야. 체호프 좋아해?"

"엄청."

그가 엄연히 말했다.

"다행이다! 난 체호프에게 관심이 없는 사람들을 경멸해. 그런 사람들이 사회에서, 혹은 개인적 삶에서 어떤 성공을 거두었든지 상관없이 인간 대접을 안 해. 나는 평생 체호프의 편지를 읽어왔어. 우리집엔 열두 권으로 된 그의 전집이 있거든. 나는 그의 시 여러 편을 암송할 수 있어. 특히 리카 미지노바(체호프의 〈갈매기〉에 나오는 지주의 딸 니나의 모델)에게 쓴 편지 말이야. 체호프가 그녀에게 '분이 들어 있는 당신의 상자에 투박하지만 존경의 키스를 합니다. 그리고 매일 당신을 보는, 당신의 오래된 부츠를 질투합니다….' 그리고 또 '내 영혼의 옥수수!'라고 썼어. 그의 편지에 달린 해석은 꼭 읽어야 해. 해석에는 린트바료프 가족이 누군지, 아스트로놈카가 누군지에 대한 설명이 나와 있어. 다만 난 818번 편지에 달린 해석에는 절대로 눈길조차 주지 않아. 거긴 참조가 하나밖에 없어. 뭔지 알아?"

"뭔데?"

그가 조용히 물었다.

"딱 하나야. 'A. P. 체호프의 마지막 편지'."

우리는 침묵했다.

"지난번처럼 오늘도 내가 너무 많이 떠들어 댔네. 그런데 넌 너무 조용해. 왜냐하면 나랑 무슨 이야기를 해도 되는지, 혹은 어떤 이야기를 하면 안 되는지 모르기 때문이지. 나는 그걸 알기 때문에 끊임없이 말하면서 널 구해주는 거야. 그렇지만 이젠 조용히 할 거고, 넌 무서워져서 뭐라도 이야기해야 하겠지. 그래서 미리 알려주는 거야, 아무거나 이야기해도 돼. 그리고 내가 죽음을 너무나도 두려워하긴 하지만, 죽음에 대해서도 괜찮아."

바로 이때 그는 참지 못했다.

"왜?"

그가 소리치기 시작했다.

"왜 내가 죽음에 대해서 이야기해야 하는데? 그리고 이게 웬 망신이야! 난 젊은 아가씨와 데이트하러 가기 위해 준비하고, 옷매무새를 가다듬고, 면도도 하고, 봐줄 만하게 차려 입고 나서 오렌지를 사기 위해 한 시간이나 줄을 서서 기다렸다고! 그런데 아가씨 대신 날 기다리는 건 지루한 늙은 할멈인 데다가, 삼십 분째 추모 예배 같은 말을 하고 있잖아. 그녀의 옆구리가 찔렸거든! 상상이 가니? 난 삼 주째 코감기가 가시지 않고 있어!"

그는 주머니에서 잘 다려진 손수건을 잡아당기듯 꺼내서 엄청나게 세게 코를 풀기 시작했다. 그러나 아무것도 나오지 않았다. 왜냐하면 그는 너무나도, 완전히 건강했기 때문이었다.

"겨울이 코앞이네."

나는 말했다.

"손수건의 계절 말이야. 겨울에 코감기를 달고 뭘 할 거야?"

"잘 들어봐. 우리는 코가 삐뚤어지게 술을 마실 거고, 네 이상한 오빠를 데리고 셋이서 얼싸안고 비틀거리면서 거리를 돌아다니고 무서운 목소리로 노래를 크게 부를 거야…."

"그리고 눈도 오라지."

"그러라지."

그가 동의했다.

"우리 입에서는 김이 나올 테고, 우리 모두는 불을 내뿜는 용 같겠지. 머리 세 개 달린 용."

"네 상상력, 멋지다!

그가 말했다.

"오늘 나와 함께여서 지루해?"

"네가 항상 날 재미있게만 해줘야 한다는 법 있니? 넌 헤타이라(고대 그리스의 직업적인 접대부)나 게이샤가 아니잖아. 네가 항상 통통 튀는 오락거리일 수는 없어."

"알다시피."

내가 말했다.

"모든 것이 끔찍하게도 복잡해. 나에게 소리만 지르지 말아줘.

내가 지금 다 설명할게. 난 요 며칠간 많은 생각을 했는데, 너무 많은 생각을 해서 이 생각을 메모하지 않고 죽는다면 애통할 것 같아. 내가 여기서 나가게 된다면 나는 책을 써서 곧바로 위대한 작가가 될 거야. 아니다, 내가 또 허튼소리를 지껄이고 있네. 그리고 넌 아무것도 이해하지 못하고 있어. 문제는 얼마 전 레나가 죽었다는 데 있어. 입 다물고, 내 말 끊지 마. 넌 모르잖아. 레나, 눈처럼 희고 깃발처럼 새빨간 머리카락을 가진 아가씨였어. 수술은 성공적으로 끝났지만 죽었어. 아무런 이유 없이 갑자기. 심장에 무슨 문제가 있었나 봐. 오 년 전엔 우리 엄마가 돌아가셨어. 더 무서운 일이지. 그리고 또 그리고….

이젠 대답해줘. 왜 이 모든 근심거리가 내게 일어나는 걸까? 난 가망이 없잖아. 왜 훌륭한 마카르 일라리오노비치 선생님이 이런 불운한 사람에게 복잡한 수술을 해야 하는 걸까? 도대체 무엇 때문에? 내가 고작 일 년, 삼 년, 오 년을 더 살기 위해서? 백 번 양보해서 내가 더 오래 산다고 해도 어쨌거나 난 아이를 가질 수가 없을 텐데! 아이들은 세상에서 가장 중요한 의미잖아! 여기엔 동의하니?"

"중요한 의미라는 데는 동의해. 다른 건…."

그는 한숨을 쉬며 말을 멈췄다. 그리고 나는 그가 이 주제에 대해 더 이상 이야기하지 않을 것이라고 생각했다. 막스가 그에게 지시하지 않았을 리가 없었기 때문이었다.

"우리 할머니는 매우 연세가 많으시거든."

그가 예기치 못하게 단호하고 큰 목소리로 말하기 시작했다. 나는 처음엔 대체 무슨 말인지 곰곰이 생각조차 하지 못했고, 그가 나에게 어떤 일화를 이야기해주려 한다고 생각했다.

"너무나도 연세가 많으셔서 매일 퇴근하면 나는 할머니가 아닌 다른 사람이 대문을 열어줄까 봐 두려웠어."

그는 나를 보지 않고 계속해서 말했다. 그리고 나는 그가 하려는 말이 일화가 아니라는 사실을 깨달았다.

"할아버지와 할머니는 열다섯 살 때부터 서로를 사랑하셨어. 그다음 할머닌 할아버지가 전쟁에서 돌아오시길 오 년이나 기다리셨지. 할머닌 끝까지 기다리셨어…. 마침내 스물두 살이 되던 해 두 분은 결혼하셨어. 그리고 정확히 칠 개월을 함께 사셨지. 넌 다 컸으니, 칠 년을 기다린 남편과 칠 개월을 살았다는 것을 설명해주지 않아도 될 것 같아…."

그는 다시 입을 열기 전까지 오랫동안 말을 멈췄다.

"페틀류라(우크라이나의 사회주의 지도자) 지지자들 패거리가 또 다시 벌인 공격이었어. 젊은 아내의 눈 앞에서 남편의 목을 매달았고, 도끼로 아내의 양손 손가락을 잘라버렸지. 열 손가락 모두, 두 번째 마디까지…. 그렇지만 완전히 자르지는 않았어."

그가 여전히 날 보지 않으며 계속 말을 했다.

"반쯤 잘려진 손가락은 정말 끔찍하게 붙어버렸어. 너무나 끔찍해서 쳐다보기가 무서울 정도였어. 다른 건 그대로였는데 손은…. 그 당시 할머닌 고통과 슬픔에 정신이 나가서 채찍처럼 달랑거리는, 손가락이 잘린 손을 질질 끌고 피로 가득한 길을 뒤로 한 채 강으로 몸을 던지기 위해 벼랑으로 달려갔어. 그녀가 벼랑 끝에 도착했을 때, 갑자기 뱃속에 아이가 마치 그녀가 무슨 행동을 하려는지 이해하는 듯이, 삶을 애원하는 듯이 강하게 차는 걸 느꼈던 거야…. 그렇게 할머닌 계속 사셨고, 세 달 후 우리 아버지가 태어났는데, 할머닌 아버지에게 할아버지의 이름을 붙이셨지…."

보리스는 내게 아주 간단하게, 그리고 확고하게 이야기해주었다. 마치 내레이션을 하듯이 '옛날 옛적에…'로 시작하는 동화를 이야기하듯이 말이다. 그래서 이야기가 더 무섭게 들렸고, 이런 일이 있었다는 사실에 주먹을 꼭 쥐고 울고 싶어졌다.

"왜 내가 네게 이런 이야기를 하는지 모르겠어."

그는 죄책감이 드는 듯이 말했다.

"긍정적인 기분이랑, 좋은 이야기를 한 트럭 준비했었는데…. 그렇지만 널 보자마자 좋은 이야기가 쓸모없다는 사실을 깨달았어. 그래서 네게 할 필요가 없는 이야기를 하나 봐."

“아닌 게 아니야!”

나는 참지 못하고 그의 말을 잘랐다.

“꼭 해야 할 이야기를 하고 있어, 바로 그거야!”

“그래, 그렇다면 계속 들어봐.”

그가 말하고는 오렌지가 든 그물망을 무릎에서 벤치 위로 옮겼다. 오렌지가 제멋대로 흩어졌는데, 그 중 한 개는 그물망에 걸린 채 벤치에서 떨어져서 농구공처럼 그물망을 잡아당겼다.

“할머니에겐 할아버지 사진이 단 한 장도 남아 있지 않았어. 그냥 그렇게 된 거야. 당시 사람들은 사진을 거의 찍지 않았고, 그 일 이후에 할머니는 할아버지와 함께 살았던 마을을 떠났으니까. 나는 할머니가 할아버지의 얼굴을 잊었으리라곤 생각하지 않아. 우리 아버지가 놀랍도록 할아버지를 닮았고, 나는 더 닮았다고들 하니까. 아니지, 물론 할머니는 그 일이 있고 나서 오십 년이 흘렀지만 할아버지의 얼굴을 아주 잘 기억하고 계셨어…. 그리고 얼마 전, 그러니까 세 달 정도 전에 키예프에 사는 먼 친척이 갑자기 할아버지의 사진을 보내왔어. 아마 그들은 앨범을 뒤지다가 그 사진을 찾아낸 모양이야. 처음엔 할아버지를 못 알아보다가, 누군지 알아냈을 때 그 사진을 우리에게 보내기로 했대. 남의 사진을 가족 앨범에 둘 이유가 없었던 거지.

있지, 난 할머니가 사진이 든 편지봉투를 열었을 때의 표정을 본 적이 없어. 아마 오십 년 전 떠나 보낸, 사랑하는 사람의 얼굴을 본다는 것은 정말 쉽지 않은 일이었을 거야. 할머니는 한마디도 하지 않으시곤 하루 종일 부엌에 계셨어. 그런데 밤에는…. 우리집이 비좁아서 나는 할머니랑 한 방에서 자거든. 나는 할머니가 밤새 할아버지와 대화하는 걸 들었어. 할머닌 우시면서 말씀하셨지. '어때요, 내 모습이 마음에 드나요? 내가 어떻게 변했는지 좀 보세요. 이 손이 보이나요? 맙소사, 이젠 당신의 작은 손자가 당신보다 한 살 많다는 사실이 믿기나요?'

다음날 아침, 할머닌 내게 고백하셨어. '편지봉투를 뜯고 안에서 사진이 떨어졌을 때, 내 머릿속은 온통 새하얘졌단다. 그리고 난 말이지, 정말 찰나 동안 스물두 살인 내게 두나옙치(우크라이나 서부에 있는 도시)에 있는 시장으로 간 할아버지가 그곳에서 내게 편지를 썼다는 생각을 한 거야. 남편의 죽음과 내 모든 삶은 그저 간밤에 꾼 악몽이라고….' 더 이상 재미있는 이야기를 해주지 않을 거야. 오렌지 좀 먹어, 내가 쓸데없이 기다려서 사온 게 아니잖아!"

"그 인생이 내겐 놀랍도록 투명하고 명확하게 느껴져…."

나는 깊은 생각에 잠겨 말했다.

"이 애절한 삶의 역사를 통해 세상을 바라보고 악에서 선을 걸러낼 수 있을 것만 같아."

"난 네가 내 눈앞에서 오렌지 하나를 다 먹었으면 해. 이거 봐, 내가 닦아놓았잖아. 이 길 끝에서 누가 오는 거야?"

"마카르 일라리오노비치 선생님이다!"

나는 놀랐다.

"이제 선생님이 이쪽으로 오셔서 내가 낮잠 시간에 떠들어 대고 있다고 혼내실 거야!"

"맙소사, 참 희한한 이름이 다 있네!"

그가 말했다.

"카를이 클라라에게서 코랄을 훔쳤어."

그러나 마카르 일라리오노비치 선생님은 멈춰서지 않았다. 그는 나를 쳐다보지도 않고 우리 옆을 쏜살같이 지나가면서 인색하게 말을 흘렸다.

"오래 앉아 있지 말거라, 습하니까…."

흰 의사 가운을 입은 멀어지는 선생님의 네모란 등은 내게 희망과 믿음의 보루 같았다.

"누가 네 수술을 집도해, 이 판토마가?"

보리스는 마카르 일라리오노비치 선생님의 뒷모습을 좇으며 물었다.

"목은 왜 저래?"

"전장에서 얻은 부상이야."

나는 말했다.

"언젠가 아주 오래 전, 그러니까 구 년 전에 선생님이 내게 말씀해주셔서 희미하게 기억이 나…. 우리 군이 강을 건너야 했는데, 반대편 기슭에는 독일군이 있었고, 우리가 건너지 못하도록 끊임없이 포를 쐈대. 그래서 우리 군 중 누군가는 강을 건너서 뭐라도 알아내거나 뭔가를 해야만 했나 봐. 난 군인의 임무는 하나도 이해를 못 하지만, 그건 사형선고나 다름없었대. 그만큼 강을 건너는 일이 위험했던 거야. 그러자 부대의 부대장이 이렇게 말했대. '제군들, 강을 건너는 자원자에겐 훈장을 추천하겠다.' 그러자 마카르 선생님이 강물 속으로 뛰어들었어. 그때 목에 부상을 입은 거야. 선생님은 반대편 기슭까지 헤엄쳐 가서 할 일을 다 하셨어. 그때 입은 부상으로 목을 어떤 방향으로도 틀 수 없게 된 거야!"

"훈장은?"

보리스가 흥미를 가지기 시작했다.

"그 전투에서 부대장이 죽었대…. 선생님이 강을 건널 때 무슨 생각을 하셨는지 여쭈어보았는데, 선생님은 '생각해보렴. 나는 깨끗한 군화를 신고, 새 군복을 입고, 가슴에 훈장을 달고 아가씨들 앞에서 마을을 행진하는 상상을 했단다. 부상을 입었을 땐 속으로 계속 되뇌었지. 헤엄쳐서 나가야 한다고, 꼭 그래야 한다'라고 말씀하셨어. 물론 아가씨 이야기는 농담으로 하신 거야. 선생님은 농담을 자주 하시거든. 내가 일 학년 때 처음으로 받은 수술은 선생님이 하신 거였어. 수술 하루 전날 오셔서 '언젠가 사람의 장기에 대해 배우는 해부학 수업을 듣는다고 상상해보려무나. 그때 넌 일어나서 신장이 한쪽밖에 없는 사람을 본 적이 있느냐고 말할 거야. 그럼 모두가 웃겠지!'라고 말씀하셨어. 그렇지만 그때 받은 수술은 곧 받을 수술에 비하면 아무것도 아니야…. 그땐 농담이라도 할 수 있었지…."

보리스는 아무런 대답도 하지 않았고, 우리는 가느다란 가을 햇살에 몸을 녹이며 아주 조용히 앉아 있었다.

나는 막심이 올 때가 되었다는 사실을 기억해내고는, 내가 잘생긴 두 남자 사이에 어떻게 앉아 있을지 상상해보았다. 그리고 이것이 어떻게 보일지도….

"좋아…."

그에게 내가 말했다.

"앉아 있었고, 앉아 있을 거야. 조심해…."

나는 그에게서 조금 떨어져 그가 더 이상 오지 않을 경우를 대비해 눈앞에 보이는 그의 어깨와 목을 기억하려고 노력하며 그를 건물 입구까지 바래다주었다.

'무슨 일이라도 생겼으면!'

나는 내 상상 속에서, 아직 일어나지 않았지만 모든 것을 제자리에 갖다둘 수 있는 그런 상황이 일어나길 간절히 바랐다

'무슨 일이라도 생겼으면!'

그런데 그 일이 벌어졌다. 병원 입구에서 말이다.

"있잖아!"

갑자기 멈춰 서서 그가 소리쳤다.

"네게 이야기한다는 걸 완전히 깜빡 했지 뭐야! 네게 오는 버스 안에서 극장에서 본 아가씨를 우연히 만났어!"

"정말 큰 행운이네."

나는 문장 끝에 느낌표를 찍는 것을 잊은 채 무서운 목소리로 말했다.

"이번엔 행운을 놓치지 않았기를 바라."

"절대로 그럴 수 없지! 그녀를 따라 종점까지 가려고 했는걸. 만약에…."

그가 짓궂은 눈빛으로 나를 바라보았다.

"…만약 네게 가려고 서두르는 길이 아니었다면 말이야…."

밤에 나를 둘러싸고 있는 세계가 급격하게 변화한다는 느낌이 나를 잠에서 깨웠다. 나는 일어나서 창가로 다가갔다.

강한 폭우가 그렇잖아도 헐벗고 무방비한 나무를 때리고 있었

다. 바람에 신음하는 공원을 따라 자신만만한 가을의 따뜻하고 잔잔한 청명함이 난폭한 취급을 받고 있었다.

나는 창가에서 물러나 머리 뒤로 손을 깍지끼고 누웠다. 반대편 벽에는 동이 틀 때까지 용서를 구하는 나무들의 미친 그림자가 허둥거렸다. 이 모든 것은 전쟁에서 패한 군대의 수치와도 같았다.

아침 무렵 창밖으로 천천히 눈이 내렸다. 눈은 마치 처음으로 내리는 것이 아니라 이 땅으로 돌아오는 것처럼 소리 없이 녹초가 되어 떨어졌다. 먼 길을 지나 사람들을 진정시킬 수 있는 현명하고 위로의 마음을 품은 눈이 돌아왔다….

꿈꾸는 내내 세면실 문이 쿵 하고 닫히고, 슬리퍼를 질질 끌며 걷는 소리 등 병원이 잠에서 깨어나는 소리가 들렸다. 병실의 문이 열리고, 마카르 일라리오노비치 선생님이 빠르게 들어왔다. 그는 침대로 다가와 손을 내 어깨에 올렸다. 이 행동은 위엄이 있는 동시에 나를 진정시켜주었다. 그리고 나는 모든 것을 이해했다.

"마카르 일라리오노비치 선생님, 무슨 일이에요? 벌써요? 벌써… 지금요? 지금일 리가 없잖아요!"

입술이 뻣뻣해져서 나는 입술을 움직일 수 없었다.

"넌 똑똑한 아이잖니."

그가 진지하게 말했다.

"우리 좀 도와주려무나. 넌 똑똑한 아이잖니!"

"선생님은 제가 미키 마우스처럼 강하다고 생각하세요?"

나는 떨리는 입술로 미소를 지으려 노력하며 물었다.

"미키 마우스는 네 발꿈치에도 못 따라갈 거다."

그는 여전히 진지하게 말했다.

"미키 마우스를 네 부관(副官)으로 데려가도 좋다."

병실에서 나가며 그는 문가에서 멈췄다.

"조금 더 쉬렴. 누워서 뭐라도 즐거운 것을 상상해봐."

선생님이 나가고 문이 닫히자 마자 나는 연필을 쥐고는 학교에서 쓰던 공책 한 장을 찢어 재빠르게 써내려갔다.

'아빠, 저를 용서해주세요! 전 모두를 너무나도 사랑해요!'

그리고 창가를 바라보았다. 창밖에서 붉은색 털로 짠 위아래가 한 벌인 옷을 입은 채 가장 깨끗한 눈 위를 초록색 썰매를 타고 빙빙 돌고 있는, 이 땅의 모든 살아 있는 것의 군주인 고기야를 보았다. 그리고 턱수염이 난 행복한 그의 아빠는 썰매를 끌어 큰 원을 그리며 돌고 있었는데, 그래서인지 그의 긴 다리가 더더욱 철로 된 접이식 자를 닮아 보였다.

그리고 나는 이 가여운 종이를 구겨져 한쪽으로 던져버렸다.

갑자기 나는 보리스의 할머니를 떠올리며 생각했다. 오십 년이 흘렀음에도 과연 그녀가 젊은 남편과의 생생한 접촉을 기억할까? 그녀의 손은 그의 손과 맞닿은 느낌을 기억할까? 아마 아닐 것이다. 우리 몸은 건망증이 있으니까.

그렇지만 그의 포옹은 살아 있다! 그의 포옹은 아들과 아들보다 그를 더 닮은 손자의 모습으로 온 세상을 돌아다닌다! 우리 엄마도 살아 있다. 왜냐하면 내가 살아 있기 때문에. 그리고 나는 아주 오래오래 살 것이다.

'그래.'

나는 생각했다.

'가장 중요한 건 그거야. 세상에 사람들이 있지. 시간과 상황은 다르지만 같은 사람들 말이야. 그리고 이걸 이해하고 평생 명심한다면, 이 세상에는 죽음도, 공포도 없는 거야…. 이제 누워서 뭐라도 즐거운 것을 상상해야겠다.'

나는 스스로에게 말했다.

'대체 무슨 생각을 하지? 내일이나 모레 보리스가 와서 내게 말장난이 담긴 메모를 쓰는 생각이라도 해야겠다. '이곳에선 신속하게 수술 중임!'이란 메모 말이야. 그러면 나는 간호사에게 바로 그 밑에다가 이렇게 크게 써달라고 해야겠다. '비밀리에(Po blatu)'라고 말이야….'

괴짜 알투호프

언젠가 나는 그에 대해 반드시 쓸 것이다. 두꺼운 모눈종이 공책을 펼쳐 여백을 조금 남겨놓고, 어디서부터 시작할지 생각할 것이다. 그렇다, 언젠가 나는 그에 대해 반드시 쓸 것이다. 그리고 두말 할 나위도 없이 그의 눈부터 시작할 것이다.

나는 '그의 두 눈은 미친 데카브리스트(1825년 12월, 개혁을 외치며 혁명을 일으킨 청년 장교들, 12월혁명당원이라고도 함)의 눈과 같았다'라고 쓸 것이다. 이것은 그의 전기의 시작 부분이 될 것이다. 그다음에는 묘사하는 게 지겨워질 것이고, 창가를 향해 몸을 돌릴 것이다. 창밖에는 겨울이나 가을처럼, 가장 좋은 건 여름이지만, 적절한 계절이 펼쳐질 것이다. 그리고 나는 우리의 마지막 대화(이것을 대화라고 부를 수 있을지 모르겠지만 말이다. 그와 나는 아마 정상적인 사람들이 하는 대화를 해본 적이 거의 없다)를 떠올릴 것이다.

○ ○ ○

창가에 피아노가 있는 그런 평범한 빈 강의실이었다. 나는 앉아서 수업 때 할 질문을 베껴 쓰고 있었다. 바로 그때 나의 사랑스러운 알투호프가 강의실로 들어왔다.

그는 끔찍하게 못생겼지만 지독하게 매력적이었다. 그는 눈과 눈 사이의 거리가 너무 멀어서 두 눈이 콧대보다 관자놀이에 더 가까이 있는 것 같았다. 신이 제삼의 거대한 눈의 존재에 대비해 비워두었다가, 후에 이를 깜빡 잊은 것처럼 텅 비어 보였다. 그의 두 눈은 놀란 병아리 눈처럼 둥글고 까맸다. 그는 구부정하게 등을 구부린 채 서두르지 않고, 조금은 게으른 듯 걸었다. 그런 그의 모습은 할 일도 없고 갈 곳도 없는 사람처럼 보였다.

"안녕, 디노치카('디나'의 애칭)!"

그가 인사하며 강의실 안으로 들어왔다.

"어떻게 지내? 대화를 나눈 지 오래 되었네…."

"그래? 우리가 언제 어떤 주제로라도 대화를 나눴던 적이 있었던가?"

나는 침착하게 물었다.

"내 말 좀 들어봐, 재미있는 이야기를 해줄게."

그가 피아노로 가 창가를 향해 앉았고, 나는 그의 곁으로 다가가 섰다. 그는 피아노로 짧은 화음을 연주하며 휘파람으로 노래를 부르기 시작했다.

"그래서?"

마침내 내가 물었다.

"경청할게. 너 무언가 내게 말하려고 했던 것 같은데…."

"응? 뭐라고?"

그가 연주를 멈추고 당황한 듯 나를 바라보며 멍하니 물었다. 나는 아무 말도 하지 않은 채 미소지었다.

"아, 그렇지! 이 노래를 들어봐…."

그리고 그는 또다시 휘파람을 불기 시작했고, 창가로 몸을 돌리며 사색에 빠졌다.

나는 피아노 맞은편으로 돌아가 괴짜 알투호프의 두 눈을 응시했다. 그는 '생각이 죽었소! 대의명분이 죽었소!'라고 밤낮으로 신음하는 미친 데카브리스트를 떠오르게 했다.

"바로 그렇게 상트 페테르부르크(데카브리스트의 주된 활동 지역)에서의 반란이 널 끝내버린 거야."

나는 말했다.

그는 계속해서 조심스럽게 화음을 연주하며 고개를 끄덕였다. 하지만 나는 그가 어떤 말도 듣지 않고 있을 때 항상 고개를 끄덕인다는 사실을 알고 있다. 그가 그렇게 행동하는 이유는 생각하는 데 방해받지 않기 위해서이다.

알투호프는 재능도 있었고, 재미있는 사람이었다. 그는 재능과 유머가 멋지게 조화를 이루었다. 그의 재능이 얼마나 발현되는지 확실히 말할 수는 없다. 하지만 분명한 것 하나는 음악적으로 재능이 뛰어났다는 것이다. 소위 말하는 절대음감이었다. 그는 음악적 재능만 뛰어난 것은 아니다.

그는 상상 속에서 번뜩이는 생각들을 즉각적으로 말과 몸짓으로 깔끔하고 상징적으로 구현할 수 있는 능력도 가지고 있었다. 그는 마치 오랫동안 연습한 것처럼 모든 것을 쉽고 가볍게 해냈다. 알투호프는 몸짓과 목소리, 억양, 안면 근육을 기가 막히게 자유자재로 사용하여 어디선가 본 몸짓이나 움직임 혹은 어디선가 들은 대화를 즉각적으로 흉내 냈다.

우리 모두는 놀라서 멍한 표정으로 바라볼 수밖에 없었다. 그는 자신이 겪었던 일들을 아주 흥미롭게 이야기했다. 우리는 이야기를 들으며 크게 웃었고, 그를 열광적이고 사랑스러운 눈길로 바라보았다. 그리고 우리는 그가 하는 이야기를 모두 믿었다.

그러다 갑자기 알투호프는 밖으로 나가버렸다. 푸른 오버코트의 깃을 세우고 바이올린 케이스를 옆구리에 낀 채 음악원 옆으로 난 좁은 도로를 따라 걸어갔다. 그러고 나면 몇 주 동안 음악원에 나타나지 않았다.

유르카(러시아 남자 이름 '유리'의 애칭)의 존재에 대해서 알게 된 건 음악양식분석 수업이 휴강된 바로 그날이었다. 수업이 왜 휴강되었는지는 아무도 몰랐다. 강사가 몸이 아파서였는지, 아니면 어떤 행사 때문인지 우리는 정확한 이유를 알지 못했다. 그런 날이면 알투호프는 어떻게 해서든지 날 꼬셔서 밖으로 나갔고, 할 일 없이 우왕좌왕하며 가게를 돌아다녔다. 여러 가게를 돌아다니는 일은 우리에게 재미있는 여행이었다.

"마네킹에게 인사하러 가자!"

알투호프가 말했다.

"친구로 마네킹 몇 명을 데리고 가야겠다. 이 마네킹들은 너무 매력적이야, 그렇지? 영적인 부를 쌓기에 정말 예의 바르고 사랑스럽지."

나는 웃기 시작했다.

악기 가게 쇼윈도에는 바이올린을 들고 있는 여자 마네킹이 서 있었다. 바이올린 활은 활짝 펼쳐진 그녀의 석고 손바닥에 놓여 있었고, 놀랍도록 나긋나긋한 눈은 거꾸로 뒤집어져 있는 바얀(러시아식 아코디언, 건반 대신 버튼이 달려 있다) 독학 교재가 놓여 있는 스탠드를 응시하고 있었다. 이 마네킹은 악기 전시용으로는 적합하지 않았다. 마치 '멈춰, 동작 그만!'이라는 노래를 연주하고 있는 것 같았다. 비현실적으로 긴 오른손은 왼손을 가리키고 있었는데, 눈길을 돌려 목과 왼손 사이에 끼워진 장치를 보고 놀라워하라고 우리에게 말하는 것 같았다.

"있지, 잠깐만!"

알투호프가 갑자기 소리치면서 멈췄다.

"이 아가씨 때문에 나는 마음이 아파. 왜일까? 아마도 그녀가 나랑 닮았기 때문일 거야. 어디가 닮은지 알겠니?"

그가 웃기 시작했다.

"둘 다 똑같은 바이올린 연주곡을 안다는 거?"

나는 비꼬았다.

"내가 살면서 이룬 것만큼 그녀도 무언가 이뤘다는 거…."

그는 내 공격적인 말에 신경 쓰지 않고 진지하게 말했다.

"그녀가 나보다 훨씬 조금 살았겠지? 그렇지?"

그리고는 바람을 피하려 폭신한 갈색 목도리에 턱을 파묻으며 깊은 생각에 잠겼다.

우리는 가게 몇 군데를 더 돌아보았고, 나는 그가 장난감 코너에 끌린다는 사실을 눈치챘다. 하지만 나는 왠지 그곳이 끌리지 않았다. 그래서 그를 겨우 옷 가게로 이끌고 가서 몇 가지 외투를 입어보는 동안 옷걸이를 들고 있으라고 했다.

내 옆에는 작고 뚱뚱한 여자가 등 뒤를 보기 위해, 더 자세히 말하면 뒤로 돌려진 허리띠를 보기 위해 거울 앞에서 애쓰고 있었다. 그녀의 밝은 머리카락은 노란 머리끈으로 묶여 있었고, 치아는 앞으로 튀어나와 있었다. 너무 앞으로. 고백하자면, 나는 살면서 그렇게 짧고 뚱뚱한 다리와 지나치게 앞으로 튀어나와 마치 촉수처럼 보이는 치아를 가진 여자를 본 적이 없었다.

나는 사람들 무리에 섞여 있는 그 여인을 로봇처럼 멍하니 쳐다보다가 뒤를 돌아 알투호프가 들고 있던 옷걸이에 외투를 조심스럽게 걸면서 조용히 말했다.

"알투호비치(알투호프의 애칭), 있잖아. 만약 내 외모가 저랬다면, 난 더 이상 외투를 사지 않을 거야. 더 이상 아무것도 사지 않을 거야."

"겨울이라 그녀도 추운 거야, 알겠니?"

그가 대답했다.

"그렇지만 만약 내 다리가 저렇게 생겼다는 걸 네가 알아챘다면, 그때 제발 날 죽여줘."

"그만둬!"

그는 사람을 밀치며 장난감 코너로 나아가며 말했다.

나는 그가 누구에게 주기 위해 붐비는 장난감 코너로 가려고 하는지 묻고 싶었다. 아마 조카나 이웃을 위해서겠지…. 그러나 그와 개인적인 대화를 나눠본 적이 없었기 때문에 롤러스케이트

쪽을 향해 고개를 끄덕이기만 하면서 말했다.

"흔들목마를 사는 건 어때?"

"좋긴 한데…."

그는 우두커니 계산대를 바라보며 대답했다.

"유르카는 흔들목마가 너무 많아서 기병대를 소집할 수 있을 정도야."

전차 정류장으로 가는 중간 즈음에 우리는 아스팔트 길에서 아직 온기가 남아 있는 박쥐를 발견했다. 알투호프는 손바닥 위에 박쥐를 올려놓고 갈퀴가 달린 작은 날개를 한쪽씩 들어올리면서 내게 무언가를 오랫동안 설명했다. 아마 갈퀴가 달린 날개로 어떻게 날 수 있는지에 대해 설명했던 것 같다.

나는 줄곧 그를 바라보며 이 늙은이 알투호프가 오 분 동안 한쪽 눈을 감고, 다른 눈을 뜬 채로 있으면 이마에 별이 달린 장님 음유시인을 닮게 될 것이라는 생각을 하고 있었다. 그리고 그 별은 처음에는 이마에서 빛나다가 점점 더 눈썹 밑에서 관자놀이로 미끄러져 내려갈 것이다.

우리는 이 박쥐를 하수구에 놓아주기로 했다. 아마 박쥐는 하수구 안이 더 편안할 것이다. 박쥐가 느끼는 편안함은 어쨌건 우리의 관점과는 조금은 다를 거라고 믿었다. 그럼에도 불구하고, 조금 있다가 정류장에서 알투호프는 박쥐를 떠올리며 말했다.

"괜히 하수구에 놓아주었나 봐, 거긴 어둡잖아. 박쥐는 아마 밤이 찾아왔다고 생각해서 밖으로 나왔다가 혼란스러워할 거야…."

그는 혼란스러운 박쥐 가면을 쓰는 배우처럼 손바닥으로 얼굴을 위에서 아래로 쓸어 내렸고, 나는 웃기 시작했다. 유명한 희극배우이자 비극배우인 알투호프 대신 혼란스러워하는 박쥐 한 마리가 둥글고 놀란 눈으로 나를 쳐다보았기 때문이었다. 그렇게 그날, 우리는 유르카에게 줄 선물을 고르지 못했다.

유르카를 본 건 11월 시위에서였다. 우리는 여덟 시 정각에 음악원 옆으로 모이라고 지시받았고, 나는 왜인지 삼십 분 일찍 와서 기다리며 스스로에게 화를 내고 있었다. 그때 알투호프는 즐거운 기대감에 폴짝폴짝 뛰는 소년의 손을 잡고 오고 있었다.

"이 애는 딘카(디나의 애칭)야."

알투호프가 소년에게 나를 소개했다.

"애들아, 여기 가만히 있어. 담배 사러 잠시 다녀올게."

"알투호프는 기분이 좋아 보이는구나!"

나는 소년에게 말했다.

"스물일곱 살의 그는 세상을 이리저리 떠돌아다니지 않은 모든 사람을 아이들이라 불러도 된다고 생각해."

"오케스트라에서 연주하나요?"

소년은 즐겁게 질문한 후 제자리에서 폴짝폴짝 높이 뛰기를 하며 정확하게 알파벳 '에르(러시아 알파벳)'를 발음했다. 나는 '에르' 발음을 정확하게 하는 어린이들을 매우 존경했다.

"음, 그건 네 이름이 뭔가에 달렸어."

내가 대답했다.

"유르-으으으카!"

그가 소리쳤다. 그는 우리 오케스트라가 연주를 시작하기를 대단히 바랐다. 아마도 알투호프가 약속했을 것이다.

"그럼, 연주할 거야. 훌륭한 연주단원들이 나와서 트럼펫을 불기 시작할 거야. 그들의 얼굴은 시뻘개지고, 연주를 건성으로 한다면 너도 느낄 수 있을 정도일 거야. 그렇지만 넌 아무래도 상관없어 할 것 같구나."

나는 높이 뛰어오르는 일이 그의 인생에서 가장 중요한 일인 것 같다는 느낌을 받았다. 그는 집중해서 손을 소매 밖으로 꺼낸 다음 군인처럼 뛰어올랐다.

"또 그러는 거야?"

알투호프가 화를 내며 소리쳤다. 그의 입에는 담배가 물려있었고, 두 눈은 둥글고 유쾌했다.

"내가 경고했지, 머리를 별에 찧을 거라고. 그러면 난 그 어떠한 책임도 지지 않을 거야!"

"별은 어디에도 없는데?"

유르카가 손바닥으로 뒤통수를 감싸며 겁에 질려 조용히 물었다.

"음, 아니면 피아니스트 딘카의 다리를 치게 될 거야. 그녀는 조종사처럼 다리 없이는 아무것도 할 수 없어. 다리 없이 페달을 어떻게 밟겠니?"

"그녀는 자전거를 타고 다녀? 사이클 자전거?"

"경찰용 자전거."

위대한 교육자 알투호프가 대답했다.

"귀를 축 늘어뜨리고 경찰용 자전거를 타고 다녀."

그는 둥근 눈으로 나를 흘끗 바라보았다. 그의 시선에는 조롱기와 애정이 담겨 있었다. 그래서 더 모욕적으로 느껴졌다. 왜냐하면 그는 실제인 것처럼 생생하게 말하는 능력이 있다는 걸 알고 있기 때문이다. 그 말을 들은 유르카는 내가 귀를 축 늘어뜨린 우스운 모습으로 경찰용 자전거를 타고 다니는 사람으로 상상하고 있다는 것을 알고 있기 때문이다. 다만 유르카가 이 자전거를 어떻게 상상할지는 모르겠지만, 적어도 나는 확실히 알 것만 같았다.

"있지, 그거 알아?"

화가 난 나는 알투호프에게 불쑥 내뱉었다.

"이젠 코트 주머니에서 손 좀 빼시지! 예의 없게."

"아, 말도 안 돼…."

손을 코트 주머니에 그대로 넣은 채 그가 느릿느릿 답했다.

"카우보이가 코트 주머니에 총을 넣고 다니던 시절부터 그런 편견이 시작되었어. 당시에는 누군가 주머니에 손을 넣은 채로 다가오는 것은 무서운 일이었어."

알고 보니 알투호프와 유르카는 오늘 하루 계획을 완벽히 짜왔다. 먼저 시위가 끝난 후에는 어떤 예술 영화 한 편을 관람하고, 그다음에는 고리키 공원에 있는 세계에서 가장 큰 회전 목마를 타는 것이었다. 내가 기억하기로는 주정뱅이 아저씨가 항상 회전목마를 관리했는데, 그는 시간 개념이 없어서 어떤 아이들은 회전목마를 삼십 분 동안 타기도 했고, 어떤 아이들은 십 분만 타기도 했다.

마지막으로는 보로딘의 교향곡 2번 '중앙아시아의 초원에서'의 힘찬 화음처럼 '스네진카(눈꽃 송이라는 뜻)' 카페에서 크림 브륄레(커스터드에 얇은 캐러멜 층을 덮어 만든 후식) 백 그램을 먹는 것이었다(어느 도시든지 꼭 한 군데씩은 이런 이름을 가진 카페가 있다는 사실을 눈치챘는가?).

"만약 날 데려가지 않는다면, 이상한 소문이 나게 될 거야!"

나는 이들을 위협했고, 놀란 그들은 나를 데리고 갔다. 우리는 붉은 비닐 천막 아래 앉아 작은 숟가락으로 바레니에(단맛이 강한 과자) 그릇을 뒤적거리고 있었다. 천막을 뚫고 들어온 햇빛은 유르카와 알투호프의 얼굴에서 새빨갛게 빛났다.

"그런데 오늘 넌 아무런 거짓말도 안 했네?"

내가 말했다.

"음… 시작해봐, 이야기를 해줘."

"뭘? 내가 이번 여름에 어떻게 길을 잃었는지에 대해 이야기해줄까? 숟가락을 좀 더 세게 잡는 게 좋을 거야, 안 그러면 의자에서 떨어질 테니까. 이번 여름에 휴가를 보낸 곳은…."

그러고는 깊은 생각에 잠긴 사람처럼 말을 멈췄다. 그는 이런 식으로 항상 우리를 괴롭혔다. 나는 그가 다시 이야기를 시작하기를 기다렸지만, 참지 못하고 이렇게 물었다.

"그래서 이번 여름에 어디서 휴가를 보냈다는 거야, 이 늙은 악마야?"

"산에서."

그는 이렇게 대답한 후 마치 돌풍이 휘몰아치는 바다 가운데 멀찍이 떨어져 서 있는 두 등대 같은 둥글고 까만 눈으로 우리를 바라보면서 말했다.

"알겠니, 얘들아?"

작고 아름다운 목소리로 그가 말했다.

"상상이 가니, 얘들아? 눈과 흰 자작나무!"

산에 있는 흰 자작나무라니! 그렇지만 나는 반박하지 않기로 결심했다. 그는 너무나도 아름답게 이야기를 한다. 더 정확히 말하자면, 이 거짓말쟁이 알투호프가 말하고 있는 모습은 너무나도 아름다웠다.

"산에 있는 개울은 참 기이했지. 그곳에서는 수영을 하거나 멱을 감을 수 없을 것 같았어. 고개를 숙이면 물살에 머리가 떠내려가 버릴 것 같았거든. 그저 눈알만 이리저리 굴릴 뿐이었지. 언젠가는 친구들이랑 강가에서 배구를 했는데, 공이 바람에 날려 물 속에 빠진 거야. 나는 손으로 공을 잡으려고 몸을 숙였는데, 발을 헛디뎌서 첨벙! 하고 빠져버렸지."

그는 말을 멈췄다. 그는 살아 있었고, 이 알투호프는 우리 바로 옆에 앉아 있었다!

"무슨 일이 벌어진 지 모른 채 이 미터 정도 공을 따라 떠내려갔는데, 갑자기 몸이 가라앉더니 빙글빙글 돌기 시작하는 거야. 그 덕분에 공을 잡을 수 있었지만…. 나는 바위를 잡으려고 손을 뻗었지만 바위는 미끄럽고 차갑고 뾰족해서 손만 다칠 뿐이었어. 그때 갑자기 내 몸이 위로 들어올려졌어. 수면 위로 떠올랐지만 앞이 안 보이는 거야. 위에서는 강력하고 찬란한 햇살이 주먹으로 내리치듯 머리 위로 쏟아져내리고 있었어. 나는 '안 돼, 이 악당아!' 이렇게 생각했어. 태양을 보며 '넌 악당이야!'라고 말이지.

그 이후로는 기억이 안 나. 무언가를 꽉 움켜잡고 기어 나왔던 것 같은데…. 강가 바위 쪽으로 내팽개쳐진 나는 시체처럼 기어 나온 거지. 그러고는 덤불에 쓰러져서 젤리 같은 고기 조각처럼 가만히 앉아 있었어. 그때 친구들이 뛰어오더니 이렇게 말하는 거야. '너 수영 정말 잘하더라. 우리는 너가 공을 잡을 수 있을지 강가를 따라 뛰어가면서 봤거든. 대체 어떻게 공을 잡은 거야?' 나는 쪼그리고 앉아서 상처투성이가 된 손으로 머리를 움켜쥐고 울다가 웃다가 했지."

나는 유르카를 바라보았다. 그는 차분히 듣고 있었고, 알투호프 걱정은 전혀 하지 않고 있었다. 아마도 그는 알투호프에게는 절대로 나쁜 일이 일어나지 않을 것이라 생각하고 있었을 것이다.

다음 날 알투호프는 평소보다 늦게 음악원에 나타났다. 그는 심하게 빛 바랜 초록색 셔츠를 입고 왔다.

"나는 이 셔츠를 아주 살살, 부드럽게 빨았는데…."

그가 말했다.

"이게 그만 색이 빠져버렸지 뭐야. 참 바보 같은 옷이지?"

나는 웃으면서 말하는 그를 구석으로 끌고 가 물었다.

"솔직히 말해, 악마 같은 알투호프! 유르카는 네 아이니?"

나는 위협적으로 물었다.

"내 아이 아냐."

그가 답했다.

"그렇지만 내 아들이야. 이해되게 설명했니?"

"그럼, 물론이지!"

나는 말했다.

"푸시킨 집시들과 방랑할 때 그 애를 훔쳤겠지, 그렇지? '집시들이 시끌벅적한 무리로 베사라비아를 떠돌아다니네…(푸시킨, 《집시》, 1824).' 혹은 유르카는 몸을 버린 불운한 여자의 아들이었던 거야. 너는 그녀를 진실의 길로 인도한 다음 관대하게 그녀를 유르카와 함께 아내로 받아들인 거지?"

"그런 일은 없었어."

갑자기 그가 진지해졌고, 왜인지 넌더리를 내며 말했다.

"그 여자는 아주 끔찍한 사람이야. 유르카에 대해 네가 말한 건 거의 다 맞아. 나는 그를 데려와서 기르려고 해…. 넌 아직 어린애야."

그는 검지손가락으로 콧날에서 코끝까지 내 코를 쓸어내렸다.

"그녀는 한때 내 정부였어, 알겠니?"

"알투호프, 난 고작 일 학년이야."

내가 말했다.

"정부는 이해할 수 없는 단어야."

"좋아."

그는 짧게 대답한 후 내게서 역사 공책을 가져갔다. 그리고 일주일 동안 나타나지 않았다. 그의 모습은 보이지 않았다. 그의 푸른색 오버코트가 나타나지 않을까 하는 생각에 창가에 앉아 좁은 인도를 바라보았다. 하지만 그는 나타나지 않았다. 나는 지금 당장 그 공책이 너무나도 필요했다! 학과장실로 찾아가 요점 정리된 역사 공책이 꼭 필요하다는 거짓말로 그의 집주소를 알아냈다. 하지만 어떤 학생이 학기 중간에 요점 정리 공책을 필요로 하겠는가….

수업이 끝난 후 나는 그의 집으로 향했다. 알투호프는 구시가지에 방을 얻어 살고 있었다.

그날은 비가 미친 듯이 쏟아졌다. 비는 인도를 따라 뛰어다녔고, 길가에는 커피 같은 흙탕물이 강물을 이루어 나뭇잎들을 쓸어가며 앞으로 돌진했다.

나는 버스 정류장에 서서 다리를 절룩거리는 얼룩무늬 개를 관찰했다. 개는 축축히 젖은 벤치에 코를 대고 킁킁거리며 냄새를 맡고 있었고, 지나다니는 사람들에게 애교를 부리고 있었다. 특히 젊어 보이기 위해 꽤나 애를 쓴 알록달록한 우산을 들고 있던 어떤 늙은 여인에게 애교를 부리고 있었다. 그녀는 이따금 검은 장화를 신은 왼쪽 발로 개를 밀어냈고, 밀려난 개로부터 물이 흘러나왔다.

"개를 사랑하지 않는 사람은 사람이라고 불릴 자격이 없어요!"

나는 그녀에게 말했다.

"생텍쥐페리가 한 말이에요."

물론 생텍쥐페리는 이런 말을 하지 않았다. 그 늙은 여인에게 나는 위엄 있는 존재가 될 수 없었기 때문에 생텍쥐페리의 이름으로 못박은 것이다. 하지만 생텍쥐페리가 정말 이런 말을 했을 수도 있다. 나와 대작가인 생텍쥐페리가 같은 생각을 하지 말란 법도 없지 않은가!

나는 상점에서 부블리크(도넛 모양의 딱딱한 러시아 빵)를 사서 개에게 먹이려고 십 분 정도 따라다녔다. 하지만 개는 부블리크를 먹지 않았다. 개는 슬픈 적갈색의 눈으로 나를 응시했고, 아마도 이렇게 생각했을 것이다.

'이봐, 그만해! 왜 계속 쫓아다니는 거야?'

나는 알투호프의 집을 찾는데 한참이나 헤맸다. 이웃 사람에게 묻자 막다른 골목에 있는 긴 일 층짜리 집을 가리켰다. 그 집에는 여러 가족이 살고 있었고, 알투호프는 구석에 있는 방에 세

들어 살고 있었다.

그는 나를 보고는 깜짝 놀랐다.

"하느님, 맙소사!"

그가 말했다.

"다 젖었잖아!"

그는 내 비옷을 받아들고 공동 복도에 있는 옷걸이에 걸었다. 나는 그런 옷걸이를 본 적이 없었다. 손가락이 두 개뿐인 불구자의 가는 손가락을 닮은 검은 사슴뿔로 된 옷걸이였다. 옷걸이는 마치 자선을 베풀어달라는 듯 앞을 향해 뻗어있었다.

"레냐 바이네르가 죽었어."

알투호프가 무심히 말했다.

"레냐 바이네르?"

나는 당황해서 되물었다.

"응, 뇌수막염으로…. 레냐 바이네르의 죽음은 바보 같은 일이야."

나는 침묵했고, 그에게 레냐 바이네르가 누군지 묻는 게 두려웠다. 아마도 레냐 바이네르는 그의 오래된 친구 중 한 사람일 것이다. 이 괴짜 알투호프는 모든 사람이 서로를 알고 이해하며, 누군가에게 불행이 닥쳤을 때 반드시 서로 애도해야 한다고 생각했다. 내가 알투호프에게 다가가 페탸 시도로프라는 사람이

급하게 그의 푸른 오버코트가 필요하다고 말한다면, 내 생각에 그는 페타(발음상 뻬쨔, 표트르의 애칭) 시도로프가 누구인지 묻지도 않고, 그의 푸른 오버코트를 주었을 것이다. 그는 그저 '뭘 타고 그에게 가야 하지?'라고 물었을 것이다.

알투호프의 낡은 소파에서는 유르카가 자고 있었다. 베게 위 유르카의 큰 머리는 마치 황금빛 공처럼 보였고, 가는 한쪽 팔이 이불 위로 올라와 있었다.

"유르카가 그만 악마 같은 감기에 걸려버렸어…."

알투호프가 속삭였다.

"삼 일 동안 열로 끓었다가 오늘에서야 내렸어. 그를 깨울까? 네가 왔다 간 사실을 알게 되면 속상해할 거야. 어찌나 네 생각을 자주 하는지!"

"내가 한 삼십 초 정도 있다가 갈 거라고 생각했어?"

내가 말했다.

"나는 여기 백 년 정도 있다가 갈 거고, 그 사이에 유르카는 일어날 거야."

나는 책상으로 다가가서 우스꽝스러운 알투호프의 글씨체로 무언가 쓰인 종이를 내 쪽으로 가져왔다.

'이거 봐라!'

나는 생각했다.

'이거 뉴스거리네!'

알투호프는 내 이름으로 아크로스틱('삼행시'와 비슷하게 각행의 머리글자를 모아 하나의 낱말을 만드는 것)을 지으려고 한 모양이었다. 그가 직접 손으로 쓴, 이 세상에서 내가 불리는, 놀랍도록 익숙한 소리를 이루는 알파벳을 보는 건 정말 이상한 일이었다.

ㄷ: 다 같이 생각해보자, 우리에게 겨울이 필요한지 아닌지.
ㅣ: 이 지붕 위의 눈은 죽은 듯이 차갑구나.
ㄴ: 나와 사람들과의 관계에서 필요 없는 안개….
'ㅏ'로 시작하는 줄은 비어 있었다.

"ㅏ: 알투호(알투호프의 애칭), 시인으로서 너는 정말 꽝이구나!"
나는 마무리를 지었다.
"운율에 거슬리지는 않네."
우리는 더 이상 앉을 곳이 없었기 때문에 한 의자에 같이 앉았다. 우리는 서로 등을 기대고 앉아 속삭이듯 이야기를 나누었다. 엄밀히 말하면 우리는 대화를 나눈 게 아니라 옥신각신했다. 내가 그를 욕하면, 그는 침묵하거나 혹은 이에 대해 허튼소리를 해댔다.

그는 나에게는 어떻게든 점잖게 거절하지 못했다! 모두에게는 그랬지만, 나에게는 그러지 못했다. 이는 놀라운 일이었다.

나는 어느 날 우리 모두가 36호 강의실에 앉아 있던 날을 떠올렸다. 사슈카 벨로콘이 책상에 걸터앉아서 자신이 유명인들과 친분관계가 있다는 이야기를 하고 있었다. 그 유명인이 레스토랑에서 오믈렛을 어떻게 게걸스럽게 먹었는지에 대해서…. 우리 모두는 역겨웠다. 그때 피곤했던 알투호프가 천천히 손수건으로 바이올린 현을 문지르다가 그에게 다가가 작고 부드럽게 말했다.

"아유, 벨로콘(흰 말, 체스에서의 나이트라는 뜻도 있음)?"

그는 마치 유감스러워하는 것처럼 말했다.

"네가 무슨 흰색 말이니? 넌 그냥 회색 말이야."

그 말을 듣고 우리 모두는 기쁨과 그에 대한 흠모에서 우러나온 신음을 냈다. 알투호프는 바이올린을 케이스에 넣고 강의실 밖으로 나갔다. 그는 모두가 벌떡 일어나 그를 다시 돌아오게 만들고 싶도록 자리를 떠나는 법을 알고 있었다. 나는 다시 돌아와줬으면 하는 마음을 먹도록 제때 떠나는 법을 아는 그의 능력을 신이 내린 선물이라고 여겼다.

우리는 서로 등을 기대고 앉았고, 그의 뜨거운 어깨를 느끼며 나는 알투호프가 늙고 외로운 사람이라는 생각이 들었다. 그는 벌써 스물일곱 살이나 되었는데, 유르카를 제외하곤 이 도시에서 그의 곁에 아무도 없었기 때문이다.

"내가 회화 학교를 그만두었을 때 말이야…."

그가 속삭이기 시작했다.

"넌 지금 뻥을 치는 게 틀림없어, 알투호프."

나는 그의 말을 잘랐다.

"아마 넌 그림을 그릴 줄 몰라서 그곳에서 쫓겨났을 거야."

"그림 그릴 줄 몰라서?"

그가 웃음지으며 되물었다.

"나는 조소과였어…. 어쨌거나 그래, 그림 그리는 거…. 그런 과목도 있어. 기초 과목 중 하나야…."

그가 말을 멈췄다.

"너 뭔가 말하려고 했잖아."

"응? 아냐, 그저 무언가가 떠올랐어…. 그 학교에는 매우 가식적으로 행동하는 늙은 여선생이 있었거든. 그녀는 생물 선생이었어. 그녀는 등으로 가식적인 행동을 하는 사람이었어. 그녀의 등은 매우 말랐고, 왼쪽 어깨 밑에 흉터 같은 것이 있었지…. 그녀는 임대 아파트에 살고 있었는데, 이웃들이 주정뱅이나 싸움꾼들밖에 없다고 불평하곤 했어. 그녀의 꿈은 돈을 모아서 벽을 더 두껍게 만드는 것이었지. 그래서 가식적으로 행동하는 거였어. '그래서 제가 여러분 학교로 오게 되었습니다'라고 말하면서…. 그녀는 그런 가식적인 행동을 뭔가 부끄러운 것으로 여겼어. 매우 신경질적이고 근심이 많은 여자였지. 걸핏하면 울고 말이야…. 하지만 다른 도시로 이사 가고 싶어 하진 않았어. '네바 강으로 나가면…'이라고 말하며 눈물을 훔치곤 했지. 그녀의 삶에서 유일하게 바라는 것이란 돈을 벌어서 벽을 더 두껍게 만드는 것이었어. 뭔가 있어 보이지 않아? 그렇지?"

"아니, 전혀."

나는 단호하게 말했다.

"넌더리나고 신경질적인 여자, 그 이상도 그 이하도 아냐."

나는 그가 회화 학교에서 공부를 했다는 사실을 알고 있었지만, 조각이나 철사로 된 골조, 말라 비틀어진 진흙 조각, 연필 스케치를 한 번도 본 적이 없었다. 그 학교와 관련된 것은 하나도 남김없이 깨끗이 지워버린 것처럼 말이다.

한번은 알투호프가 자신의 친구였던 실력 있는 조각가에 대해 이야기해준 적이 있었다. 그 조각가는 자살로 생을 마감했는데, '내 안의 천재성을 발견하지 못했다'라고 쓴 매우 짧은 유서를 남겼다고 한다. 유서는 로뎅의 작품 '에로스와 프시케'가 담긴 사진 위에 놓여 있었다.

나는 이 바보 같은 이야기를 알투호프가 꾸며냈다는 것을 의심하지 않는다. 또한 천재성과 관련해 자신의 생각을 이 이야기를 통해 한 것이라는 것을 알고 있다.

나는 알투호프가 열렬히 사랑하는 아이, 지금 자고 있는 유르카를 바라보았다. 그리고 이 둘에게 인생이 뒤바뀔 수 있는 엄청난 일을 해주고 싶다는 생각이 들었다. 내가 바라는 것은 그것이었다. 그들을 방문하기 위해 구시가지에만 다니는 낡고 지저분한 버스를 한 시간 반이나 타지 않기를, 막다른 골목길에 있는 그의 집을 찾아 헤매지 않도록, 복도에 호기심에 찬 무서운 사슴뿔이 걸려있지 않기를 그리고 유르카가 이 낡은 침대에서 더 이상 잠들지 않도록 말이다.

나는 알투호프가 계속해서 속삭이며 이야기하는 소리를 들었는데, 그의 속삭임이 마치 살아 있는 참새처럼 만질 수 있고, 부드럽고 따듯하다는 생각이 들었다.

"알투호프!"

나는 또다시 그의 말을 끊었고, 그는 공손히 입을 다물었다.

"알투호프, 난 네 혓소리가 너무 좋아서 네가 말할 때마다 네 목소리에 키스하고 싶을 정도야…. 이게 무엇을 의미하는 걸까?"

그가 발에서 벗겨진 침실용 슬리퍼를 고쳐 신으며 말했다.

"그건 네가 허기졌다는 뜻이야. 내가 닭 목이 두 개 들어간 닭고기 수프를 끓였어. 그러니까 원래 내 닭에 있던 목이 하나 있었고, 이웃집 니나 드미트리예브나가 목 하나를 더 주었어. 왜냐하면 그녀의 딸이 닭 목을 좋아하지 않기 때문이지. 바로 수프를 데워올게….”

그가 부엌에서 분주하게 무언가를 하는 동안 유르카는 잠에서 깨어 책상다리를 하고 소파에 앉았다. 유르카는 졸린 눈으로 나를 응시했는데, 내가 왔다는 사실을 믿지 못했다.

“많이 컸구나, 유르카!”

나는 말했다.

“너 정말 길쭉해졌어.”

“곧 엄청 커질 거야.”

그가 자랑하듯 말했다.

“알투호프 형처럼 커질 거야. 아니, 더 클 거야. 조만간 팔은 천장에, 다리는 바닥에 대고 걸어다니게 될 거야…. 그리고 여기 멍든 것 좀 봐.”

그가 팔꿈치를 보여주었다.

“처음에는 붉었고, 이젠 시퍼래. 그다음엔 푸르딩딩해졌다가, 누래지겠지.”

“자기 몸에 상처를 내는 건 끔찍한 일이야!”

나는 말했다.

“언젠가 나는 스스로 내 발을 밟고는 미친 듯이 화가 났어. 왜냐하면 ‘발칙한 사람 같으니라고!’라고 화풀이할 대상이 아무도 없었거든.”

"그리고 또…. 음, 또…."

그는 나에게 또 어떤 말을 꺼내야 할지 떠올리기 위해 까끌까끌한 머리를 빙글빙글 돌렸다.

"그리고 나 이제 형네서 같이 살아. 알고 있지?"

그가 기쁘게 소식을 전했다.

"그리고 엄마가 날 기억해내지 않는다면 더 오랫동안 같이 살 거야."

"됐어, 그만!"

나는 빠르게 그의 말을 끊었다. 유르카가 더 이상 알투호프의 비밀을 발설하도록 둘 수 없었다.

"왜?"

그가 순진한 얼굴로 의아한 듯 물었다.

"걱정 마, 엄마는 듣지 못할 거야. 왜냐하면 멀리 있거든! 우리 엄마는 배우야. 그렇지만 무대에서는 절대로 볼 수 없어. 왜냐하면 그녀가 무대에 나올 때마다 많은 사람이 그녀와 함께 춤을 추거나 대화를 나누거든. 알투호프가 말하길 '엑스트라'라고 한대…. 그런데 '엑스트라'라는 단어, '소총'이랑 닮지 않았어? 나는 엄마가 날 기억해내지 못할 거라고 생각해. 엄마는 유치원에 날 데리러 오는 걸 항상 잊어버리곤 했는걸. 하지만 알투호프는 내가 그녀에게 매우 필요한 존재라고 말해."

"유르카!"

나는 그가 이야기를 멈추도록 소리쳤다.

"오늘 내가 길에서 무얼 봤는지 아니? 초록빛이고, 큰 귀와 꼬리가 달려있었어!"

"악어!"

그가 걱정스레 소리쳤다.

"그렇지만 악어는 귀가 없잖아!"

"뭐가 이렇게 떠들썩한 거야?"

알투호프가 수프가 든 냄비를 가져오며 물었다.

"배고픈 아기 새들아. 자, 여기."

그는 접시에 수프를 나눠주었다.

"유르카도 닭 목 받고…. 너도 닭 목 받아!"

"이건 고리니차 뱀으로 만든 수프야?"

유르카가 물었다.

"차르의 쌍두독수리로 만든 거야."

알투호프가 말했다.

잠시 후 그는 나를 집에 바래다주었다. 우리는 택시를 타고 밤거리를 달리고 있었다. 트롤리 버스에서 서로 코를 박고 잠이 든 사람들이 보였다. 집전장치(집전장치는 러시아어로 дуга(duga), 무지개는 радуга(raduga))가 축 늘어져 있는 버스들은 머리를 빗겨 늘어뜨린 사람을 닮았다. 그런데 왜 집전장치는 직선일까? 나는 어렸을 때부터 '집전장치'라는 단어를 보면 넓은 삼색 무지개가 함께 떠올랐다. 아동용 도서에 있는 절반쯤은 잊힌 시 〈에휴, 무지개-집전장치!〉처럼 말이다.

"백야가 끝나면, 레닌그라드 위로 당근 같은 달이 떠오른다는 사실을 네가 알았더라면!"

알투호프가 말했다.

그는 끊임없이 레닌그라드를 그리워했고, 종종 그런 그를 보며 나는 견딜 수 없을 정도로 그가 안쓰러웠다.

"있지, 회화 학교의 출입문이 어떻게 삐걱거리는지 알아?"

그가 말했다.

"밤마다 경비 아저씨가 문을 닫을 때마다 말이야."

"왜 학교를 그만둔 거야?"

나는 그의 둥글고 슬픈 눈을 바라보며 물었다.

"아는지 모르겠는데, 거긴 봄에 비타민이 충분하지 않아."

그는 미소를 지으며 대답했다.

"그리고 난 비타민 없이는 살 수 없어."

나는 더 이상 묻지 않았다. 그와는 다른 사람들처럼 일반적인 대화를 나누는 것이 불가능했다.

우리의 마지막 대화조차도 인간적이지 못했다. 왜냐하면 그가 처음 강의실에 들어왔던 때부터 서로를 이해하지 못했기 때문이다. 나는 그가 마지막 인사를 하기 위해 온지 몰랐고, 그는 내가 이 괴짜에게 사랑에 빠졌다는 사실을 몰랐다. 바보같이…. 나는 피아노를 지나 그를 힐끗 보면서 상원 광장의 반란이 그를 아주 끝내버렸다고 말했다. 그는 고개를 끄덕이고는 창가를 향해 몸을 돌리며 갑자기 말했다.

"유르카와 나는 떠나…."

강의실은 공허하고 시끄러웠다.

"너 오늘 목 왼쪽이 면도가 잘 안 됐어."

나는 말했다.

"그래서 널 보면 이끼로 뒤덮인 나무를 보는 것처럼 어디가 북쪽이고, 어디가 남쪽인지 알 수 있어."

"내 말 들었니? 우린 내일 떠나…."

"면도기가 안 좋은 건가 보다. 혹은 네가 대충 면도했거나…."

나는 말했다. 그리고 울기 시작했다. 그가 듣지 못하도록 소리 내지 않고 울었다. 그는 창가를 향해 나를 등진 채 앉아 있었기 때문에, 아마 듣지 못했을 것이다.

"그러니까 계획은 그래. 나는 유르카의 성을 바꿔서 그 여자가 이 아이를 찾지 못하도록 할 거고, 유르카를 페름에 사는 이모 댁에 데려다준 다음 회화 학교로 돌아갈 거야. 페테르부르크가 아니면 나는 살 수 없어."

나는 목에 걸린 짠 흐느낌을 삼킨 후 차분한 목소리로 말했다.

"이건 잔인해! 어머니에게서 아이를 뺏는 일 말이야."

"조용히 해!"

그가 소리쳤다.

"어린애 주제에 뭘 안다고 말하는 거야! 맙소사, 인생에 대해서 아는 게 있어? 이 여자에 대해서 뭘 알아? 이 여자는 히스테릭하고, 쓸모 없고 하찮은 존재야! 이 여자는 모성애라곤 눈곱만치도 없는 타락한 여자라고. 유르카는 지쳤고, 고작 다섯 살인데도 술에 취한 엄마가 뭔지 알고 있어! 대체 이게 뭐야!"

그는 말을 멈췄다.

"넌 학교로 돌아가고?"

나는 물었다.

"다시 학교로? 넌 벌써 스물일곱 살이잖아, 석사를 마치면 거의 서른 살이야! 넌 평생을 훌륭한 잉여인간으로 살 거니? 재능 있고, 매력 있는 잉여인간으로?"

"알다시피…."

그가 말했다.

"언젠가 나는 오래된 판화 한 장을 발견했어. 〈알렉산더 대왕의 장례식〉이라는 판화였지. 판화 속 장면을 절대로 잊을 수 없어. 병사들이 고개를 푹 숙이고는 알렉산더 대왕의 시신을 옮기는데, 들것에서 그의 죽은 손이 떨어진 거야. 빈 손이었어…. 세상의 반을 지배했지만 아무것도 가져가지 못했지. 나는 죽을 때까지 위대했던 그의 무방비한 빈 손을 기억할 거야. 적선을 구걸하는 빈민의 손길 말이야…."

그는 천천히 둘째 손가락으로 시 플랫 마이너 악보의 반음계를 연주했다. 그리고 나는 알렉산더 대왕의 시신을 옮기는 길게 늘어진 검은 행렬을 상상했다. 들것 앞에 횃불을 들고 선 병사의 얼굴에서 알투호프를 보았다. 횃불은 들것에서 툭 튀어나온 생명력 없는 손과 가슴 속에 비애를 감춘 병사의 고통스러워하는 둥근 눈을 비추고 있었다.

그리고 나는 아마 알투호프가 우리의 눈길을 사로잡을 매력적인 그림을 그려 선물로 주며, 위대한 마법사가 여러 기적으로 기쁨을 주듯이 우리에게 따분함을 벗어날 수 있는 즐거움을 주었기 때문에 우리는 그를 사랑하는 것인지도 모른다고 생각했다. 그리고 우리를 버리고, 고통에 휩싸여 아무 일도 하지 않은 채 도시를 쏘다니다가 또다시 우리가 이해할 수 없는 괴짜 알투호프의 모습을 드러낼 것이다.

어쩌면 우리와 차이점이 있다면 그는 내면의 천재성을 찾지 못해 마음속 깊은 곳에서 혼란스러워했고, 이것이 그의 인생을 통틀어서 가장 큰 불행이 되었다는 사실이다. 우리는 우리 자신의 평범함을 눈치채지 못하거나, 눈치채고 싶어 하지 않는다. 응당 성인이면 그래야 한다는 생각으로 문제를 합리적으로 바라보려고 한다.

"…편지 쓸 거지, 이 저주받을 알투호프?"

"울지마."

그가 말했다.

"넌 술 취한 사슈카 벨로콘처럼 울고 있어. 난 그를 좋아하지 않는걸…."

"대체 네가 좋아하는 사람이 누군데?"

나는 소리치기 시작했다.

"너야."

그가 가볍게 대답했다. 그리고는 잠시 후 오버코트 소매에서 손을 꺼내 옆구리에 바이올린 케이스를 끼고는 나갔다.

나는 창문 옆에 서서 음악원 옆으로 난 좁은 길로 깃을 세운 푸른 오버코트를 입은 구부정한 사람이 멀어져가는 모습을 바라보고 있다. 그리고는 일주일 후 사슈카 벨로콘이 강의실로 뛰어들어와 '동지 여러분, 알투호프가 안 보입니다!'라고 알리는 모습을 상상했다.

"안 보이는 게 아니라, 사라진 거야…."

나는 기계처럼 그의 말을 고쳐주겠다고 생각했다. 대체 어쩌다가 우리는 서로를 이해하지 못했는지! 나는 그가 마지막 인사를 하기 위해 온지 몰랐고, 그는 내가 드디어 그에게, 이 괴짜에게 사랑에 빠졌다는 사실을 몰랐다. 바보같이….

토요일마다

아침이 될 무렵 그녀는 두 가지 꿈을 꾸었다.

첫 번째 꿈은 길고 평범하고 지루했다. 많은 사람이 꿈속에 나왔는데, 그들은 모두 누군가를 떠올리게 했다. 무서운 목소리로 말하며 의미 없는 행동을 하는 그들은, 일상과 전혀 다르지 않았기 때문에 더욱 불쾌하고 지루했다.

그녀는 잠에서 깨어 창밖을 응시했다. 길 건너편 집에 세 개의 작은 사각형 불빛이 빛났다. 여섯 시가 다 된 것이다. 그녀는 눈을 뜬 채 누워 오랫동안 깊은 생각에 잠겼다. 날이 밝아왔고, 어깨가 서늘해졌다. 바로 그때 두 번째 꿈이 시작되었다.

두 번째 꿈은 창문으로 뛰어올라 그곳에 오랫동안 앉아 있다가 아무런 소리 없이 부드럽게 창가로 내려왔다. 그녀는 꿈이 있다는 사실을 알고는 있지만, 꿈이 날아가버릴까 봐 눈을 돌릴 수가 없었다. 마침내 꿈은 그녀의 어깨에 앉아 귓불에 살며시 바람을 불기 시작했다. 그녀는 무서우리만치 기분이 좋았다. 주변의 모든 것이 흔들거리기 시작했고, 부드러운 연보랏빛으로 물든 후, 어두운 방 전체로 점차 퍼져나갔다. 따뜻하고 투명한 졸음이 다가와 그녀를 안아주었고, 자신의 무릎에서 그녀를 재웠다. 그녀는 행여나 두 번째 꿈이 손을 뿌리칠까 두려워 고개를 움직일 수 없었다.

꿈은 그녀 옆에 있었다. 꿈은 부드러운 손짓으로 그녀의 이마와 두 볼, 어깨를 어루만졌고, 감긴 그녀의 눈에 여러 가지 색깔의 다양한 별을 흩뿌렸다. 그리고 마치 부드러운 찰흙공을 뒤섞는 것처럼 현실과 상상의 벽을 허물어버렸다.

날이 완전히 밝았을 때, 그녀는 익숙하고 친근한 목소리로, 예쁘지만 평범한 이름인 '타냐'라고 불리는 꿈을 꾸었다.

"예바!"

이모 할머니가 부엌에서 벽을 두드렸다. 아침식사가 준비되었으니 이제 자리에서 일어나라는 의미다.

"예프카(예바의 애칭)!

"왜 게슈타포(독일 나치정권의 비밀경찰)처럼 벽을 두드리는 거예요, 할머니!"

그녀는 할머니가 자신의 말을 듣지 못할 것이라는 사실을 알면서도 비몽사몽인 채로 중얼거렸다. 아마 할머니는 그녀가 부엌에 나타날 때까지 벽을 두드릴 것이다.

그녀는 눈을 감은 채 손을 더듬어 침실용 슬리퍼를 찾아 신고 욕실로 느릿느릿 들어갔다.

'이 얼굴은 말이지….'

세면대 위 거울 속에 비친 자신의 모습을 흘끗 바라보며 그녀는 생각했다.

'볼 때마다 우울한 기분이 들게 해.'

예프카는 스스로를 전혀 달갑지 않은 이방인처럼 여겼다. 양치질을 하고 나서 그녀는 거울 속 자신의 모습을 물끄러미 바라보며 할머니가 듣지 못하도록 작은 목소리로 말했다.

"아빠는 괜찮다고 말씀하셨어. 소녀들은 열여섯 살이 되면 얼굴이 예뻐진다고. 어쩌겠어, 그저 그러길 바랄 뿐…. 그렇지만 넌 이상하게도 오랫동안 그대로구나! 물론, 미안해. 넌 그냥 키키모라(러시아에서 집 안의 난로 곁에 사는 정령을 말한다. 절대 나이를 먹지 않는 깡마른 소녀의 모습을 하고 있다. 늑대처럼 큰 귀를 가지고 있으며, 머리에 두건을 쓰고 새처럼 뾰족한 부리와 닭 같은 발을 갖고 있다. '키키모라'는 도깨비처럼 우스꽝스럽게 생긴 사람을 비유할 때 쓰인다. 특히 못생긴, 추하게 생긴 여자에게 악담으로 사용된다)일 뿐이야!"

말을 마친 후 그녀는 빗을 제자리에 두었다. 할머니는 정돈된 모습을 좋아하시기 때문이었다. 큰 키에 광대뼈가 두드러진 얼굴에 약간 사시(斜視)인 예프카는 아무런 말도 하지 않았지만, 아마도 마음속에 상처를 숨기고 있을 것이다.

"예프카!"

할머니가 또다시 부엌에서 소리쳤다.

"다 식겠다!"

'도대체 내 이름이란!'

예프카는 같은 생각을 백만 번째 하고 있다. 그녀는 '도대체'라는 말을 사용하면서, '도대체'라고 생각하는 버릇이 생겨났다.

'도대체….'

그녀는 숨을 들이쉬며 생각하다 아주 짧게 숨을 멈췄다.

'내 이름이란!'

그녀는 숨을 내쉬며 '내 이름'이라는 세 글자로 된 단어를 생각했다.

"예프카! 무슨 일 있니? 살아 있는 거니?"

"가요, 간다고요. 가고 있어요!"

예프카는 작은 목소리로 웅얼댔다. 그녀는 원래 목소리가 작았다.

할머니는 부엌에서 이웃 여자와 누군가의 험담을 하고 있었다.

"그는 아내와 이혼하지 않았어요"라고 할머니가 확신에 찬 목소리로 말했다.

"그렇지만 그는 다른 여자가 있었어요. 정부가 있었지요…."

예프카를 본 할머니는 당황해서 말을 고쳤다.

"그러니까 그는 그녀와 음… 가깝게 지냈다니까요."

"그래요."

예프카는 식탁에 앉으며 작은 목소리로 빈정거리듯 말했다.

"가깝게 지냈죠. 밤엔 아내와 낮엔 정부와…."

"입 조심하려무나!"라고 할머니가 소리쳤다.

"그러는 할머니는 제 아버지 험담을 하지 마세요!"라고 그녀가 침착하게 말했다.

"오늘 메뉴는 뭔가요? 커틀릿? 먹고 싶지 않아요…."

"괜찮아, 수저를 들기 시작하면 입맛이 돌 거야."

"입맛이 돈다고요?"

예프카는 갑자기 소리치며 말했다.

그녀는 할머니와 오랜 시간 동안 언쟁을 벌이는 것을 좋아하지 않았다. 긴 언쟁의 승자는 늘 할머니였기 때문이었다. 그녀는 노인들에 대해서는 많은 것을 이해해주어야 한다고 생각했다. 그래야 그들과 좀 더 편하게 살 수 있기 때문이었다.

리허설에 늦은 그녀는 조금씩, 그렇지만 빠른 속도로 차를 마서가며 할머니에게 친절하게 말했다.

"할머니, 전 매일 아침마다 할머니에게 톡 쏘며 말하지 않겠다고 스스로 다짐해요. 좋은 의도에서 그러는 건 아니고, 그저 귀찮아서죠…. 그렇지만 명심하세요. 할머니가 또다시 아침에 벽을 두드린다면, 전 입을 꾹 다물고 할머니의 도움만을 받고 살 거예요. 제가 그러길 원하지 않는다는 거, 잘 알아요…."

그녀의 부츠는 마치 머리에 아무것도 쓰지 않은 새내기 경찰처럼 통로에 외로이 세워져 있었다. 예프카는 서둘러 부츠를 신기 시작했다.

'넌 또 늦었어'라고 스스로에게 상기시켰다. 예프카는 집에서 나와 오랫동안 트롤리 버스 정류장에 서 있었다. 이 정류장에는 8번 트롤리 버스와 11번 트롤리 버스만이 섰다. 그녀는 11번 트롤리 버스를 기다렸고, 매번 그렇듯이 그녀가 11번 트롤리 버스를 기다릴 땐 8번 트롤리 버스만이 한두 대씩 왔고, 11번 트롤리 버스는 오지 않았다. 그래서 그녀는 8번 트롤리 버스는 백 대나 다니고, 11번 트롤리 버스는 단 두 대만 운행되지만, 그마저도 운전수가 모두 술에 취해있을 것이라고 생각했다.

아침부터 눈이 내렸다. 천천히 떨어지는 눈송이가 챙이 달린 털모자와 코트깃에 내려앉았다.

예프카는 리허설에 늦었다. 그녀는 시립 교향악단 산하의 재즈 교향악단에서 연주를 했다. 교향악단의 연주자들은 음악원 학생이나 음대생들이었지만, 예프카는 특별음악학교 출신으로 가장 어린 졸업생이었다. 그녀는 포르테피아노 연주자였는데, 이따금 류리크가 오지 않을 때는 쳄발로를 연주하기도 했다.

그녀가 도착했을 때, 사람들은 이미 악기를 조율하고 있었다. 예프카는 그랜드 피아노에 악보를 올려놓고 지마가 마이크를 어떻게 설치하는지 관찰하기 시작했다. 그는 매우 집중해서 무언가를 돌렸고, 때때로 눈가로 떨어지는 까만 머리카락을 귀 뒤로 쓸어올렸다. 지마의 피부는 구릿빛이고 눈썹과 속눈썹은 진했으며, 눈동자는 까매서 흰자위가 유난히 반짝반짝 빛나 보였다.

'있지, 넌 그 애가 마음에 들어?'

예프카는 스스로에게 물었고, 조금 생각한 후 퉁명스럽게 대답했다.

'그래, 조금.'

"하나, 둘…."

지마가 외치자 마이크를 통해 큰 소리가 흘러나왔다.

"하나, 둘…."

예프카는 마이크를 점검할 때 모든 사람이 '하나, 둘…'이라고 말하는 것이 지루하다고 생각했다. 마치 그 말밖에 하지 못하는 사람처럼 말이다. 그녀는 마이크로 다가가 말했다.

"악어."

'악어'라는 소리가 마이크에서 반향이 되어 울렸다.

지마는 그녀를 보고 미소를 띠었다.

"어이, 조상님! 안녕, 잘 지내?"

지마와는 항상 재미있는 말을 주고받을 수 있었다. 지마뿐만 아니라 제1바이올린 연주자인 아쿤딘과도 그랬다. 아쿤딘은 어엿한 성인이었다. 그는 음악원 사 학년생이었는데, 리허설에 종종 여자친구를 데려오곤 했다. 그것도 매번 새로운 여자친구를….

턱수염을 기른 아쿤딘은 정말 바쁜 사람이었다. 그는 또래들이 사용하는 말을 완벽하게 구사했다. 리허설 첫날 그는 예프카에게 말했다.

"얘야, 넌 참 어른스럽구나…."

그 말을 들은 그녀는 곧바로 얼마나 많은 사람이 의미 없고 정확하지 않은 단어를 말하는지 생각했다. 예프카는 자신이 다리가 위로 들린 채 구워진 닭고기처럼 생각되었고, 어른스럽게 행동한다는 것이 어떤 것인지 생각해보았다. 터무니없는 생각이다!

"류리크가 네게 이 악보를 전해달라고 했어."

지마가 말했다.

"또 아프대…."

예프카는 악보를 받아들고 류리크가 얼마나 다정하고 사려 깊은 사람인지 다시 한번 감탄했다. 지난 리허설 때 그녀는 악보는 구하기 힘들지만 조지 거쉰의 랩소디를 연주하면 좋겠다고 생각했다. 그러자 류리크는 온 도시를 돌아다니며 악보를 찾아 헤맸고, 아마 그 때문에 감기에 걸렸을지도 모른다. 정말 특이한 친구였다. 예프카는 그의 부드럽고, 조금은 사팔뜨기 같은 시선을 떠올리며 미소를 띠었다. 그는 오케스트라에서 그녀를 '어머님'이나 '할머님'으로 부르지 않는 유일한 사람이었다. 대신 장난스럽고 재미있게 그녀를 불렀기 때문에 예프카는 그가 자신을 부를 때마다 코끝을 찡그리곤 했다. 그는 그녀를 '예반카'라 불렀다. 너무나도 웃겼다!

예프카는 또다시 그의 부드럽고 무언가를 부탁하는 듯한 미소를 떠올리며 다음과 같이 생각했다. '류리크는 정말 사랑스러운 사람이야. 모두에게 부드러운 사람…. 미슈킨 공작(도스토옙스키의 소설 《백치》에 나오는 주인공)처럼…. 공작 같은 사람을 순수한 사람이라고 하는 걸 거야. 나도 그런 성격의 강아지가 한 마리 있었으면…. 아니, 이건 전혀 모욕적이지 않은걸!' 그녀는 스스로 확신했다. '그런 성격을 가진 진정한 친구 같은 강아지….'

"우리는 류리크에게 가봐야 해."

그녀는 쪼그리고 앉아 또 무언가를 조율하고 있는 지마에게 말했다.

"내일은 일요일이니까, 열두 시에 가판대 옆에서 아쿤딘과 함께 보자."

"문제 없어."

지마가 대답했다.

조금 있다 눈에 뒤덮여 턱수염과 눈썹까지 새하얘진 아쿤딘이 도착했고, 뒤이어 오케스트라 단장이자 지휘자인 알렉산드르 니키포로비치 선생님이 오시자 모든 단원이 자신의 악기를 조율하기 시작했다.

예프카는 그랜드피아노 앞에 앉아 두 손가락으로 딱딱 소리를 냈다. 턱수염이 난 아쿤딘이 바이올린을 들고 다가왔다.

"라~ 부탁합니다, 보스…."

그가 말했다.

"계산대에 2달러를 내세요."

예프카는 아무것도 하지 않은 채 대꾸했다. 그녀는 검지손가락으로 피아노 건반을 눌렀다. 건반은 아쿤딘의 치아처럼 하얗다.

날씨 때문인지, 다른 어떤 이유 때문인지 리허설은 느릿느릿 이어졌다. 예프카는 이따금 창문 밖으로 하늘에서 소리 없이 떨어지는 거미를 보았는데, 매우 지루하고 괴로웠다. 늘 그렇듯이 말이다.

앞에는 지마가 앉아 있었다. 예프카는 그의 뒤통수와 등을 매우 가까이에서 볼 수 있었다. 그의 빛나는 검은 머리칼을, 그가 발을 까딱거리며 박자를 세는 모습을, 종종 그가 뒤로 돌아 그녀와 눈을 마주치고 친근하게 눈을 찡긋하는 모습을 바라보는 것을 좋아했다.

휴식시간 때 단원들은 담배를 피우러 자리에서 일어났고, 아쿤딘은 지마와 함께 식당에 가자 예프카는 할 일이 없었다. 왼쪽에 있는 드럼이 보였다. 예프카는 손가락으로 심벌을 치면 '치-잉!' 하는 소리가 난다는 비밀을 알고 있었다. 그러면 천천히 그리고 엄숙하게 '이십 년이 흘렀습니다…'라는 말을 할 수 있다. 정말 우스웠다….

아쿤딘이 지마와 함께 그녀에게 다가왔다. 아쿤딘은 콜바사(러시아 소시지) 조각을 빵과 함께 씹어먹고 있었다.

"너…. 오늘 나쁘지 않았어…. 솔로 부분…."

그가 입에 든 것을 삼키려 노력하며 예프카에게 우물거렸다.

"나는 그저 '이십 년이 흘렀습니다…'만을 할 수 있는걸."

그녀는 별거 아니라는 듯 가볍게 말했다.

지마는 웃겨 죽겠다는 표정이었지만, 아쿤딘은 빵을 씹는 것을 멈추고 그녀를 바라보았다.

"오늘 화나는 일 있어, 아가씨?"

아쿤딘의 목소리에는 조롱기가 전혀 없었다.

"본질적으로는 아니야…."

예프카가 대답했다. 그리고는 그녀가 지마가 아닌, 아쿤딘에게만 대답했다는 사실을 깨닫도록 그의 두 눈을 응시했다.

"날씨 때문에 외로움이 도졌을 뿐이야. 날씨가 안 좋을 때면 오래된 상처가 항상 아우성쳐."

예프카는 이런 말을 해버린 것에 부끄러움을 느꼈고, 빠르게 화제를 돌렸다.

"얘들아, 있잖아. 우리집 고양이에게 놀라운 재능이 있어. 포르테피아노로 '라'를 치면, 라장조에 맞춰 야옹거리고, '솔'을 치면 사장조에 맞춰 울어. 천재 고양이야!"

"설마, 그저 음악에 귀가 트인 고양이일 뿐일 거야."

아쿤딘은 진지하게 말했다.

"그 고양이를 여기로 데려오는 게 어때. 여긴 고양이만도 못한 사람들이 있는데."

그들은 웃었고, 이후 지마가 오랫동안 달걀 이백 개를 섬으로 가져간 사람이 닭을 가지고 나와 되판 이야기를 했다.

"사행성이 다분한 현대판 로빈슨 크루소네!"

예프카가 응수했다.

그들은 늘 그랬듯 모든 것에 대해, 혹은 아무것도 아닌 것에 대해 수다를 떨었다. 아쿤딘은 지휘자 선생님이 지휘봉으로 지휘대를 두드리며 휴식시간이 끝났음을 알리는 소리가 들릴 때까지 음악원에 떠도는 가십거리를 재미 삼아 들려주었다.

리허설이 끝나고 그들은 셋이서 밖으로 나와 가판대 옆에 멈춰 섰다. 지마는 잡지 〈스메나〉(러시아어로 '교체'라는 의미)를 샀다. 아쿤딘은 고개를 들어 하늘을 쳐다봤고, 곧바로 그의 턱수염은 죽어가는 보리스 고두노프(러시아 동란시대의 차르, 1598~1605)의 턱수염처럼 보였다.

"저기 좀 봐, 어마어마한 먹구름이 이 도시로 밀려드네!"

그의 말을 듣는 순간 예프카는 그를 매우 존경한다는 사실을 깨닫게 되었다. 왜냐하면 아쿤딘이 매우 어른스럽고 현명했기 때문에 그리고 그가 교육을 제대로 받지 못한 환경 속에서 자랐음에도 불구하고 사람들에게 사려 깊게 행동했기 때문이다. 또 그가 지금 유명한 친위대 올레그 공(러시아 역사에서 최초로 통일국가인 '키예프'를 탄생시킴)에 대해 이야기하는 고대 이야기꾼과 같이 장엄하고 서사적으로 먹구름 떼에 대해 이야기했기 때문이었다.

그녀는 또 토요일마다 좋아하는 사람들인 류리크와 지마, 아쿤딘을 보는 일은 어쨌거나 좋다고 생각했다. 어쨌거나 좋은 일이었다….

그들은 내일 류리크에게 가보기로 하고, 각자 일을 보기 위해 헤어졌다. 예프카는 여러 군데의 상점을 들렀는데, 무언가를 사야 했기 때문이기도 했지만, 또 다른 이유는 집에 가고 싶지 않았기 때문이었다.

눈은 그쳤지만 하늘은 여전히 우중충했고, 병든 겨울 도시를 덮은 무겁고 방한이 잘 안 되는 오래된 오버코트 같았다.

전차 정류장에는 회색 털 숄을 걸친 늙은 여인과 짧은 털 반코트를 입은 키가 큰 남자 두 명밖에 없었다. 그는 초조하게 시계를 보다가 눈꼬리가 치켜 올라간 눈을 가늘게 떴다.

예프카는 남자를 주시하기 위해 멈춰 서서 탄산수 자판기에 몸을 기대 섰다. 그녀는 그에게 다가갈 생각은 하지 않았다. 그렇게 멀찍이 서서 가슴속에서 뛰는 따뜻한 심장박동을 느끼며 남자의 사랑스럽고 다정한 움직임을 보는 것이 좋았다.

'콧수염을 길렀구나….'

그녀는 생각했다.

'정말 잘 어울리네. 젊어 보여. 중년의 달타냥과 닮았어…. 외투에는 둘둘 말린 신문이 꽂혀 있구나. 가까이 가지 말아야겠어, 서둘러 어디론가 가는 것 같으니 말이야.'

그러나 그녀는 바로 지금 전차가 와서 이 남자가 볼일을 보러 어디론가 가버릴까 봐 갑자기 두려움을 느꼈다. 그와 우연히 다시 만날 수 있을지는 하늘만이 알 것이다….

'다가가서 나를 그리워했는지만 물어봐야겠어.'

그녀는 생각했다.

'날 그리워했는지 아닌지 궁금하네.'

예프카는 그의 뒤로 다가가 외투 소맷자락을 만지며 조용히 말했다.

"아빠."

그는 멈칫하더니 뒤돌았다. 그리고….

그는 양손으로 그녀의 얼굴을 감싸 쥐고 놀란 듯, 또 한편으로 기쁜 눈빛으로 그녀의 얼굴을 유심히 바라보면서 입을 열었다.

"예보치카('예바'의 또 다른 애칭), 우리 딸내미. 어디서 오는 길이니? 여기서 뭐 하는 거야?"

지금 예프카에게는 바로 이 질문을 하는 것이 중요했다.

"절 기리워하셨나요?"

아버지의 따뜻한 손바닥이 그녀의 작은 얼굴을 놓아주지 않았기 때문에 마치 세 살 아이인 것마냥 혀 짧은 소리가 났다.

"기리웠나요?"

아버지는 웃기 시작하더니 말했다.

"물론 보고 싶었단다, 아가야."

그는 아주 조금 뒤로 물러섰다.

"정말 쑥 자랐구나! 어엿한 숙녀가 되었어! 한 바퀴 돌아보렴. 외투가 작구나. 며칠 후에 새 외투를 사자꾸나…."

그는 빠르게 말을 이어갔고, 웃으며 꽁꽁 언 예프카의 두 손을 열심히 호호 불었다.

"널 보러 세 번 갔었는데, 없더구나."

"전 그 집에 살지 않아요."

미소를 띤 채 그를 살피며 예프카가 말했다.

"반 년째 엄마의 이모 댁에 살고 있어요. 소냐 이모 할머니, 기억하세요? 더 이상 혼자서 빈 집에 살 수가 없었어요, 너무 힘들었거든요. 어디로 가는 중이셨나요?"

"무슨 말을 하는 거니!"

그가 말했다.

"우린 반 년 동안 못 봤잖니…. 이렇게 만나게 되어 정말 기쁘구나."

"전 리허설을 끝내고 집으로 가는 길이에요. 기억하세요? 오케스트라에서 연주를 한다고 말씀드렸는데. 기억을 못 하시는군요…. 엄청 바쁜 일이 아니면 저기 공원 벤치에 앉을까요? 저기 벤치는 정말 좋아요…."

"그래, 그래. 그러자꾸나…."

아버지가 말했다.

그들은 벤치에 앉았다. 아버지는 담뱃갑을 꺼내 담배를 피우기 시작했다.

"담배 피우세요?"

예프카는 미소지으며 말했다.

"놀라워요. 젊은 시절엔 유혹에 빠지지 않더니 사십 대에 흡연을 시작한다…."

"소냐 할머니라는 분은 네게 잘해주시니?"

"할머닌 나름대로 제게 애정을 쏟고 계세요. 그렇지만 전 아니에요. 아빠도 아시다시피, 전 다른 사람에게 애정을 쏟는, 그런 류의 사람은 아니죠."

"엄마와는 연락하니?"

그는 눈을 돌리며 조심스레 물었다. 예프카는 미소를 지으며 아버지의 눈가 주름 쪽을 흘끗 바라본 후 눈을 바라보았다. 가까이서 본 아버지는 그리 젊어 보이지 않았다…. 아버지의 외투 주머니에서 삐져나온 말린 신문을 보자 그들이 함께 살았던 어린 시절처럼 마음이 안정되고 기분이 좋아졌다.

"엄마는 연락도 하고, 용돈도 보내주고, 놀러 오라고도 해요. 어쨌거나 이런 상황에서 해야 하는 모든 일을 하고 있어요…. 그렇지만 전 엄마를 보러 가지 않을 거예요. 전 엄마에게 필요하지 않거든요…."

예프카는 갑자기 아쿤딘을 떠올리고 침착하게 말했다.

"엄마는 속상해하고 있어요, 알고 계시잖아요…. 엄만 이 년째 속상해한다고요… 엄마는 제가 아니라, 아빠를 훨씬 더 사랑하셨어요. 아마도 그래서 아빠가 우릴 떠났을 때 엄마도 가버린 걸 거예요."

"예보치카, 엄마를 비난할 필요는 없단다."

역시나 조심스럽게 아버지가 말했다.

"그럴리가요…."

그녀가 단호하게 말했다.

"전 재판관이 아니니까요, 아빠. 그리고 아이와 2년이나 떨어져서 살 수 있는 여자를 비난하는 건 소용없는 일이에요. 더 이상은 소용없는 일이죠…. 전 그 누구에게도 애정이 없어요. 그래서 엄마도, 아빠도 비난할 수 있는 권리가 없어요."

그녀는 잠시 말을 멈추었다.

"다만 오래 전부터 아빠께 여쭤보고 싶었던 것이 있었어요…. 여자에 대한 사랑은 식을 수도 있다는 거 알아요. 그렇지만 전 항상 자신의 아이에 대한 사랑은, 어쨌거나 그 아이가 살아 있는 동안에는, 계속되는 감정일 거라고 생각했어요. 그렇지 않나요? 단순한 호기심이라 치부해도 좋아요. 이건 그냥 궁금해서 여쭤보는 거예요. 왜냐하면 보시다시피 전 이미 이런 이야기를 하는 게 전혀 마음 아프지 않거든요. 전 오래 전 죽은 지인에 대해 이야기하듯 침착하게 이야기하고 있잖아요. 유일하게 밤마다 제 마음을 아프게 하는 게 있다면, 제가 정말로 혼자라는 사실이에요…."

"예보치카…. 난…. 난 너무 지쳤었어…."

아버지가 웅얼거리기 시작했다.

"가족한테도, 우리집도…. 아빠와 함께 살자고 했잖니. 네가 싫다고 했었지."

"전 재판관이 아니에요, 아빠."

예프카는 가볍게 미소지으며 반복했다.

그녀는 아버지의 얼굴을 향해 손을 뻗어 새끼손가락으로 콧수염을 왼쪽으로 쓸었다.

"누군가 아주 멋진 말을 했죠. '인생이란 복잡한 것이다.' 세상의 모든 것으로부터 모두를 지켜주는 방패막이 역할을 하는 말이에요. '인생이란 복잡한 것이다.' 이 말이면 충분해요! 세상의 모든 실수나 잘못에 대한 완벽한 변명. 전 비난할 수 있는 재판관도, 용서할 수 있는 예수님도 아니에요, 아빠. 저는요 아빠, 그저 무관심한 사람에 불과해요…."

아버지는 골똘히 그리고 씁쓸하게 그녀를 보았다.

"정말 어른이 되었구나."

예프카는 한숨을 쉬고 난 후 평온해진 자신의 모습에 놀랐다. 그리고 스스로에게 말했다.

'대체 뭘 망설이는 거야? 밤마다 모아왔던 생각들을 왜 말하지 않는 거야? 그를 우연히 만나면 면전에 대놓고 하고 싶었던 말이 있었잖아, 기억하지? '두 분 다 배신자들이에요! 두 분 모두 절 버리셨어요. 아빤 그 여자 때문에, 엄만 아빠 말고는 아무도 필요로 하지 않아서요. 심지어 친딸마저 말이에요! 엄마 아빤 열 네 살의 절 죽이셨어요! 전 살아 있지 않아요. 전 이 세상에서 완전히 혼자예요….''

그러나 그녀는 어느 것도 말하고 싶지 않았다. 그녀는 자신보다 훨씬 행복한 이 사람이 측은했다. 왜인지 측은했다….

그녀는 무겁고 누구에게도 필요하지 않는 대화를 마치기 위해 오케스트라와 지마, 아쿤딘에 대해 이야기하기 시작했다. 그녀는 오랫동안 재미있는 이야기를 이어갔다. 심지어 심벌즈를 손가락으로 친 다음 '이십 년이 흘렀습니다'라고 말하는 것에 대해서도…. 아버지는 그녀의 생기 넘치는 얼굴과 눈꼬리가 치켜 올라간 눈을 부드럽게 바라보고 점점 환하게 웃다가 멀어져 갔다.

"이제 가요. 전차 태워드릴게요."

그녀가 아버지에게 말했다.

"아마도 엄청나게 늦으신 것 같은데요?"

그들은 포옹을 한 후 정류장에 서 있었고, 둘 다 기분이 좋았다.

"소식 들었니? 한 달 전에 네 남동생이 태어났단다."

아버지가 말했다.

"이름을 아담으로 지으셨길 바라요. 그리고 하느님께서 도와주실 거라고 생각해요. 부성애가 상처받지 않도록요."

아버지가 웃기 시작했다.

"이름을 사샤라고 지었단다."

그가 말했다.

"며칠 안으로 전화하렴. 외투를 사러 가자꾸나. 전화번호 기억하니?"

아버지는 전화번호를 다시 불러주었다.

"기억할게요."

예프카는 전화하지 않겠다고 생각하면서 대답했다.

전차가 왔다. 아버지는 뒷문으로 뛰어올라 꽁꽁 언 창문 앞에 나타났다. 거기서는 주름이 보이지 않았기 때문에 아버지는 다시 젊고 생기 넘쳐 보였다. 그는 언 유리창 위에 무언가를 휘갈겨 썼다.

'전화해'

'해화전'이라고 거꾸로 보였다. 그녀는 고개를 끄덕이며 미소지었다.

전차가 움직이기 시작했고, 아버지는 그녀에게 손을 흔들었다. 그는 예브카가 전화할 것이라고 확신하는 듯했다.

'해화전이라…' 그녀는 웃기 시작했다.

'존경하는 해화전 동지!'

그녀는 서두르지 않고 이따금 멈춰서서 부츠 끝으로 지붕에서 떨어진 고드름을 툭툭 치며 집으로 걸어갔다.

할머니는 아마도 지금 집에서 〈네 명의 전차 운전수와 개〉(폴란드의 흑백영화) 시리즈 영화를 보고 있을 것이다. 예프카는 이 영화가 마음에 들지 않았다.

'무언가 무정부주의 영화 같단 말이지….'

그녀는 생각했다.

'전차 운전수들이 이리저리 다니는데, 이들과 이 개가 아니었으면 독일인들이 전쟁에서 이겼을 것만 같은 느낌이 든단 말이야….'

집으로 향하는 골목으로 접어들며 예프카는 마치 살면서 단 한 번도 놀란 적이 없었던 것처럼 크게 놀랐다. 대문 앞에 아쿤딘이 서 있었고, 이는 오케스트라 지휘자 선생님이 오케스트라석에 던진 폭탄과도 같은 사건이었다. 아쿤딘은 주로 낙과를 판

매했던, 가격표에 항상 '신선한(벌레 먹은) 사과'라 쓰여 있는 가판대 옆에 서 있었다. 그리고 추위 때문에 춤을 추듯이 발을 구르며 다가오는 예프카를 바라보았다.

"한참 기다렸어."

그가 미소지으며 소리쳤다.

"있지, 아주 친절한 연금 생활자 할머니가 밖을 내다보더니 예프카가 없다고, 어딜 쏘다니는지 누가 알겠냐고 알기 쉽게 이야기해주셨어. 그래서 기다리기로 마음먹었지."

"그 사람은 대장님이야."

그녀가 말했다.

"연금을 받으며 사는 타이가 곰이야. 신경 쓸 필요 없어."

예프카는 대문을 열고 아쿤딘을 먼저 들여보내며 물었다.

"아무 이유 없이 놀러 온 거야?"

"그래, 그냥."

아쿤딘이 웃기 시작했다.

"놀러 왔어. 주소는 지마한테 물어봤고. 왠지 널 보러 오고 싶었어. 잠깐 들르는 것도, 잠깐 보는 것도, 잠깐 만나는 것도 아닌, 온전히 널 보러 와서 앉아서 이야기도 하고, 차 같은 거라도 한잔 할 수 있을까 해서…."

"차가 아니라 커피."

그녀가 아쿤딘의 말을 정정했다.

"내가 훌륭한 커피를 타줄게."

"좋아, 아가씨. 커피!"

아쿤딘은 기뻐하며 말했다.

"그리고 오늘 네가 거기… 리허설에 왔기 때문에 내가 놀러 온 거라곤 생각하지 마…."

그가 말을 멈췄다.

"외투 벗어."

예프카는 미소를 지으며 부드러운 거미로 뒤덮인 그의 모자를 손수 벗겨주었다.

"난 아무런 생각도 없는걸. 그리고 고작 이런 일 가지고 유난스럽게 굴지 마. 나는 병적으로 자만심이 없는 사람이야. 난 그만큼이나 무관심한 사람이라고."

아쿤딘은 추위에 손을 비비며 그녀의 방으로 들어가다가 문간에 멈춰 섰다.

"이거 네가 그린 그림이니?"

그는 그림으로 뒤덮인 벽을 바라보면서 놀라움에 물었다.

"내 그림이야."

예프카는 방으로 들어가며 쾌활하게 대답했다.

"여기서 내 물건은 그림과 저 거울밖에 없어. 소파에 앉으면 거울 속에 비친 네 모습이 보일 거야. 먼저 초를 켜야지, 이렇게…."

그녀가 성냥을 긋자 주황색 불꽃과 열기가 그녀의 그림에서 나와 방 구석구석에 배어있는 그녀의 체취로 숨쉬기 시작했다.

"초가 타기 시작하면 소파에 앉아서 거울 속의 아가씨를 볼 수 있어, 이렇게…."

아쿤딘은 뒤돌아서 거울 속 깊이 아른거리는 점과 같은 얼굴과 어두운 색의 긴 머리카락, 가냘픈 어깨선을 보았다.

"나는 이 사람이 불쾌해."

예프카가 말했다.

"그거 아니? 난 그녀를 경멸해. 아무에게도 필요 없는 메마르고 무관심한 생물체 말이야. 내 맞은편 안락의자에 앉아, 아쿤딘. 커피를 내올게."

그녀는 부엌으로 나갔다.

지치고 녹초가 된 아쿤딘은 눈을 질끈 감은 채 손바닥으로 얼굴을 문질렀다. 아직도 언 몸이 녹지 않았다. 그는 자리에서 일어나 잉크로 그려진 헤밍웨이의 초상화 옆에 섰다. 옆에는 할리퀸 수채화 그림이 걸려 있었다. 할리퀸의 긴 입은 고통스럽고도 밝은 우거지상처럼 옆으로 길게 찢어져 있었고, 입가 주름은 이마 주름보다 깊었다. 빨간 두건이 머리에서 내려와 한쪽 눈을 가렸고, 다른 한쪽 눈은 능글맞은 동시에 슬프게 아쿤딘을 바라보고 있었다.

'뭘 보는 거야, 텁수염?'

그림 속 할리퀸이 물었다.

'음악원 가십거리 좀 이야기해줘.'

예프카는 커피 두 잔을 들고 나타났고, 커피잔을 테이블에 올려놓은 후 명랑하게 말했다.

"여기 있습니다, 손님. 전 형편없는 주부지만, 저에게 신경 쓰지 마세요."

아쿤딘은 그녀를 향해 돌아서며 조용히 물었다.

"있지, 너… 정말 혼자니? 대체 어떻게 사는 거야?"

그가 더 조용하게 물었다.

"오호, 정말 비극적인 톤이로군!"

예프카는 미소지었다.

"식기 전에 앉아서 커피 마셔. 난 익숙해졌어. 벌써 이 년째 혼자인걸. 어쨌거나 할머니가 어딘가 가까이 살긴 하지만 말이야. 할머닌 소리 내어 신문 읽기를 좋아하셔. 벽을 통해 그 소리가 들려…."

예프카는 기분이 좋았다. 아쿤딘이 온 것만으로 놀랄 만큼 기분이 좋았다. 안락의자에 다리를 꼬고 앉아 꽁꽁 언 손을 따뜻한 커피잔으로 데우고 있는 아쿤딘은 젊은 체호프를 닮았다. 아마도 그 점 때문에 그는 유달리 착하고 부드러운 사람처럼 보였다. 그리고 매우 사려 깊은 사람처럼 보였다.

그들은 리허설에서처럼 대화를 나누지 않았다. 그들의 대화는 전혀 편한 말장난 같지 않았다. 아쿤딘은 이따금 침묵했고, 상념에 잠긴 듯 촛불의 불씨를 바라보며 깊은 생각에 빠졌다. 그러다 미소를 지은 후 여름에 친구들과 어떻게 산에서 지냈는지, 어쩌다 그들이 지내던 곳에 당나귀 한 마리가 오게 되었는지 이야기하기 시작했다. 당나귀가 지마가 자던 라텍스 매트리스 한쪽을 뜯어 먹어버렸기 때문에 당나귀는 '라텍스'라는 별명으로 불렸다. 얼마 후 당나귀가 암탕나귀를 데리고 왔다. 우울한 회색 나귀였는데, 암탕나귀는 '라텍스 여자친구'로 불렸다. 예프카는 행복하게 미소지으며 종종 놀란 듯 물었다.

"하느님 맙소사, 정말?"

"하느님은 없어."

아쿤딘이 진지하게 말했다.

"혹여나 있다 해도 아직 세상에서 보지 못한 동물에 불과해."

예프카는 그의 말에 동의했다.

이 년 만에 처음으로 그녀는 기분이 좋았다. 잘 몰랐지만, 따뜻하고, 착하며 편한 아쿤딘과 함께 있는 것이 좋았다. 아쿤딘은 눈 때문에 축축해진 부츠를 오랫동안 신고 있었더니 발이 퉁퉁 부었다며 불평했다. 예프카는 벽에 걸린 못에서 그의 외투를 꺼낸 후 갑자기 웃기 시작했다. 멋쟁이 아쿤딘의 외투에는 코트걸이 대신 빨랫줄이 달려있었다. 이것이 특히 웃겼다. 오늘 하루 있었던 일 중에 가장 웃긴 일이었다.

예프카는 실내용 슬리퍼를 신은 채 아쿤딘을 대문까지 바래다 주었다. 예프카는 현관 앞에서 실내용 슬리퍼를 신은 채 눈 위를 한쪽 다리로 뛰다가, 다시 다른 쪽 다리로 통통 뛰며 삼십 초 정도 그의 뒷모습을 바라보았다.

아쿤딘은 두 번 뒤돌아보며 덥수룩한 턱수염이 난 턱을 끄덕였다. 바로 그때 역사적 인물과 문학작품의 주인공들이 생생하게 살아 있는 예프카의 머릿속에 이상한 조합이 떠올랐다. 바로 빨랫줄 조각이 달려 있는 외투를 입은 차르 '보리스 고두노프(제정러시아의 황제)'였다. 아쿤딘은 무섭도록 그를 닮아 있었다.

초록 대문 너머의 집

대체 무엇 때문에 내가 이 바보 같은 물건들을 가져왔는지 아직까지 이해할 수가 없다…. 격식을 차려서 무엇 하겠는가! 그러니까 왜 훔쳤는지 말이다.

그렇다, 의심할 바 없는 도둑질이었다. 여덟 살 소녀가 저지른 하찮은 일이라지만, 그래도 절도는 절도다. 내가 그 물건들을 용도에 맞게 사용할 줄 알았더라면 이해할 수 있었을지도 모른다. 종류를 막론하고 화장품같이 시시한 것에 여자라면, 심지어 어린 여자아이들까지, 큰 관심을 보인다고 알고 있다. 하지만 사실 그렇지 않다!

나는 허겁지겁 초록 대문을 나오자마자 강렬한 색깔의 립스틱의 내용물을 꺼내 털어버렸다. 그리고 용수로로 가서 맑게 흐르는 물에 립스틱 통을 씻어냈다. 그 찬란하게 빛나는 새로 생긴 물건에 너무나도 만족하며 집으로 부리나케 달려갔다.

말하기도 우습지만, 나를 걱정시킨 건 립스틱 통 뚜껑에 새겨진 여성의 모습 때문이었다. 뽀글뽀글한 파마머리를 하고 있는 이목구비가 또렷한 고전적인 얼굴이었다. 립스틱은 작은 엘리베이터처럼 즐겁게 오렌지색 기둥을 올려 선생님의 두툼하고 주름진 입술로 올려 보냈다.

이것은 그녀의 흥미를 당기게 했다. 가뜩이나 힘없는 내 주의력이 더 약해지고, 내 재킷과 손톱을 물어뜯은 흔적이 있는 울긋불긋한 내 손, 코 그리고 혀가 피아노 건반과 악보보다 내 주의를 더 끌기 시작하면 선생님은 한숨을 쉬면서 솜처럼 하얀 손을 창가로 뻗어 립스틱을 꺼내들고 와서는 이렇게 말했다.

"그래, 으렇게…. 으렇게…."

선생님은 작은 거울을 바라보며 엄숙히 입술을 칠하면서 느릿느릿 웅얼거렸다. 때로는 입가를 칠하며 부블리크 모양처럼 입술을 둥글게 오므리기도 했고, 때로는 열심히 윗입술을 아랫입술에 맞대고 비비기도 했다.

"약지와 새끼손가락을 순서대로…. 손가락이 참 안 움직이는구나. 하나, 둘…. 입으로 소리 내어 세렴!"

나는 내 약지와 새끼손가락을 증오했다.

이 손가락들은 약해서 검은 건반 사이에서 길을 잃기도 하는 등 정나미가 떨어지는 손가락이었다. 뿐만 아니라 배신자이자 사기꾼이었다. 평상시 이 손가락들은 전혀 눈에 띄지도, 튀어나오지도, 남의 일에 참견하지도 않았다.

이 손가락들은 건반을 흘끗 보는 일만 했다. 이 세상에서 약지와 새끼손가락보다 더 뻔뻔하고 밉살스러운 건 없다. 이 손가락들은 잘못된 건반을 눌렀고, 요행히 맞는 건반을 눌렀을 때에도 너무 약하게 눌렀다. 이 손가락들은 빠르게 연주할 수 없었고, 빠르게 연주한다고 해도 수많은 필요 없는 음을 함께 데려왔다. 지금 이 손가락들은 망가진 자전거 바퀴살처럼 버릇없이 이곳저곳으로 튀어나갔다.

나는 시간이 지나도 '엘리제를 위하여'와 같이 수준 높은 곡을 완주할 수 없을 것이라는 사실을 아주 잘 알고 있다. 선생님은 드물게 피아노 앞에 앉았고, 아름답지만 나에게는 어려운 곡인 베토벤의 '엘리제를 위하여'만을 매번 연주했다. 연주할 때 선생님의 얼굴은 마치 '이 등신아, 이렇게 연주하는 거야!'라고 말하는 것처럼 게으르고 평안해 보였다. 그리고 선생님의 두꺼운 손가락이 건반에 어떻게 내려앉는지는 전혀 알 수 없었지만, 그녀는 실제로 연주를 잘했다.

내가 음악 수업을 증오한다거나 선생님을 좋아하지 않는다고 말하는 것은 아니다. 음악에 대한 나의 태도는 불운에 임박한 감정이라고 할 수 있었다. 나는 식사 전 손을 씻고, 잠자리에 들기 전 발을 씻는 것처럼 음악을 습관적으로 해야 했다. 엄마가 너무 나도 그러길 원했기 때문이었다. 엄마는 버젓이 피아노를 샀고, 집에 있는 피아노를 두고 음악 수업을 받지 않는 건 신성 모독이었다. 마치 피아노가 엄마뿐 아니라 내게, 그리고 언젠가 나의 아이들에게 나무랄 구실이 될 것처럼 툭 튀어나와 있는 피아노를 두고 엄마의 신성한 경악이 전해졌다.

그렇게 음악 수업은 한 번에 두 마리 토끼를 잡았다. 피아노를 산 변명의 여지를 주었고, 아빠의 표현을 빌리자면 나의 '용수로 같은' 시간을 줄여주었다.

선생님의 집은 우리집에서 전차를 타고 몇 정거장 떨어진 곳에 있었다. 나는 엄마와 정확한 시간에 항상 집에서 나왔기 때문에, 우리는 거의 매번 발랄한 안내원이 타고 있는 똑같은 전차를 탔다. 안내원은 발랄한 것이 아니라, 발랄한 것처럼 보였다. 그리고 항상 같은 말을 소리쳤다.

"그러니까 누가 더 용맹하고, 누가 더 용감하죠?"

그리고 승객들을 예리하게 바라보았다.

"누가 표를 사죠?"

승객들은 웃으며 표를 샀다. 그리고 그 누구도, 아마 안내원과 나를 제외한 그 누구도 이 심술궂고 질낮은 놀이를, 사람들에 대한 조롱과 그들에 대한 경멸을 눈치채지 못했다. 그러한 밝은 외침 속에 무엇이 숨겨져 있는지는 너무나도 확실했다.

'마치 내가 당신들과 농담하는 것처럼 보이지? 이 악당들…. 엄-청난 불한당들, 다시 말해 무임승차를 꿈꾸는 당신네들을 잡기 위해서란 사실을 우리 모두 알고 있어'라는 의미가 숨겨져 있는 것이다.

밝은 외침 속에는, 내가 설명하기는 어렵지만, 예리하게 느껴지는 많은 것이 숨겨져 있었다.

당시 나는 온갖 종류의 거짓말이나 사람들 간의 관계에서 긴장감을 매우 예리하게 느꼈다. 뿐만 아니라 심지어 어른들 사이에서 용인된 몇몇 단어에 매우 비판적이었다. 많은 것이 나를 삐뚤어지게 했고, 가장 강하게 나를 현혹시켰다. 예를 들면 어느 날 아빠가 삼촌에게 화가 나서 이렇게 소리치셨다.

"이 집에 내 다리는 없을 것이야!"

나는 크게 놀라, 그토록 정직하고 어쨌거나 지적인 아빠가 그런 이상하고 터무니없는 말을 했는지 오랫동안 생각했던 기억이 난다. 그냥 '절대로 그곳에 가지 않겠다'고 말할 수도 있었는데 말이다. 그런 생각을 할 때마다 나는 왠지 아빠의 다리가 조심스럽고 신중하게 아빠로부터 떨어져나와 힘차게 어디론가 걸어가는 모습을 상상했다. 아빠는 방향이 잘못되었다는 사실을 발견하고 절망적으로 두 팔을 흔들면서 '아니야, 아냐! 그곳이 아니야! 이 집에 더 이상 내 다리는 없을 거야!'라고 소리치는 상상을 했다.

선생님과 그녀의 남편이 살고 있는, 큰 유리창의 테라스가 있는 방 두 개가 딸린 작은 집은 조용한 골목이 끝나는 막다른 곳에 있었다.

에메랄드 빛이 나는 초록 대문을 밀고 들어가면 누군가가 비밀의 흔적을 남긴 마당으로 들어설 수 있다. 이곳은 무더운 날에도 그늘이 져 있어서 서늘했다. 마당 위로 빽빽한 포도 넝쿨이 이리저리 드리워져 있었기 때문이었다. 포도 넝쿨은 나무 막대를 따라 기어올라갔고, 천장을 타고 가다가 마치 탈진한 것처럼 풍성한 천상의 가지들을 늘어뜨렸다. 둥글고, 여린 이파리가 달렸으며 씨가 없는 까만 알맹이를 가진 진줏빛 녹색으로 숙녀의 손가락 같은 가지였다.

포도 넝쿨은 지붕까지 올라서 황홀할 정도로 따사로운 태양과 함께 죄악이 가득한 연회를 계속했다. 바람에 겁먹은 이파리는 오랜만에 나온 따가운 햇볕을 피하려 했지만 헛수고라며 무언가 불평하는 듯했다. 눈부신 흰 태양빛은 길가의 갈색 벽돌과 드러난 내 정수리, 악보를 따라 춤을 추었다.

나무 지붕에는 항상 대충 만들어진 사다리가 기대져 있었다. 사다리에는 몸집이 거대하고 면도를 대충한 선생님의 남편이 푸른 반바지와 하늘색 티셔츠를 입고 항상 서 있었다. 그는 익은 열매를 따고, 넝쿨을 동여매는 등 줄곧 포도 넝쿨을 관리했다. 종종 나는 그가 지붕 위에 올라가 있는 모습을 보기도 했다. 아마 그는 그곳에서도 비밀스럽게 포도의 일생을 관리했을 것이다.

선생님 남편은 놀라운 대상이었다. 그는 끊임없이 포도만을 관리하며 나를 신경 쓰지 않았다. 또한 항상 예의 바른 나의 인사에도 절대로 답한 적이 없었다. 그러나 내가 필요한 만큼 피아노 앞에 앉아 있었다고 생각되면 일어나 항상 대문으로 나갔다. 이 일은 매번 반복되었다.

선생님의 남편은 무슨 이유에서인지 방에 달린 격자창을 훔쳐보다가 내가 대문으로 나갈 때면 말없이 다가와 내 손을 잡고는 포도가 달린 큰 포도 가지를 쥐어 주었다. 그럴 때 그의 얼굴은 아무런 표정도 없었고, 다정하다기보다는 화가 난 얼굴에 가까웠다.

포도 가지를 쥐어 주며 그는 창문 쪽을 흘깃 훔쳐보다가 나를 대문 쪽으로 밀며 "저리 가라. 가서 네 일을 하거라"고 말했다.

나는 "감사합니다"라고 급하게 대답한 후 쏜살같이 대문 밖으로 뛰어나왔고, 관성에 의해 몇 미터를 더 돌진했다. 이후 멈춰 서서 숨을 고른 후 천천히 걸으면서 가지에 달린 포도에서 서두르지 않고 포도알을 천천히 떼어내 입에 넣었다.

얼마 후 나는 포도 선물에 너무나도 익숙해져 선생님의 남편 옆을 지날 때면 그가 내 손을 붙잡지 못할까 봐 조금 천천히 걸었다.

꽤 오랜 시간 동안 선생님의 남편은 내게 사고의 대상이었다. 포도를 선물한다는 사실 그 자체와 포도를 선물할 때 따라오는 그의 얼굴 표정 사이의 간극이 놀라웠다. 나는 그가 대체 어떤 사람인지 생각했다. 뭔지 모를 힘으로 이끌기 위해 나에게 포도를 선물하는 악당인지, 아니면 바보 같은 바지와 셔츠를 입고 악한 힘이 아닌 다른 힘에 의해 침묵하며 포도를 건네는 면도하지 않은 시무룩한 얼굴을 한 선량한 사람인지….

나는 꽤 따분한 학생이었기 때문에 선생님이 이따금 나와 함께하는 데 질렸을 것이란 생각에 약간 미안한 마음이 들었다.

"이 리듬을 스무 번 반복하거라."

그녀는 이렇게 말하고 방에서 나갔다. 나는 그녀가 잔잔한 여름날의 따사로움을 충전하기 위해, 풍요로운 포도의 향연을 즐기기 위해 재능 없는 학생과의 수업은 그저 일이라고 스스로를 안심시키기 위해 시원한 그늘이 있는 정원으로 나간 것이라고 생각했다.

나는 무관심하게 그 리듬을 스무 번 반복하면서 시선은 벽을 타고 다니다가 창가로 향했다.

그러던 어느 날 나는 창문의 격자와 창틀 사이에서 예전에는 의미를 두지 않았던 것을 발견했다. 그곳에는 빨간색, 빛나는 노란색 그리고 하얀색 립스틱이 있었는데, 그것은 전혀 필요한 물건이 아닌 것 같았다. 심지어 약간 먼지가 끼어 있기까지 했다. 그렇지만 나를 놀라게 한 건 립스틱의 불필요함이 아닌, 그 개수였다. 나는 선생님이 입술을 꼼꼼하게 관리한다는 사실을 알고 있었다. 한 사람의 입술을 위해 이렇게나 많은 립스틱이 필요한 걸까?

똑같은 리듬을 스무 번 반복한 후 나는 피아노 의자에서 일어나 약간의 긴장감을 느끼며 립스틱들을 살펴보기 시작했다.

순간 나는 립스틱 한 개를 가져가는 것도 나쁘지 않을 것이라는 생각이 들었다. 나의 추리가 어떤 결과를 낳을까? 당시 나는 남의 물건을 가져간다는 것이 도둑질을 의미한다는 사실을 알고 있었을까?

그렇다. 나는 물론 남의 물건을 가져가면 안 된다는 사실을 알고 있었다. 물어보지 않고도 말이다. 그렇지만 똑같은 립스틱이 이렇게 많은데 묻지 않았다는 사실이 무슨 의미가 있을까? 이렇게나 많은 립스틱이 있는데…. 일고여덟 개는 되어 보였다! 나는 가장 보잘것없어 보이는 흰색 립스틱을 집어 원피스 주머니에 집어넣었다.

아이들로 가득 찬 큰 놀이터에서 나의 소유물은 큰 성공을 거두었다. 나는 립스틱을 콜랴의 단추 두 개와 맞바꾼 아주 멋진 거래를 한 사실을 아직까지 기억하고 있다. 황금빛으로 칠해진 이 큰 단추는 우리들 사이에서 매우 값진 물건으로 여겨졌고, 심지어 돈처럼 사용되기도 했다. 그러니까 이런 단추를 두세 개 가지고 있는 사람은 놀이터에서 권력을 쥔 것이나 다름없었다.

한참 후 정치경제학 시간에 '돈, 돈의 기원'이라는 장을 배울 때 나는 콜랴의 단추가 가진 힘이 어디서 나온 것인지, 그리고 왜 이 단추가 우리 사이에서 돈으로 사용되었는지에 대해 이해했다. 아무나 그 단추를 가질 수 없었고, 단추를 구할 수 있는 사람은 엄마의 코트에서 화려한 단추를 떼어내는 콜랴뿐이었기 때문이다. 그는 단추를 종종 떼왔는데, 내가 립스틱을 훔친 이유와 같을 거라고 생각했다. 콜랴도 단추가 많다고 생각했을 것이다. 아홉 개에서 열 개 정도.

다음 번 선생님 댁을 방문했을 때, 이미 나는 어떤 죄책감도 없이 선생님과 립스틱을 공유하는 사람이라고 여기며, 더 예쁜 립스틱을 골라 쉽게 주머니에 넣었다. 선생님의 립스틱은 아직 많았고, 나는 한 개밖에 없었기 때문에 좀 더 나눠가져도 된다는 내 생각이 매우 논리적이라고 생각했다.

내가 선생님과 같은 개수의 립스틱을 갖게 된다면 공평할 것이라고 생각했다. 그리고 갈색 립스틱이 내 주머니로 들어왔다.

바로 그때 선생님이 마당에서 돌아오셨다. 나는 피아노 건반 위에 손을 올리며 빙빙 돌아가는 검은 의자에 침착하게 앉아 있었다. 선생님은 내 옆 의자에 말없이 앉았다. 그리고 항상 그렇듯 부드럽고 느릿느릿하게 말했다.

"요즘 립스틱이 사라지고 있어…. 혹시 누가 훔쳐가는지 알고 있니?"

나는 왜 고백하기를 망설였을까? 선생님은 내 행동에 걸맞은 그 단어, 그러나 내 머릿속에는 절대 떠오르지 않았던 그 말을 배부른 고양이처럼 게으르고 부드럽게 말했다. 하지만 이번에는 전혀 다른 부드러움이었다. 그녀는 달려나가기 위한 준비를 비밀스럽게 하고 있는 것 같았다.

그러나 그때 나는 아무것도 설명할 수가 없었고, 단지 무언가 매우 무겁고 불쾌한 일이 벌어지고 있다는 사실만 느꼈을 뿐이었다. 나는 나중에 모든 일이 잘 처리될 것이라고 스스로를 안심시키며 말없이 고개를 흔들 수밖에 없었다.

"모르는구나…. 그럼 이건 뭐니?"

그러자 갑자기 선생님이 격렬히, 동시에 매우 부드럽게 내 주머니에 손을 넣어 립스틱을 꺼냈다.

나는 아무 말도 하지 않았다. 아이러니하게도 내가 물건을 훔쳤다는 사실이 들통나서가 아니라, 내가 거짓말을 했기 때문에 부끄러움을 느꼈다. 거짓말은 역겨운, 정말로 역겨운 것이다! 그때 나는 절도가 범죄라는 생각이 아닌, 거짓말이 범죄라는 생각에 사로잡혀 있었다. 선생님은 거짓말에는 아무런 신경도 쓰지 않았다. 그녀는 내가 거짓말을 할 거라는 사실을 추호도 의심하지 않았다. 그녀의 분노는 온통 내가 물건을 훔쳤다는 사실에 집중되어 있었다. 그렇게 우리는 서로에게 어떻게 다가가야 할지 모른 채 몇 분간 앉아 있었다.

"이건 끔찍한 일이야…. 도둑질이란 말이야!"

마침내 그녀가 입을 뗐다.

"네 부모님은 무얼 하시는지…. 아마도 넌 어디서나 도둑질을 하겠지?"

"아니에요!"

나는 내가 끔찍하게 거짓말을 함과 동시에 그녀에게 도둑질이 들통났다는 사실에 놀라며 순진하게 반박했다. 그리고 역시나 순진하게 덧붙였다.

"다시 돌려드릴게요. 제게는 더 이상 필요 없는 물건이거든요. 콜라에게서 다시 가져와 돌려드릴게요…."

"콜랴가 누구니?"

선생님은 분개한 상태로 역겨워하며 물었다.

"우리 놀이터에 있는 콜랴요. 걔네 아버진 손이 하나예요."

나는 기꺼이 설명했다.

"대체 이게 웬 헛소리니!"

그녀는 내 무시무시한 악행에 심한 모욕감을 느낀 것 같았다.

"그는 전장에 있었었고, 탱크를 몰다 화상을 입었어요!"

나는 콜랴 아버지를 대신해 모욕감을 느끼며 말했다.

"예전에 넌 현행범으로 붙잡힌 적이 있니?"

그녀가 흥미를 느끼며 물었다.

"아니요!"

나는 내 대답이 나의 과거에 관한 선생님의 추측이 틀렸다는 사실을 깨우쳐줄 수 있을 거라 순진하게 생각하며 성급히 대답했다.

나는 정말로 '현행범'이라는 단어가 마음에 들지 않았다. 나는 이 단어가 나와는 전혀 상관이 없다는 사실을 본능적으로 느꼈고, 그래서 그렇게 성급히 그 단어로부터 벗어나려 했다.

"네 속에는 정말 엄청나게 나쁜 것들이 가득하구나…."

그녀가 엄격하게, 그리고 동시에 게으르게 말을 계속했다.

"모험 같은 것일지도 모르겠어! 예를 들면 나는 네가 표트르 마트베이치에게 포도를 달라고 부탁하는 모습을 여러 번 창문으로 봤단다. 그리고 이건 정말로, 정말로 옳지 못한 행동이야! 네 엄마는 포도를 사지 않으시니?"

"표트르 마트베이치가 누구예요?"

나는 그녀가 자신의 남편에 대해 이야기하는 것이라 추측했음에도 불구하고 만약을 대비해 멍청하게 되물었다. 그러나 나는 순진한 어린아이의 예절과 또 그녀의 남편과 공모했다는 모호한 감정에 사로잡혀 이 모욕적인 비난에는 대꾸하지 않았다.

몇 분 후 그녀의 분노와 역겨움은 앞으로 나의 운명에 대한 걱정으로 뒤바뀌었다.

"이건 끔찍해…. 끔찍한 일이야…."

선생님은 슬픈 듯 작은 연필로 건반과 건반 사이를 기계적으로 긁으며 반복했다. 나는 등을 곧게 펴고 자유로운 사람들이 있는 먼지가 가득한 거리가 있다는 사실을, 우리 아파트의 놀이터에 있다는 상상을 하며 조용히 선생님 곁에 앉아 있었다.

"그래, 끔찍하구나…. 넌 앞으로 뭐가 되겠니? 얘야, 혹시 넌 아프지 않니?"

"아니에요!"

나는 놀라서 대답했다.

"왜 아프다고 생각하세요?"

"도벽이라는 병이 있단다. 도둑질을 멈추지 못하는 병이야. 병이라고, 알겠니?"

아니다, 나는 그런 걸 이해하지 못했다. 병은 정말 특별한 것이었다. 병은 편도선이 부어올라 내가 학교에 가지 못하는 것이다. 혹은 엄마에게 심장마비가 올 때 의사에게 그녀가 정말로 아팠고, 바보인 척한 게 아니라는 사실이 쓰여 있는 푸른 종이의 진단서를 받기 위해 엄마가 의사를 부를 때이다.

"이건 정말 심각한 병이야."

선생님은 심지어 즐기는 듯 계속해서 말했다.

"한 백작에게 도벽이 있었단다. 부유했고, 영지도 많이 가지고 있었어. 반면에 그의 친구에게는 성냥 한 통밖에 없었어. 그런데 백작은 친구에게서 그걸 훔쳤지!"

나는 백작이 예의 바른 바보라고 생각했다. 만약 어떤 사람이 자전거를 훔쳤다면, 의사가 그에게 진단서를 줄지 안 줄지 궁금했다. 도둑질이 정말 병이라면 말이다!

그러나 이에 대해 오랫동안 생각할수록 나는 기분이 더 나빴다. 나는 두려움에 떨며 선생님에게서 무언가를 더 훔치고 싶은지 스스로에게 귀를 기울이기 시작했다. 하지만 물건을 더 훔치고 싶지는 않았고, 여기서 뛰쳐나가 절대로 이곳으로 돌아오고 싶지 않았다.

이윽고 다음 학생이 왔다. 하지만 선생님은 훈육에 사로잡혀 다음 학생에게 전혀 관심을 두지 않았다. 그리고 어떨 때는 경악한 채 두 눈을 크게 뜨고, 어떨 땐 눈을 가늘게 뜨며 무언가를 계속해서 말했다.

어쨌거나 나는 이미 선생님이 하는 말을 듣지 않고 있었다. 나는 내 감정과 소망을 무시하려 애를 쓰면서 조용히 악보집을 챙기기 시작했다.

"그래, 그렇단 말이지."

그녀가 말했다.

"립스틱이 얼마냐면…."

그녀는 생각에 잠겼다.

"어쨌든 난 그 립스틱을 거의 쓰지 않았어. 엄마께 말씀드려서 삼 루블을 가져오너라. 아니다, 내가 엄마께 편지를 쓰는 게 낫겠어. 너는 말씀드리지 않을 테니까."

나는 테라스로 나와 곧바로 편지를 열어보았다. 편지에는 '존경하는 아무개 씨! 당신의 따님이 도둑질을 했습니다. 따님께서 제 립스틱을 세 통이나 훔쳐갔음. 삼 루블 보상 바람. 그리고 아이 양육을 잘해주시기 바람'이라고 쓰여 있었다.

나는 편지를 두 번 접은 후 악보집에 넣고, 천천히 대문을 향해 갔다.

내가 선생님의 남편 곁을 지나갔을 때, 그는 으레 그렇듯이 내 손에 햇빛을 받아 따뜻해진 포도 가지를 쥐여 주었다. 그 순간 나는 말 그대로 잠에서 깨어나 역겨움을 느끼며 그를 밀쳐내곤 대문으로 허둥지둥 뛰어갔다.

그때 나는 뒤돌아 그를 보지 않았다. 몇 년이 흐른 지금 만약 내가 그때 뒤돌아보았다면, 그의 얼굴에서 무엇을 보았을까라는 생각을 한다. 어리둥절함? 안타까움? 아마도 자식이 없다는 데 대한 아픔이나 애수? 그리고 또 다른 많은 무언가를?

아니다, 물론 아니다. 이 모든 것은 나의 상상에 불과했다. 아마도 그는 무례하고 예의 없는 소녀에게 화가 났을 것이다.

나는 아직까지도 집으로 돌아가던 길을 기억한다. 내가 무슨 생각을 했는지도 기억한다. 나는 너무 기분이 나빠서 울음조차 나오지 않았다. 전차를 타지 않았고, 집에 빨리 도착하지 않기 위해 시장을 지나 빙 돌아서 걸어갔다. 시장에서 산더미처럼 쌓인 황금빛으로 말린 주황색의 살구와 적포도, 큰 호두 앞에 멈춰 서서 비밀스러운 두려움과 애수에 차 스스로에게 물었다.

'여기서 무얼 훔치고 싶니?'

조심스레 잘린 큰 정사각형 모양의 말린 멜론이 놓여 있는 탁자 앞에 내가 너무나도 오랫동안 서 있었던 모양이다. 흰색과 검은색 줄무늬 스컬캡을 쓴 젊고 활기찬 우즈베키스탄 남자가 칼로 멜론을 잘라 내게 내밀었다.

"이거 먹어봐!"

나는 이에 놀라 고개를 흔들며 뒷걸음질 치고는 시장에서 부리나케 도망갔다.

"왜 그렇게 늦었니!"

엄마가 문을 열며 물었다.

"고… 공부했니?"

'불쌍한 엄마….'

나는 왜인지 엄마가 가엽다는 생각을 했다. 우리는 그날 일터에서 늦게까지 일하시는 아빠 없이 점심을 먹었고, 나는 조용히 식탁에서 일어섰다.

내가 설거지를 하러 가는 걸 보면서도 엄마는 늘 그렇듯이 만약을 대비하듯 말했다.

"설거지를 하렴…."

나는 전혀 화가 나지 않았다. 나는 설거지에 엄청난 힘을 쏟은 것 같았다. 왜냐하면 앞으로는 더 이상 설거지를 할 수 없다는 생각이 갑자기 들었기 때문이었다.

나는 방으로 들어갔고, 그곳에서 엄마가 쪽지 시험지를 확인하고 있었다. 나는 왠지 정말로 풀이 죽어 힘없이 숨을 내쉬며 말했다.

"엄마, 전 도둑이에요…."

"뭐라고?"

엄마는 공책에서 고개를 들고는 웃으며 물었다.

'불쌍한 엄마!'

나는 또다시 그 생각을 반복했다.

"제가 립스틱을 훔쳤어요. 이거 보세요."

나는 책상에 편지를 올려놓았다.

편지를 읽어내려가는 엄마의 얼굴이 점점 일그러졌다. 나는 엄마가 더욱더 가여워졌고, 동시에 나 역시도 가엽게 느껴졌다.

"립스틱 세 통, 삼 루블 보상, 따님 양육."

엄마가 왠지 이상하게 말했다.

"아주 좋아…."

방에 정적이 흘렀고, 나는 너무나도 마음이 아파 엄마를 쳐다볼 수 없었다.

"아빠에게 말씀드릴까?"

엄마가 물었다. 마치 범죄자를 심문한 후 전기의자에 앉힐 것처럼…. 아니다, 그럴 필요 없을지도 모른다. 아빠와는 농담이 통하지 않았다. 아빠는 아주 고맙게도 귀를 잡아당길지도 모른다. 그렇지만 나는 어깨를 으쓱하곤 아무 말도 하지 않았다.

"이런 쓸데없는 물건이 어디에 필요했니?"

엄마가 당황하며 물었다.

"몰라요…."

나는 부자연스럽게 웅얼거리고는 울기 시작했다. 나는 진짜 내게 왜 립스틱이 필요했는지 몰랐다. 엄마는 당황해서 말했다.

"그래, 이해한단다. 나는 입술에 립스틱을 바르지 않으니 네겐 립스틱이 정말 신기했겠지…."

우리는 도둑질의 유해함에 대한 대화는 나누지 않았다. 아마 엄마는 아빠에게 이 일을 말씀드렸던 것 같다. 사실 기억은 안 나지만 말이다. 이것이 중요하지는 않다.

중요한 건 이 사건 이후 몇 년 내내, 어른이 된 후에도 내 악행에 대한 무서운 비밀을 안고 다녔다는 사실이었다. 그래서 어디서 누군가가 강도를 당해 귀중품 삼천 루블어치를 잃었다는 이야기를 내 앞에서 할 때면 나는 속으로 움찔하며 '나도 그랬는걸…'이라고 생각했다. 그리고 단 일 분이라도 남의 집에 홀로 남겨지는 것이 두려웠다. 나는 내 안에서 비밀스러운 백작의 병이 깨어날까 봐 두려웠다.

베토벤의 우아한 '엘리제를 위하여'를 멋지게 연주하는, 부드럽고 게으른 여자가 나에게 무서운 힘을 가르쳐주었다.

물론 이 사건 이후 나는 더 이상 초록 대문 너머에 있는 작은 집에서 음악 수업을 받지 않았다. 그리고 엄마는 우리집에 서 있는 음악 우상에게 제물을 바치기 위해 또 다른 것을 생각해냈다. 그렇지만 이건 아주, 정말로 다른 이야기다.

모든 게 같은 꿈이로구나!

내가 쓸모없는 아이라는 사실은 열세 살쯤에 분명해졌다. 나는 수학과 과학 같은 학문에 친밀해지려고 노력했고, 문학에 대한 사랑과 얽힌 고차원적인 사고와 마음속 열정을 어떤 일에든지 적용하려고 노력했다. 어린 시절 나는 고상한 일을 하고 싶어 몸이 근질근질했다.

팔 학년 때 나는 학교 연극부에 들어가 푸시킨의 비극 〈보리스 고두노프〉의 그리고리 오트레피예프 역할을 맡게 되었다. 우리는 '수도실에서'와 '분수 옆에서' 두 막을 올리기 위해 준비하고 있었다.

여기서 내 소개를 해야겠다. 나는 창백한 사춘기 소녀다. 아동용 안경을 쓰고, 어깨가 축 처지고 바보 같은 손을 가졌고, 근긴장이상증도 앓고 있었다. 하지만 헤어스타일은 보이시했다. 나는 현대적인 소녀니까.

나는 당연히 미인 마리나 므니세크 역에 지원했다. 하지만 우리 연극 담당선생님인 리자 할머니는 교사의 판단력에 따라 역할을 나누어버렸다.

"네겐 참칭자(분수에 넘치는 이름을 스스로에게 이르는 자)의 역할을 맡겨야겠구나."

그녀가 말했다.

리자 할머니는 문학 담당이었다. 그녀는 질질 끌려가는 황소처럼 두 개의 말뚝과 학교 연극부라는 공공의 짐을 끌고 가는 늙은 고혈압 환자였다. 선생님은 연금을 받으며 생활하기를 꿈꿨지만, 자식들이 손자들을 한아름 안겨줄까 걱정했다. 너무나도 바쁜 나머지 리자 할머니는 이십여 년간 잠깐의 시간을 할애해 거울에 비친 자신의 모습을 바라보면서 안타깝게도 시간이 제자리에 머물지 않는다는 사실을 깨달을 새가 없었다. 이렇게밖에 그녀의 주름진 늙은 손가락에 칠해진 진홍색 매니큐어와 깊게 파인 원피스를 설명할 수 있었다. 선생님의 통통한 목은 무릎까지 축 처진 가슴으로 흘러내렸다. 깊이 파인 원피스에 조여진 가슴 사이에는 언제나 돼지 귀 같은 스카프 끝이 보였다. 그러나 가장 눈에 띄는 건 선생님의 목소리였다. 리자 할머니는 약한 불 위에 올려져 있는 냄비 속 수프같이 꾸르륵 하는 소리를 냈다.

"리즈베트세묜나 선생님, 왜 제게 참칭자 역할을 주셨나요?

나는 투덜거렸다.

"그는 나쁜 사람이잖아요. 전 그 역할을 제대로 해낼 수 없을 거예요."

리자 할머니는 파인 가슴 속에서 스카프 끄트머리를 꺼내 꼼꼼히 코를 풀었다.

"바보인 척 그만 하려무나."

선생님이 친절하게 조언한 후 스카프를 다시 집어넣었다.

"네 성적표를 보렴. 대수학 2점, 2점, 3점, 물리 3점, 3점, 2점. 네겐 참칭자 역할이 제격이야."

수도승 피멘 역할은 같은 반인, 항상 날아다니는 말썽쟁이 센카(세묜의 애칭) 플룻킨에게 돌아갔다. 내 기억에 따르면 센카는 거의 일 학년 때부터 전투기처럼 항상 '이륙' 상태였다. 센카는 그가 저지른 말썽이 겨우 잠잠해졌다 싶으면 또 다른 일을 터뜨리곤 했다. 얼마 전 콤소몰 회의에서 센카 플룻킨에게 조치를 취하기로 결정이 내려졌다. 그리고 역할을 배정할 때 푸시킨 이외에 그 누구도 센카에게 영향을 줄 수 없을 것이라는 데 모두가 동의했다.

"플룻킨, 너는 피멘 역을 맡거라."

리자 할머니가 센카에게 바삐 알렸다.

"다 네 잘못이니까."

센카는 분노해 숨이 턱 막혔다.

"전 활발한 타입이잖아요!"

그가 소리치기 시작했다.

"모두가 저 하나만 탓하죠, 그렇죠?"

"플롯킨, 넌 네 상황을 알고 있잖니."

리자 할머니가 꿈쩍도 하지 않고 말했다.

"넌 이륙 중이잖니."

한마디로 센카는 궁지에 몰렸다. 그는 나와 마찬가지로 끔찍한 역할의 굴레에 머리를 밀어넣는 것 말고는 아무것도 할 수 없었다. 다만 차이점이 있다면 내 마음속에는 어쨌거나 문학에 대한 사랑이 격렬하게 꿈틀대고 있었고, 센카 마음속에는 전혀 다른 기운이 있었다는 점이다.

첫 번째 대본 리딩 때 빼곡한 대사를 보곤 센카는 슬픔으로 제정신이 아니었다.

"젠장! 망할!"

그가 멍청한 목소리로 소리쳤다.

"이런 건 백 년이 걸려도 다 못 외울 거야! 여긴 온통 모르는 단어뿐인걸!"

"경찰이 어린 시절 사용하던 방에 대해서도 이해가 안 가니, 플롯킨?"

리자 할머니가 차갑게 물었다.

"혹은 네가 이륙 상태라는 사실을 잊은 거니?"

어쨌거나 목소리가 울리는 강당에서, 3월 8일 여성의 날부터 쭉 걸려 있는 '세심한 여성의 손'이라고 쓰인 대자보 아래에서 우리는 연습을 시작했다. 센카는 눈에 띄게 무관심했고 멍청했다.

그는 큐 사인이 나기 전부터 황소 같은 눈을 하고 있었고, 그렇잖아도 멍청하고 무거운 아래턱을 내밀며 고함을 치고 일부러 대사를 틀렸다.

"음… 음… 음… 수 세기의 먼지가, 음… 음… 낯짝을 털어내곤…."

"'현장에서'다, 플롯킨! '현장에서!'"

리자 할머니가 소리쳤다.

"꼼꼼히 읽으렴. '수 세기의 먼지를 현장에서 털어내곤'이잖니."

나 또한 내 역할이 마음에 안 들었는데, 참칭자 그리고리에게 어떻게 다가가야 할지 몰랐기 때문이었다. 집에서 이틀 동안이나 거울 앞에서 마리나 역할을 연습했기 때문에 미인 마리나 므니세크 역할은 어떻게 할지 잘 알고 있었다. 거만하게 눈썹을 찡그리고, 턱을 들고 교활함의 표식인 부채로 얼굴을 가렸다. 그런데 참칭자 역은 어떻게 해야 하지? '키는 작고, 가슴팍은 넓으며 한쪽 팔이 다른 쪽 팔보다 짧고, 파란 눈을 가졌으며 머리는 붉은 갈색이고, 한쪽 뺨에는 사마귀, 이마에는 또 다른 사마귀가 있는 사람' 역할을 어떻게 연기하라고 하시는 건가요?

다시 말하건대 문학에 대한 사랑 때문에, 센카와는 달리 나는 그리고리의 멀리 앞서나가는 계획에 대한 힌트를 주는, 조금은 비밀스런 사악함을 가진 대사를 정확하게 읊었다.

그렇게 말을 더듬거리는 바보 같은 피멘과 사악한 참칭자 역할을 받은 우리는 빈 강당에서 연습했다. 리자 할머니는 내 연기에는 매우 만족했지만 센카가 연기할 땐 얼굴을 찡그리며 가슴팍에서 손수건을 꺼내 코를 풀었다.

마침내 센카가 피멘의 마지막 대사까지 기어갔다. 바로 '목발을 내놓게, 그리고리…'라는 대사였다.

그는 히이잉 하고 울더니 고개를 들면서 흥미로운 목소리로 물었다.

"목발은 어디 있죠?"

"웬 목발?"

센카의 외침이 낮잠을 자고 있던 리자 할머니를 깨웠다.

"여기 이렇게 쓰여 있잖아요. '목발을 내놓게, 그리고리.' 그러니까 얘가 제게 목발을 줘야 하고, 전 여기서 절뚝거려야 하는 거 아닌가요?"

"목발 없이 하자꾸나."

"왜요?"

갑자기 센카가 분개했다.

"푸시킨이 목발에 대해 썼으니까…."

"그럼 대걸레로 대신하자."

나는 센카를 회유하며 조언했다.

"뭐라고! 대걸레? 관객들이 무슨 바보니? 대걸레랑 목발을 구별 못 하게?"

센카는 매우 흥분했다. 쉬는 시간에 그는 내게 뛰어와 다양한 톤으로 '목발을 내놓게, 그리고리!'라는 대사를 반복했다. 한번은 화난 듯이, 한번은 피곤하고 우호적인 톤으로, 또 한번은 눈물을 흘리며 부탁하듯이…. 그는 하루 종일 이놈의 목발로 나를 너무나도 귀찮게 해서 대수학 시간에 센카가 열심히 '목발을 내놓게, 그리고리'라 말하며 내 어깨를 펜으로 아프게 찔렀을 때, 나는 '야!'라고 소리치고 울부짖으면서 가방으로 센카의 머리를 쳤다.

다음 날 학교 근처에서 나는 센카를 보았다. 그는 한쪽 다리가 접힌 채 목발에 기대 교문 근처에 서 있었다. 나를 발견하자 그는 모자를 벗고 기쁘게 소리치며 내게 "내놓게, 그리고리!"라고 말했다.

"할아버지께 부탁했어."

그가 기쁘게 말했다.

"우리 할아버지는 오 년 전에 다리가 부러졌었는데, 두 달 내내 메뚜기처럼 목발을 짚고 뛰어다니셨어. 나는 어제 오두막에 들어갔는데, 사랑스러운 목발이 있는 거야! 할아버지께 겨우 허락받았지!"

그날 센카는 전혀 다른 태도로 연습에 임했다. 실제로 그는 연습 내내 가장 좋아하는 대사를 애타게 찾았고, 대사를 결국 제대로 해냈다. 쉰 목소리로 한숨을 내쉬며 신음하듯이 말이다. 나는 적시에 센카에게 목발을 내밀었고, 그는 온몸을 목발에 기대며 멀리 사라졌다.

연습이 끝난 후 우리는 리자 할머니가 말한 대로 목발을 삼 층 교무실에 갖다 놓기 위해 뛰어갔다. 센카는 한숨을 쉬며 몸을 비스듬히 목발에 기대 열심히 한 다리로 뛰었다. 그때 센카는 담임선생님인 자하르 리보비치 선생님의 다리를 칠 뻔했다.

"플룻킨, 다리를 다쳤니?"

담임선생님이 피곤한 듯 물었다.

"자하르 리보비치 선생님, 전 연습 중이에요!"

센카가 기쁘게 말했다.

"전 수도승이거든요! 마지막 하나 남은 전설이에요!"

"플롯킨, 경고하건대 마지막 하나 남은 전설과 네 연대기는 끝났다."

자하르 리보비치 선생님이 말씀하셨다.

"넌 오래 전부터 이륙 중이잖니."

센카는 대사를 어렵사리, 느리게 외웠고, 많은 단어를 이해하지 못했다. 그렇지만 마침내 피멘의 대사를 다 외우게 되었을 때 센카에게 이상한 일이 벌어지기 시작했다.

연습이 끝난 어느 날 그가 우리집으로 전화를 걸었다.

"있잖아, 그리고리. 네게 하고 싶은 말이 있어. 너, 잠에서 깰 때 소리치지 마."

센카가 말했다.

"잠에서 깰 때?"

나는 어처구니가 없어 다시 물었다. 센카의 전화 때문에 나는 드라마 〈영화광 여행자 모임〉을 보다가 중간에 멈춰야 했다.

"있지, 수도실에서 일어나 '모든 게 같은 꿈이로구나!'라고 말할 때 말이야. 소리치지 마, 그럴 필요 없어."

"난 소리치지 않아."

나는 기분이 상했다.

"난 그저 또박또박 발음할 뿐이야."

센카는 대답하길 머뭇거렸는데, '또박또박 발음하다'라는 단어를 몰랐던 것 같았다. 이윽고 그가 말했다.

"아냐, 진짜로 말이야, 그리고리. 넌 막 일어났잖아. 넌 비몽사몽인 채 어디가 꿈이고, 어디가 삶이고, 어디에 누워 있는지 이해하지 못해야 해. 넌 웅얼거려야 해…."

"항상 웅얼거리는 건 너잖아, 이 바보야!"

나는 화가 나 폭발했다.

"왜냐하면 두 단어도 잇지 못하기 때문이지! 그리고 내 역할에 참견하지 마! 너절한 목발 같으니라고!"

나는 전화를 끊어버리곤 〈영화광 여행자 모임〉을 마저 보러 갔다. 그러나 센카의 뻔뻔함 때문에 드라마에 집중할 수가 없었다. 그는 이십여 분 후에 다시 전화했다.

"그리고리, 먼지 내지 말라고. 알았지…?"

그가 상냥하게 부탁했다.

"난 그저 상의하고 싶었어…. 이건…. 넌 피멘이 정신병자라고 생각하니, 그렇지 않다고 생각하니?"

"안녕, 플롯킨! 내 생각엔 네가 정신병자인 것 같아. 그리고리는 분명히 말하잖아. '그가 마음속 깊이 과거에 잠겨 자신의 일대기를 써나갈 때, 그의 침착한 모습을 내가 얼마나 사랑하는지….'"

"그러니까… 사람들에게 몸을 던지기 위해 꼭 비정상적일 필요는 없잖아. 아마도 그는 조용히 정신이 나간 사람일 거야."

나는 실망해서 말했다.

"플롯킨, 대체 네가 뭘 원하는지 모르겠어!"

그는 입을 다물고 있다가 말했다.

"잠깐 '생활용품' 가게로 나와."

"너 제정신이니? 지금 열한 시야!"

"나와 봐, 그리고리. 생각이 나를 고통스럽게 해…."

센카는 생활용품 가게의 푸르게 빛나는 진열대의 솔과 도마, 세탁기와 창백한 에나멜 식기류 옆에 기대어 서 있었다.

차가운 바람이 어두운 골목길로 뛰어들었고, 거리를 따라 마른 낙엽으로 바스락거리는 소리를 내면서 청소부가 쓸어놓은 쓰레기 더미로 파고들었다. 거리는 추웠고 습했으며 스산했다.

"왜?"

나는 진열대를 향해 달려가며 물었다.

"무슨 일인지 빨리 말해. 오 분 후엔 들어가야 해."

센카는 골목길을 바라보며 아랫입술을 깨물더니 입을 열었다.

"그리고리, 네 꿈이 단순하지가 않다는 게 문제야."

"그럼 어떤 꿈인데?"

나는 이해가 안 됐다.

“이건 예지몽이잖아, 알겠니? 실제로 그런 일이 일어났잖아. 나중에, 그는 탑에서 뛰어내렸잖아.”

“왜 그렇게 생각하는데?”

“책에서 봤어. 일요일 내내 나는 도서관에 있었어. 그리고 또 갈 거야.”

센카가 침을 삼키며 가까이 다가왔다. 진열대의 푸르스름한 차가운 빛이 그의 광대뼈에서 일렁이고 있었다.

“그리고리, 일이 안 좋게 되었어. 사실 고두노프가 디미트리 왕자를 죽인 게 아냐.”

“그래서?”

나는 걱정스레 센카의 축 처진 눈썹을 흘겨보며 물었다.

“푸시킨은 몰랐나 보지.”

“그렇지만 나는 아는걸!”

창백한 플롯킨이 소리 질렀다.

“그러니까 피멘이 거짓말을 하든지, 아니면 미친 사람이 하는 말을 믿든지 둘 중 하나네.”

“그땐 모두가 믿었어.”

나는 단호히 반박했다.

“그리고 그게 중요해? 네게 이게 뭔데? 넌 대사를 외웠고, 연기를 잘하잖아….”

"넌 잘 못 하잖아."

갑자기 센카가 기어들어가는 목소리로 말하고는 눈빛을 숨기며 서둘러 말했다.

"너무 기분 나빠하진 마, 그리고리. 그렇지만 난 정말로 요즘 내 자신을 사랑하는 것처럼 이 늙은 수도승을 사랑하게 되었어. 특히 '남은 이들은 돌이킬 수 없이 죽어버렸다. 그러나 교회 안 초가 다 타버리는 날이 가까워졌다. 마지막 하나 남은 전설이…' 라는 대사를 말할 땐 더욱 그래. 나는 정말로 내가 우리 할아버지처럼 너무나도 늙어서 얼마 못 살 것 같고, 초가 곧 꺼지고 그리고… 그렇게 죽는 게 너무 슬퍼. 그렇게 외로운 네가 의자에서 잠을 자야 하고, 네 운명이 저주받아서… 네가 너무 가여워. 그리고 심지어 말이지…."

그는 진열대를 흘긋 보더니 목소리를 낮췄다.

"심지어 신을 믿게 되었어…. 정말이야!"

그는 숨을 깊이 쉬었다.

"여기서 넌 '모든 게 같은 꿈이로구나!'라고 소리치는 거야. 그렇게 나는 갑자기 기분이 상해서 목발을 너에게 던지고 싶어지는 거지…."

센카는 내 얼굴을 바라보더니 죄책감을 느끼며 설명했다.

"넌 방해하는 거야, 그리고리…."

"뭘 어떡하라고?"

나는 가장 기분이 좋은 상태에서 상처를 받았고, 혼란스러웠다. 피멘인 센카가 목발로 문학에 대한 나의 견고한 사랑을 공격했다. 나는 참칭자의 교활한 계획에 대한 힌트를 주며 낭랑한 목소리로 정확히 모든 대사를 암기할 수 있지 않은가. 게다가 리자 할머니도 내 연기에 만족했다….

그러나 센카의 말을 듣자 또다시 문학에 대한 사랑 때문에 내가 인정하지 않을 수 없는 사실도 있었다. 그리고 나는 그 사실을 인정했다.

"뭘 어떡하라고?"

나는 시무룩하게 반복했다.

센카는 갑자기 활발해졌다.

"네가 고아라고 상상해봐."

그가 제안했다.

나는 안간힘을 쓰며 아버지와 엄마가 안 계시는 우리 아파트를 상상했다…. 하지만 부모님이 요양원에 가신 것 같다는 생각밖에 들지 않았다.

"믿기지가 않아…."

나는 고백했다.

"어두운 곳으로 가자."

센카가 결연하게 말했다.

"여기 진열대는 무례하네."

그는 내 손을 잡았고, 우리는 어둡고 텅 빈 건물 사이로 들어갔다.

"넌 고아야."

센카가 반쯤 속삭이는 불쌍한 목소리로 말했다.

"어린 시절부터 수도원을 떠돌며 살고 있지. 기분이 좋을 것 같니? 발길 닿는 곳에서 자고, 몇 달 동안 씻지도 못했어…. 누군가 먹을 걸 주면 먹고, 주지 않으면 굶는 거야. 그런데 그리고리, 넌 너무나도 젊어서 그렇게 사는 게 좋아…. 그리고 매번 같은 저주받은 꿈을 꾸고, 또 꾸고, 잠에서 깨어나면 꿈 때문에 심장이 뛰어. 대체 무슨 꿈일까? 무얼 위한 것일까? 그는 얼마나 야만적이고 무서운 운명이 자신을 기다리고 있는지 모르지만, 넌 알잖아. 그러니까 넌 그가 마치 이걸 예견한 후에 탑에서 몸을 던지듯이 이 운명에 몸을 던지는 것처럼 연기해야 해."

"넌 그가 불쌍하니?"

"모르겠어."

센카가 잠시 생각한 후 말했다.

"개인적으로는 별로. 물론 그는 모험가이자 참칭자였잖아. 그렇지만 다른 한편으로는 그는 고두노프가 살인을 하지 않았다는 사실을 몰랐지. 그리고 마리나를 많이 사랑했고…. 전투에선 '그만! 러시아인의 피를 가엾게 여겨라. 후퇴!'라고 외쳤잖아."

깊고 눅눅한 어둠 속 어딘가 우리의 시뻘건 이마보다 한참 높은 곳에서 플라타너스가 마른 나뭇잎을 무겁게 바스락거렸다. 비가 주룩주룩 내리기 시작하다가 망연자실하며 다시 머뭇거렸다…. 우리는 찢어지는 듯한 밤바람에 몸을 떨었고, 진실과 거짓, 선과 악, 인생과 문학, 푸시킨, 연극 등 한번에 모든 것을 이해하려고 노력했다. 우리는 말하는 도중에 서로 끼어들었으며, 말싸움을 했고, 슬프게도 갑자기 둘 다 말을 멈췄다.

센카는 헷갈리게 말을 웅얼거렸고, 그를 슬프게 하는 것이 무엇인지 여전히 내게 설명하려고 노력했다.

"그리고리, 어떻게, 어떻게 피멘 연기를 해야 할까? 그가 앉아서 무언가를 쓰고 있는데, 나는 그가 거짓말을 쓰고 있다는 걸 알고 있잖아. 아마도 그의 거짓말 때문에 사람들이 몇 세기 동안이나 보리스 고두노프를 나쁘게 생각한 것 같아."

"바보 같은 센카!"

나는 화가 났다.

"그는 실존 인물이 아니잖아! 푸시킨이 창작한 인물이라고, 피멘 말이야!"

"그러면 푸시킨이 거짓말을 했다는 거야?"

"아냐, 푸시킨은 그 사료를 믿었을 뿐이야!"

"그렇지만 우린 믿지 않잖아! 나는 그가 살인을 하지 않았다는 사실을 알고 있는데, 이 바보 같은 턱수염을 붙이고 앉아서 '신의 이름으로 우리는 스스로를 황제 시해자라 부른다!'라는 쓸데없는 말을 여전히 반복하고 있잖아."

"센카! 이걸 진지하게 받아들이면 안 돼, 이건 예술이라고! 문! 학!"

"네 문학 따윈 아무래도 상관없어!"

그가 지쳐서 소리쳤다.

"연기하지 않을 거야! 모든 게 다 끝이야!"

"정신이 나갔구나, 넌 이륙 중이잖아!"

"아무래도 상관없어!"

그는 뒤돌아서 어두운 건물 사이를 가다가 갑자기 내게 뛰어왔다.

"네 마음대로 해도 좋아. 그렇지만 피멘은 정신 나간 것처럼 연기해야 해. 그는 수도원에 오래 있어서 약간 정신이 나갔고, 열에 들뜬 채 살해당한 디미트리가 나오는 터무니없는 꿈을 꿨잖아. 꼭 그렇게 연기해야 해!"

그는 절박하게 덧붙였다.

"그게 아니라면 날 학교에서 쫓아내도 좋아!"

가을비는 오랫동안 타악기를 준비했다. 비는 처음에는 조심스럽게 흔들리며 작은 나뭇가지들을 바스락거리게 하더니, 작은 북처럼 웅웅거리다가, 다음에는 서두르다가, 거세게 내리며 요란한 소리를 내다가 마침내 폭우가 플라타너스 이파리에 거세게 부딪혔다…. 어디선가 가을 팀파니가 쿵쿵 소리를 냈고, 하수도는 노래를 부르기 시작했다. 바람은 단번에 조용해졌다가, 감미로운 비 옷을 입은 어두운 안뜰의 축축한 땅에서 한숨을 내쉬었다…. 자동차 헤드라이트 밑 모퉁이에는 물웅덩이가 생겨났다. 국화처럼 털이 부스스한 몰티즈 한 마리가 우리 곁에서 두려움에 떨고 있었다….

센카는 젖은 손바닥으로 얼굴에서 빗방울을 훔쳐내며 나무 밑에서 우왕좌왕하다가 쉬지 않고 말했다. 나는 듣기만 했다.

당시 내 재능이 일깨워지는 순간이었음을 깨닫고 있었는지는 모르겠지만, 나는 센카가 허구를, 이 말도 안 되는 생각을 마음속 깊이 받아들였다는 사실에 허탈했다. 아무리 푸시킨이 만들어낸 허구라도 말이다.

지금 그는 책을 손에 들고 다니지도 않던 바보 같고 무지한 센카가 아니었다. 그는 역사적 부당함에 맞서 싸웠고, 그의 재능은 일깨워졌으며 진실을 요구했다. 개인적으로는 바로 여기에 재능과 무능함의 차이가 있다고 생각했다. 센카는 허구 속에서 진실한 삶을 살고 싶어 했다. 낙제생에, 학교에서 쫓겨날 위험에 처한 존재 자체의 현실은 그를 걱정시키지 않았다. 하지만 난 또박또박 발음했다. 그뿐이었다….

나는 계단을 따라 위로 올라가 우리집 벨을 눌렀다. 누군가 문을 세게 밀쳤고, 내 앞에는 오버코트와 신발이 온통 젖은 아빠가 서 계셨다.

"아빠…. 우리는 푸시킨에 대해서…. 고두노프에 대해서요…."

나는 두 발로 바닥을 짚으려고 노력하며 웅얼거렸다. 멱살을 붙잡힌 채 끌려가면서 지속적으로 무릎을 얻어맞는다면, 변명하기가 힘들다.

마침내 아빠는 피곤해져서 엄마에게 가는 도중에 나를 빙글빙글 도는 안락의자에 던져버렸다. 나는 이 의자에 앉아서 빙글빙글 도는 걸 허락받지 못했는데, 내가 의자에 앉아 돌면 의자가 망가질 것이라고 여겨졌기 때문이었다. 난 의자로 몸이 던져져 원심분리기 속 우주 비행사처럼 빙글빙글 돌기 시작했다. 아버지가 회전을 멈췄다.

"어디에 있었니?"

그는 힘겹게 숨쉬며 물었다.

"거짓말할 생각은 말아라! 온 동네를 다 뒤졌다."

"아빠…."

나는 웅얼거렸다.

아빠의 어깨 위로 창백한 달처럼 엄마의 얼굴이 떠올랐다. 엄마 얼굴은 눈물로 뒤덮여 있었는데, 말 그대로 아버지가 아닌, 엄마가 비를 맞으며 나를 찾아다녔던 것이다.

"순진한 눈으로 우릴 바라보지 말아라!"

엄마가 히스테릭하게 소리치더니 흐느껴 울기 시작했다.

"우리는 진실을 알 권리가 있단다!"

"제가 진실을…. 우리는 푸시킨에 대해서요…. 삼십 분 동안…."

"맙소사!"

엄마가 한탄했다.

"새벽 두 시 사십오 분에!"

내 안에서 수많은 단어가 희미하고 미완성인 채 북새통을 이루고, 그 단어 무리 앞에서 무기력해진 내가 부모님께 무슨 말씀을 드릴 수 있을까? 지금도 나는 단어들이 벌떼처럼 나를 향해 날아올 때 종종 절망하곤 한다. 그럴 때면 나는 그 중 몇 개를 골라 정리한 다음, 열정적으로 고함치는 마음을 거의 곧바로 종이에 쏟아내곤 한다….

나는 침대에 누워 창문 너머 땅거미가 내린 모습을 바라보고 있었고, 벽 뒤에서 부모님의 불안한 대화 조각이 들렸다.

"뭐라고 변명하는 거야?"

"푸시킨에 대해서 뭐라고 하는 것 같은데…. 늘 그렇듯 엉망으로요…."

나는 씁쓸하게 생각했다. 깊숙한 곳에서 공포와 엉뚱한 짐작, 그리고 겁먹은 상상력으로 내 악랄함의 키메라가 태어나고 있었다. 디미트리 왕자 사건에 대한 전설도 그렇게 생겨난 것이 아닐까? 물론 규모는 다르지만, 생겨나게 된 과정은 같을 것이다….

창밖에서는 아프리카 찌르레기인 구관조가 날아가다 가까운 나뭇가지에 앉아 재빠르고 명료하게 무언가를 말했다. 새는 나처럼 또박또박 발음했다….

그날부터 나는 왜인지 용기와 연기에 대한 흥미를 잃었고, 가구 가게 짐꾼이 피아노 모서리가 문설주에 걸려 흠집이 나든지 말든지 전혀 신경 쓰지 않고 남의 피아노를 옮기는 것처럼 밉살스러운 참칭자 역할을 대충 끌고 다녔다.

교장선생님의 요청에 따라 우리는 시립 오페라 극장의 창고에 있던 사제복 두 벌을 받았다. 허름하고 먼지가 가득했으며, 어마어마하게 큰 사제복이었다. 한 벌은 나를, 다른 한 벌은 센카를 위한 옷이었다. 이외에도 우리는 피멘 역을 위해 광대의 덥수룩한 회색머리 가발과 센카의 독백이 특히 열정적으로 쏟아질 부분에서 조용히 휘날릴 썩은 턱수염을 받았다.

센카는 날이 갈수록 꽃처럼 피어났다. 그는 오두막에서 연기로 가득 찬 낡은 석유등과 약간 두꺼운, 쥐와 좀에게 갉아먹히고 먼지가 잔뜩 쌓인 책 두 권을 가져와서는 연습 시간 때마다 이 물건들을 가지고 놀면서 리자 할머니를 짜증나게 했다.

"플롯킨!"

그녀가 으르렁거렸다.

"그만 좀 뛰어오르고 손도 흔들지 말아라! 그리고 웅얼거리지도 말고! 네 귀에는 안 들리니? 턱수염도 망가뜨리지 말아라. 시립 극장에서 빌린 거잖니! 책상에 앉아 관객들을 향해 또박또박 말하거라!"

마침내 센카의 승리의 날이 왔다. 강당은 부모님, 선생님, 주민 대표 등 다양한 청중으로 가득 찼다. 세 번째 열 왼쪽에는 헐렁한 재킷을 입고 넥타이를 맨 자애로운 노인이 앉아 있었다. 센카의 할아버지가 손자 혹은 자신의 목발을 보러 온 것이다….

먼저 무대에 일렬로 선 피오니르가 오늘 행사를 기념하기 위한 사행시를 크게 소리쳤다. 이는 왜인지 모르겠지만 기계 용어처럼 '설치'라고 불렸다. 이후 육 학년 여학생들이 리본을 휘날리며 우크라이나 춤을, 고함을 지르며 난리법석으로 추었다….

사제복을 입고 나서 센카와 나는 불편한 단어인 '청소실'이라

불리는 무대 뒤 작은 방에서 애통해하고 있었다. 센카는 팔꿈치를 양옆으로 펼치고 사제복 밑에 튀어나온 무릎에 손바닥을 올려놓았고, 무거운 시선으로 무대를 바라보았다. 나는 그와 대화를 시도했지만, 그는 성가시다는 말투로 내 말을 끊었다.

"방해하지 마!"

이제 우리가 출연할 차례가 되었다. 리자 할머니가 가슴을 치켜들고 알뜰살뜰하게 우리를 바라보며 방으로 들어왔다.

"플롯킨! 네 턱수염은 어디 있니? 어서 붙이거라."

"턱수염은 거치적거려요."

센카가 우중충하게 반박했다.

"플롯킨, 돌발행동은 할 필요가 없단다. 어서 양쪽 귀밑에 턱수염을 붙이렴!"

스카프 끝부분이 가슴 사이에서 튀어나와 있었고, 가슴 사이에 앉아 있는 작은 새끼돼지는 말 그대로 두려움에 떨고 있는 것처럼 보였다.

"턱수염은 거추장스러워요."

센카가 완고하게 반복했다.

"얼굴이 가려워서 집중할 수가 없어요. 턱수염은 필요 없어요, 연기로 대신할게요."

"뭐라고?"

리자 할머니가 으르렁거렸다. 그때 땀에 젖은 붉은 얼굴을 한 피오니르가 방문을 열고 들어와 숨을 헐떡이며 소리쳤다.

"누가 푸시킨의 비극을 연기하죠? 어서 갑시다!"

센카는 얼굴이 새하얘져선 석유등을 챙기고, 책은 겨드랑에 끼고 무슨 이유에서인지 구부정하게 발을 질질 끌면서 갔다. 나도 그의 뒤를 따라갔다.

막이 올랐을 때 우리는 겨우 제 위치에 설 수 있었다. 피멘은 석유등과 책을 가지고 테이블 뒤에 앉았고, 나는 체육관에서 가져온 나무 의자에 앉아 고개를 숙이고 있었다. 강당의 소음이 조용하게 잦아들었다. 나는 조명과 많은 관객 때문에 눈을 찡그렸다. 나를 바라보고 있는 수백 명의 흥미로운 시선을 느꼈고, 이는 정말 고통스럽고 무서웠다. 나는 두 다리를 배 가까이로 가져와서 웅크리고 누워 두 팔로 머리를 감싸고 싶었다. 바로 그때, 내가 한마디도 아닌 긴 대사를 읊어야 한다는 사실에 몸이 뻣뻣해져 웅크리고 누워 있을 때, 나는 목발을 교무실에 두고 왔다는 사실을 갑자기 깨달았다. 내 삶은 자취를 감추었고, 심장은 멈췄으며 이성은 저물었다. 이윽고 갑자기 모든 것이 두려워졌고, 정신을 차릴 수 없이 어수선해졌다. 어떻게든지 센카에게 앞으로 닥칠 참사에 대해 알려야만 했다!

그러나 피멘은 연기를 시작했다. 그는 크지 않은 목소리로, 피곤하게 대사를 읊었다.

"마지막 하나 남은 전설, 그리고 나의 연대기는 끝났다…."

객석이 갑자기 어디론가 사라져버렸다. 나는 실눈을 뜨고 피멘을 바라보았다. 그러자 센카가 사라지고, 늙고 병들고 다리를 저는 늙은이가 있었다. 늙은이는 서두르지 않았다. 왜냐하면 객석도, 청중도 사라졌기 때문이었다. 늙은이는 수도실에 살면서 책을 썼다. 그런 그가 서두를 이유는 없었다.

리자 할머니는 보아 하니 센카가 대사를 잊어버렸다고 생각하곤 보조 세트 뒤에서 '의무를 다했노라! 의무를 다했노라!'고 쉭쉭 소리를 냈다.

그런데 피멘은 밤새 한숨도 못 자 피곤해 보이는 얼굴을 손바닥으로 문지르곤, 눈에 보이지 않는 턱수염을 매만지며 석유등 심지를 낮춘 후 조용히 양 손바닥을 두꺼운 책 위에 올려놓았다.

"신이 죄인인 내게 남긴 의무를 다했노라…."

그가 깊은 생각에 잠겨 말했다.

겁쟁이처럼 뛰는 마음으로 나는 내 차례를 기다렸다. 참사가 다가오고 있었다. 목발이 신의 형벌처럼 내 머리 위로 떠올랐다. 마음속으로 대사를 되뇌며 나는 목발에 대한 재앙을 어디에 끼워넣어서 말하는 게 좋을지 생각하려고 노력했다.

점점 '모든 게 같은 꿈이로구나!'를 말할 때가 임박해오고 있었다. 그리고 나는 이 대사를 말했다! 대사를 읊기 위해 나는 마치 내가 등 뒤에 낙하산을 메고 어두운 심연으로 발을 내딛는 것보다 더 큰 용기가 필요했다.

천상의 푸시킨의 대사 더미로 파고들며 나는 우리가 죽을 것이라는 생각이 들었다. 나의 자랑이자 리자 할머니의 기쁨인 내 목소리는 항상 명료하고 분명했지만, 지금 나는 염소 같은 테너 소리를 낼 뿐이었다.

피멘은 내게 몸을 틀어 상냥하게 물었다.

"눈을 떴는가, 형제여?"

나는 때가 되었다고 느꼈다. 지금이 아니면 절대로 말할 수 없을 것이다.

"나를 축복해주시오."

나는 잘 떼지지 않는 입으로 중얼거렸다.

"목발을 교무실에 두고 왔어…."

센카는 움찔하고 놀랐고, 그의 위엄 있는 얼굴에 경악이 비추었다. 그는 순간 멈추었다가 익숙하고 재빠르게 말했다.

"하느님 아버지 오늘도, 앞으로도, 영원히 그를 축복해주소서."

나는 숨을 들이켰다. 이젠 모든 게 다 괜찮다. 나는 부주의한 짐꾼처럼 내 짐을 센카의 어깨 위에 지워버렸다. 이제 센카가 그 상황에서 벗어나야 했다. 그는 결국 위대한 시인 푸시킨의 중요한 오브제인 목발에 대해 입을 다물 것이다!

"그대는 모든 것을 기록했고, 잠에 빠져들었다."

나는 한결 가벼운 마음으로 빠르게 말했다…. 한마디로 무대가 멀어져 갔다. 그러나 이상하게도 무대는 내가 대사를 하거나 독백을 할 때만 움직였고, 돌 위를 흐르는 개울처럼 소용돌이쳤다. 그러나 피멘이 독백을 할 때면 마치 개울에 방죽을 세워놓은 것 같았다. 개울은 더 깊어졌고, 물이 불어났으며 거대한 바위가 물살에 동요했다. 온전한 삶이 단어의 밑바닥에서 일어나고 있었다. 이뿐만 아니라 피멘에게도 무언가 벌어지고 있었다. 그는 점점 변하고 있었다. 그러니까 겸손함과 위엄 있는 느릿느릿함이 사라져버린 것이다. 그의 독백은 들쭉날쭉해졌고, 초조해졌다. 피멘은 어떨 땐 침묵하다가, 어떨 땐 다시 크고 도전적으로 말했다.

"강한 군주가 그렇게 말했고, 그의 입에서 부드럽게 이야기가 흘러나왔다. 그리고 그는 울었다. 우리는 눈물로 기도했다. 그의 고통스럽고 격렬한 마음에 사랑과 평화를 보내주소서. 그의 아들 페오도르는 어떻게 되었는가? 왕좌에서 그는 침묵자의 평화로운 존재를 비통해하는구나…."

아니다, 그리고리. 네가 실수했다. 피멘은 차르와 궁정 사회의 폭풍에 대해 이야기할 때면 전혀 겸허한 모습을 보이지 않았다.

그러니까 한마디로 정치에 대해 이야기할 때 말이다! 그의 눈빛은 이리저리 뛰어다녔고, 존재하지 않는 턱수염을 만지작거리고 긁적였으며, 초조하게 두 손을 비벼댔다. 한마디로 피멘은 전례 없이 흥분했다. 센카는 리허설 때 그런 모습을 보인 적이 한 번도 없었다. 지금 피멘은 초조한 발작 상태의 위기에 놓였다. 그는 내 대사 전 마지막 대사를 저주의 말처럼 쏟아냈다.

"끔찍하고, 이제껏 본 적 없는 슬픔에 대적하라! 우리는 신을 분노케 하였고, 죄악을 저질렀노라! 황제의 암살자에게 성직자라고 스스로 이름 붙였노라!"

나는 그런 사건 전개에 약간 당황했다. 그리고 겁에 질리다시피 하여 센카를 바라보며 조심스럽게 이어갔다.

"정직한 신부님이여, 오래 전부터 저는 디미트리 왕자의 죽음에 대해 묻고 싶었습니다. 사람들이 당시 신부님이 우글리치에 계셨다고 하더군요."

이 대사 이후에 벌어진 일을 나는 평생 동안 잊지 못할 것이다. 센카는 이 질문만을 기다렸다는 듯이 나를 앙상한 손가락으로 밀고는 한쪽으로 뛰어가 숨을 들이켜며 넌지시 말하기 시작했다.

"오, 기억합니다! 신께서 나에게 이 사악한 일을, 피비린내 나는 죄악을 보도록 하셨지요…."

그는 절름발이 주술사처럼 내 주위를, 그리고리 주위를 빙빙 돌면서 무시무시한 태엽을 감았다. 그의 목소리는 미친 듯한 증오심에서 날아올랐고, 꽥액 하는 소리를 냈으며, 두 눈은 피로 가득 찼다. 대사는 '여기, 여기 악마가 있다(함께 울부짖는다)!'였다. 피멘은 주먹으로 탁자를 내리쳤다.

이 이야기에서 이 늙은이는 미쳤고, 그의 오래된 기행의 기록이라는 사실이 분명해졌다. 누가 알겠는가! 그가 스스로 이 이야기를 꾸며냈을지도 모른다. 그는 숨을 헉헉대면서 눈을 이리저리 굴리다가 소리쳤다.

"그리고 기적이 일어났다. 갑자기 죽은 자의 심장이 뛰기 시작했다. '고백하시오!' 민중이 그에게 소리쳤다. 칼날 밑 공포 속에서 악마들은 자백했다. 그리고 보리스를 불렀다."

독백이 끝났다.

피멘은 의자 위로 쓰러져 두 손으로 머리를 감싸쥐었다. 그는 발작 이후 맥이 빠졌다…. 나는 진짜로 겁에 질려 있었다. 나는 센카가 미친 것 같다는 생각을 했다. 연극에 대한 걱정 때문에 미쳐버린 것이다. 그렇지만 극은 끝마쳐야만 했다. 나는 떨리는 테너 톤으로 물었다.

"디미트리 왕자가 몇 살 때 살해를 당했는가?"

피멘은 침묵했다. 나는 질문을 반복하고 싶었지만, 그가 고개를 들어 흐리멍텅한 주석 같은 눈동자로 나를 바라보았다. 그런 눈을 나는 이웃 여자가 간질발작을 일으킬 때 본 적이 있었다.

"일곱 살 정도일 겁니다."

센카가 웅얼거렸다.

"그가 지금 살아 있다면 말이죠(그때로부터 십 년이 흘렀으니까…. 아니지, 더 지났지. 십이 년이니까)."

커다란 솜 같은 침묵이 이어졌다. 그동안 피멘의 멍한 한쪽 눈이 이상한 생각으로 타올랐고, 옅은 미소가 얼굴 전체를 밝게 비추었다. 피멘은 청중 쪽으로 몸을 향했고, 한 명 한 명을 불타는 눈으로 훑어보다가 나를 향해 마치 내 굼뜬 머리에 단어 하나하나를 쑤셔넣는 것처럼 크지 않은 목소리로, 분명하게 말하기 시작했다.

"그는 너와 같은 나이였을 것이고, 통치했노라. 그러나 신은 다른 자를 심판했다…."

그리고 그리고리가 이해해야만 했던 모든 것을 이해했는지 확인해보는 눈초리로 내 얼굴을 바라보고는 입을 다물었다.

그런 다음에는 연극이 시작될 때처럼 침착하고 위풍당당하게 대사를 계속했다. 센카는 목발이 나오는 불운한 대사로 접근하고 있었지만 나는 침착했다. 이미 센카에게 위험한 상황이라는 신호를 주었기 때문에 그는 그 상황에서 벗어날 의무가 있었다.

그렇지만 나중에 밝혀진 것처럼 나는 역에 몰입하는 센카의 능력을 과소평가했다. 지금 그는 피멘 그 이상도, 이하도 아니어서 내 문제에 신경 쓸 여력이 전혀 없었다.

대단원이 가까워져 왔다.

"이제 나는 쉴 때가 된 것 같소."

피멘이 피곤한 듯 기침을 하며 대사를 이어갔다.

"그리고 등잔도 꺼야겠소…. 그러나 새벽 예배종이 울리는군…. 신이시여, 당신의 노예들을 축복해주소서! 목발을 이리 주게, 그리고리."

나는 굳어버렸고, 내 심장은 두 번째로 멈춰버렸다. 나는 툭 불거진 눈으로 센카를 바라보면서 그대로 멈춰 서 있었다.

"목발을 내놓게, 그리고리."

센카가 약간 뿌루퉁하게 다시 말했다.

그러자 나는 목발을 찾으러 가는 것 말곤 아무것도 할 수 있는 게 없었다. 나는 쥐죽은 듯한 관객들의 침묵 아래 무대를 오랫동안 어슬렁거렸다. 의자 밑을 바라보다가, 탁자 밑으로 두 번이나 들어갔다…. 마침내 나는 센카가 나를 도와주지 않을 것이라는 사실을 깨달았다. 왜냐하면 센카는 모자에 제대로 박힌 시침핀처럼 앉아 있었기 때문이다. 나는 탁자 밑에서 기어나와 수도복에 묻은 먼지를 털어내고 죄책감에 두 손을 비볐다.

"아, 피멘, 목발은 여기에 없소…."

내가 말을 쥐어짜냈다. 갑자기 관객석에서 늙은 목소리가 들려왔다.

"말도 안 돼! 대체 목발이 어디 갔단 말이야?"

관중들이 우왕좌왕하더니 귀를 쫑긋 세웠다.

"수도승들이 훔쳐간 것 같소…."

나는 미안해하는 목소리로 예상했다. 예상치 못한 관객들과의 대화가 나를 어느 정도 응원해줬다. 그러나 센카는 증오하는 눈초리로 나를 바라보았다.

"그렇다면 그냥 가겠소…."

그가 쉰 목소리로 위협하듯이 말을 흘렸다.

"가시오."

나는 기어 들어가는 목소리로 허락했다.

그러자 피멘은 다리를 절뚝거리며 막 뒤로 사라졌다. 나는 그리고리의 마무리 대사로 연극을 끝낼 만큼 용기는 충분했다. 하지만 풀이 죽은 나는 내 등 뒤에서 들리는 깨진 박수 갈채 속으로 멀어져 갔다.

박수 소리에 우리는 무대 인사를 두 번 했다. 센카와 나는 서로를 바라보지 않은 채 인사했다. 세 번째 열 왼쪽에 센카의 할아버지가 낙심한 모습으로 박수를 치고 계셨다. 그는 왜 손자가 헛간에서 목발을 가지고 나갔는지 절대로 이해하지 못했다. 그의 두툼한 넥타이는 회색 줄무늬였다….

우리가 청소실로 돌아갔을 때 피멘은 분개해서 폭발하는 리자 할머니에게는 눈길도 주지 않고(플룻킨! 네 망나니 같은 물건이 그저…), 먼지로 가득 찬 책을 들고 조용히 내 머리 위에 은둔하는 수도승의 모든 결기를 격렬히 내려놓았다. 나는 이를 막지 않았고, 센카는 보아 하니 공정하고 정확하게 나를 때리려고 한 모양이었다. 그 때문에 리자 할머니는 더욱 경악해 으르렁거리다가, 모든 것을 내려놓은 듯 입을 다물었다.

그런데 갑자기 누군가 뒤에서 큰 소리로 웃으며 우렁차게 말했다.

"저, 수도승 형제님! 온화함은 어디로 갔죠?"

청소실 문가에 키가 크지 않은 고수머리인 젊은 남자가 서 있었다.

"더군다나 여성을 때리는 것은 보기에 좋지 않아요. 아무리 당신의 데뷔를 망쳤다고 해도 말이에요. 적어도 여성분은 대사를 또박또박 읽기는 했잖아요…."

고수머리 남자가 센카에게 작지만 단단한 손을 내밀며 말했다.

"알렉산드르 세르게예비치입니다."

센카는 어안이 벙벙해서 물었다.

"무슨 뜻이죠?"

"이게 제 이름과 부칭이라는 뜻이죠. 안타깝게도 말이에요. 저는 대학 산하 청년극장 연출입니다. 오늘 우연히도 여러분의 공연에 오게 되었고, 정말 그러길 잘했다는 생각이 드는군요. 몇 살인가요? 열여섯인가요?"

"열다섯 살이에요."

센카가 갈색빛이 되며 외쳤다.

"이쪽으로 한번 들리세요. 제대로 배울 필요가 있을 것 같아요. 꼭 오세요. 매주 수요일과 토요일 오후 다섯 시예요. 39호 강의실입니다. 경비실에 제가 초대했다고 말하면 들여보내줄 거예요. 알겠죠?"

"감사합니다."

센카는 완전히 들뜬 모습으로 웅얼거렸다.

고수머리 알렉산드르 세르게예비치는 나가다 다시 돌아왔다.

"그런데 말이에요."

그가 명랑하게 말했다.

"피멘 역, 본인의 생각인가요? 정말로 피멘이 처음부터 끝까지 핵심 인물이라고 생각하세요? 미친 선동자라고?"

센카는 완전히 용기를 잃었는데, 왜냐하면 아무것도 이해하지 못했기 때문이었다. 센카는 그저 어깨를 으쓱할 뿐이었다.

"재미있는 해석이었어요."

고수머리가 말했다.

"용감했어요. 제 생각에는 실수인 것 같지만요…. 꼭 들러주세요. 한번 보죠."

센카와 나는 십 학년을 마칠 때까지 한마디도 하지 않았다. 졸업 파티에서 그는 춤을 함께 추자는 바보 같은 말로 우리 사이의 얼음을 녹이려 했다. 그는 삐뚜름히 웃으며 다가와서 내게 물었다.

"춤 출래, 그리고리?"

나는 정말 멋진 흰 벨라인 드레스를 입고 있었고, 약간 자라난 머리칼로 머리를 꾸몄으며, 엄마의 립스틱으로 입술을 매만지기까지 했다. '춤 출래, 그리고리?'라는 센카의 말에 나는 이렇게 답했다.

"절뚝거리며 저리 가버려, 목발!"

바로 이렇게….

무섭도록 바스락거리는 플라타너스 아래에서의 어느 축축한 밤 이후로 우리 운명은 각자의 방향으로 흩어져버렸다. 센카는 연극대학교를 졸업했는데, 연기학부가 아닌 연출학부를 마쳤다는 소문의 파편이 나에게 도달했다. 이후 어느 날 센카가 연출한 어떤 역사 연극을 근거가 전혀 없는 새로운 해석이라고 비판한 기사가 내 눈에 띄었다. 물론 기사도 충분히 근거가 없었다.

십오 년쯤 흘러 나는 고향에 왔다. 동급생들과 통화해 누가 어떤 직업을 가지게 되었는지, 누가 누구와 이혼했는지, 누구에게 아이가 몇 명 있는지 등의 소식을 듣게 되었다.

"플롯킨에 대해서 모스크바에서 소식 못 들었니?"

같은 반이었던 여자 친구가 물었다.

"걘 유명한 연출가잖아. 천부적인 재능을 가졌다고들 하더라. 모스크바에서 그를 여러 번 초대해 큰 극장에서 연극을 올릴 수 있도록 약속까지 했다고 하던데…. 한번 만나 봐. 전혀 건방지지 않아. 번호 알려줄까?"

나는 센카에게 전화하지 않았다. 그저 세묜 플롯킨이 차기 연출가가 된, 우리가 오래 전에 함께했던 극장으로 리허설을 하러 왔을 뿐이었다. 나는 텅 빈 로비에서 센카와 부딪혔다. 그는 말문이 막히도록 놀랐고, 기뻐하며 나를 안아주었다.

"어떤 운명에 이끌려 여기까지 왔어, 그리고리?"

"좀 더 극적인 말을 할 수도 있었을 텐데."

나는 말했다.

"넌 젊고 재능 있는 연출가라고 하던데."

"난 늙다리야."

센카가 반박했다.

"이거 봐, 이가 반이나 빠졌어. 곧 리자 할머니처럼 꾸르륵 소리를 낼 거야…. 있지, 난 절대로 그녀를 연극에 초대하지 않아. 안타깝지, 늙디늙은 리자 할머니가 꾸르륵 거리는 게…."

우리는 카페에 들어가 커피를 시켰다.

"넌 어떻게 지내니, 그리고리?"

그가 물었다.

"글을 쓴다던데…? 읽어보진 못했어. 미안, 시간이 없거든."

"괜찮아."

나는 용서했다.

"중요한 건 푸시킨의 시를 읽을 시간만 충분하면 돼. 연극 '수도실에서' 기억하니? '마지막 하나 남은 전설….' 기억나?"

"물론이지! 그때의 난 정말 뛰어나서 연극계를 뒤엎을 수도 있었어. 난 틀림없이 햄릿 역할도 할 수 있었을 텐데."

"그때 넌 햄릿에 대해선 아무것도 알지 못했잖아."

내가 반박했다.

"넌 불량학생인 데다 무성의했어…. 넌 항상 이륙 중(쫓겨나기 일보 직전인 상태)이었잖아."

"난 지금도 그래."

그가 활짝 웃었다.

"상사랑 관계가 그다지 좋지 않거든."

우리는 이런저런 이야기를 좀 더 하다가 극장 카페에서 파는 고무 같은 빵과 함께 커피를 다 마셨고, 센카는 트롤리 버스 정류장까지 나를 데려다주기 위해 나왔다. 그는 오버코트 깃을 세운 채 열정적인 제스처를 취하며 걸어갔고, 셰익스피어에 대한 모든 전통적인 관점에서 벗어나 연극 〈맥베스〉를 어떻게 완전히 새롭게 연출할 것인지 말했다.

"어디에서 연극을 올릴 건데?"

"아직 몰라…."

그는 쌀쌀한 바람에 몸을 떨며 말했다.

"아직은 머릿속에만 있어…."

"넌 우리가 비에 벌벌 떨면서 삶과 연극에 대해 밤새 토론했던 걸 기억하니?"

"바보들이었지."

센카가 크게 웃었다.

"키스나 할 걸 그랬나 봐."

"키스하기엔 이른 감이 없잖아 있었지."

내가 반박했다.

"열다섯 살인데? 말도 안 돼. 딱 적당한 나이인걸."

그는 얼마 동안 입을 다물다가 갑자기 말했다.

"넌 아무것도 후회하지 않니? 선택에 대해서 말이야…. 너도 그렇지만 나도 키메라나 상상 같은 것에 사로잡혀 있잖아. 종종 밤마다 나는 건강한 남성으로서 어떻게 삶을 꾸려갈지 생각하곤 해. 이런 게 우리에게만 필요한 걸까, 아니면 누구나에게 다 필요한 것일까? 어때, 그리고리?"

그는 나를 바라보았다. 그의 얼굴에는 해결되지 못한 문제로 고통받으며 한밤중에 나무 밑을 배회하던 그때 그 센카의 무언가가 남아 있었다.

열여섯 살 시절이 고개를 들었다.

내가 트롤리 버스에 오르기 전에 센카가 갑자기 작별의 의미로 내 손등에 키스했다.

"신사가 다 되었네."

나는 씁쓸하게 웃었다.

"그래도 네가 혁명 전 책으로 내 머리를 때리는 게 아직도 눈에 선해."

"난 널 좋아했었어."

그가 말했다.

"너 때문에 피멘 역을 맡는 데 동의한 거야."

문이 닫혔고, 트롤리 버스가 덜컹거렸다.

"왜 아무 말도 안 했던 거야, 불쌍한 목발아!"

나는 울부짖었지만 센카에게는 내 말이 들리지 않았다. 그는 트롤리 버스 옆에서 미소짓고 서 있었다. 주머니에 손을 넣은 투박한 말썽쟁이가….

물리 수업시간의 심령비행

구 학년 어느 날 물리 수업시간에 갑자기 날아오른 나는 창밖으로 날아가 운동장 위를 두 바퀴나 날았다.

이 사건에 대해 이야기하기 전에 먼저 말해둘 것이 있다….

사 학년 어느 수업시간, 선생님의 말씀에 도무지 집중할 수 없었던 나는 집에서 가져온 코난 도일의 추리소설을 몰래 펼쳐 읽었다. 무릎 위에 책을 올려놓고 책상 밑으로 책장을 조심스럽게 넘기며 이 교시 만에 다 읽어버렸다.

그날 나에게는 많은 독서시간이 주어졌고, 모든 것을 이해하기 시작했다. 가끔 사람들은 글씨로 빼곡한 종이에서 고개를 들어 수채화 같은 하늘과 떨고 있는 부드러운 나뭇가지가 보이는 창가로 시선을 돌려야 한다. 가만히 있다가는 피곤한 시선을 봄의 그림으로 돌릴 힘조차 없어진다.

그날 이후 나는 수업에 집중하지 못했고, 평화롭게 헤어졌다.

교과 과정은 교과 과정대로 존재했고, 나는 다른 공간으로 이동해 감시자의 시선에 상관없이 이리저리 흘러다녔다.

학급 전체가 교정 내 아스팔트 도로를 따라 행진하는 혹사를 당할 때도 나는 클로버가 하얗게 변하고, 민들레가 노란 꽃을 피우면 길가 경사면으로 도망가 그곳에 영원히 남겨지기를 바랐다.

내 성적은 급격히 떨어졌고, 나의 지적 능력의 기반도 흔들리기 시작했다. 나는 수업시간에 책을 탐독했다. 매일 여덟 시 반부터 두 시까지 나는 여행을 하고, 추적에서 살아남으며, 치정에 전율하고, 가슴에 입은 자상으로 죽음을 맞이하는 등 피로 얼룩진 삶을 살았다.

점점 수업에 집중하지 못했고, 성적을 올리기 위해 어떠한 노력도 하지 않았다. 그저 물속에서 허우적대듯이 반쯤 잠긴 통나무를 타고 한손으로는 힘껏 젓고, 다른 한손으로는 급우들의 우호적인 도움(힌트와 커닝)을 받아 그렇게 십 학년이 되었다. 그들은 내 귀밑으로 총알처럼 시험 문제를 읊어주었다.

어디선가 중간고사와 학년말 시험의 포격이 울려 퍼졌다….
나는 146페이지까지 읽다 멈춘 책을 책상 밑에서 다시 펼치기 위해 더 빨리 베껴 쓰려고 노력했다. 멍청이의 용맹함이었다….
학생들의 교과 과정 인식에 대한 논문을 쓰는 수많은 박사 중 한 명이 당시의 내게 관심을 가졌더라면, 의심의 여지 없이 그에게 나는 학문적 관심의 대상이 되었을 것이다. 내가 앓고 있던 물리와 수학적 백치병을 연구함으로써 이 젊은 학자는 엄청난 영광을 안게 되었을지도 모른다.

구 학년 물리시간에 나는 한 독일인 교수의 책을 읽고 있었다. 나의 순수하고 빛나던 포부에 그늘을 드리우지 않기 위해 책의 제목을 밝히지 않겠다. 하지만 수업시간에 일어났던 그 이상한 일을 멋지고 고상한 것과 연결시키고 싶었다. 예를 들면 내 가방에 들어 있는 시집의 작가 바라틴스(바라틴스크 예브게니 아브라모비치, 러시아 시인, 1800~1844)의 시와 말이다…. 그러나 슬프도다…. 어쨌거나 책 제목이 『가정 내 성생활에 대해서』라는 사실은 말해야만 하겠다. 이틀 전 알고 지내던 십 학년 언니가 이 책을 내게 빌려주었고, 그녀는 이 책을 알고 지내던 대학생 오빠에게 일주일 동안 빌린 것이었다.

책이 내 마음에 들지 않았다는 사실을 말할 필요가 있다. 심지어 제목도 뭔가 위선적이었다. 늙은 독일인 교수는 마치 독자에게 윙크를 보내며, 히죽히죽 웃으면서 은밀히 말하는 것 같았다. '이보게, 이건 가정 내라네! 가정 밖에서 일어나는 일에 대해서는 이곳에 호기심 많은 구 학년 학생들이 없을 때 언젠가 이야기

해주겠네….'

사실 가정 내 삶이라는 것은 매우 멋지고 괜찮아 보였다. 그러나 이 책을 내가 밀어낸 이유는 바로 사랑에 대한 이야기가 거의 없었기 때문이다. 책에는 위생과 양육에 관한 내용만 있었다…. 나는 물론 이 책의 내용을 말해주지 않을 것이다. 왜냐하면 진짜 너무 재미없는 책이었기 때문에….

나는 약간의 호기심으로 한 장 한 장 책장을 넘겼다. 중간중간 삽화도 들어가 있었는데, 삽화마저도 재미없고 의학적이었다. 그러다 한 글귀를 보고 멈췄다. 그가 표현한 문장에 큰 모순이 숨겨져 있었기 때문이다. '마른 아가씨는 자신의 가슴에 만족한다.'

절대 그렇지 않다. 나는 이 문제에 큰 관심을 가지고 있었기 때문에 한번 살펴보기로 했다. 나는 스스로 진심 마른 아가씨라고 생각했다. 다시 말하면 나는 마르고 어깨가 굽은 청소년이었다. 안경을 쓴 홀쭉이….

무엇보다도 먼저 마른 아가씨의 가슴에 의혹이 생긴다. 다시 말해 가슴의 존재 자체에 의혹이 생긴다. 그 문장에는 다음과 같은 사실이 함축되어 있다고 생각됐다. '만약 불쌍한 네가 그렇게 마르게 태어나서 가슴에 문제가 있다고 생각해도 조용히 해라. 더 나쁜 경우도 있다. 곱추나 절름발이로 태어나는 사람들도 있으니까. 자신이 가지고 있는 것에 만족하라.'

다른 모든 것을 제외하고 이 문구에서 마치 ‘모든 독일인은 반드시 자신의 점심식사에 만족해야 한다’와 같이 퓌러(아돌프 히틀러가 독일 제3제국(1933~1945)의 절대적 권력자로서 자신의 역할을 정의하기 위해 사용했던 칭호) 같은 느낌이 들었다. 나는 ‘나는 나의 가슴에 만족한다’라고 외치며 행진하는 마른 아가씨들로 이루어진 시위대를 상상했다. 혹은 그들이 본질적으로 만족한다는 가슴 위에 ‘나는 내 가슴에 만족한다’라는 표어를 붙이고 걸어가고 있는 모습을 상상했다. 아니면 독일 하원 건물 옆에서 마른 아가씨들의 평화 시위가 벌어지고, 그들은 우호적으로 주위를 살피며 ‘우리는! 만! 족! 한! 다!’라고 말한다든지….

이 모든 것이 우스꽝스런 상상이 되어버렸다. 혼자만의 상상 속에 몰두한 나는 손바닥으로 볼을 받치곤 멍하니 미소지으며 앉아 있다가 물리 선생님을 바라보았다.

실제적으로 나는 그를 바라본 것이 아니라, 그곳 어딘가 빈 공간을 바라보고 있었다. 내 시선은 상상 속을 계속해서 걸어나가는, 하나같이 자신의 가슴에 만족하는 마른 아가씨들의 행진을 좇고 있었다. 그들은 군인들처럼 행진했고, 그들이 일정한 보폭으로 걷는 모습은 사람을 홀리는 듯했다. 그들이 발밑의 자갈을 밟을 때마다 철커덩 하는 소리가 났다. 어디선가 나는 그런 자갈길과 흐릿한 유리창이 있는 첨탑을 본 적이 있다…. 연기를 뚫고 나온 첨탑은 선명하게 보였고, 나는 이 첨탑을 가까이에서 보고 싶었다. 아니, 첨탑을 위에서 내려다보는 것처럼, 전체 그림을 보고 싶어졌다. 바로 그 현장으로 가서 보고 싶어졌다.

바로 그때 나의 여행이 시작되었다.

덧없는 삶의 의미에서 떨어져나와 상상 속의 궤적을 따르고 있는 나의 시선이 멈춘 곳에서 물리 선생님을 향한 부자연스러운 미소는 눈에 띌 수밖에 없었다. 내 영혼은 이륙 준비를 마치고 있었지만, 성난 고함에 육체에서 지체되고 있었다.

'응? 내가 묻잖아. 대체 뭐가 그렇게 만족스러운 거야?'

이후 아이들이 내게 말해주기를, 거의 이륙한 내 영혼이 책상에서 무감각한 내 몸을 약간 들어 올리기 전, 내가 무엇을 그렇게 만족스러워하는지 물리 선생님이 적어도 세 번이나 물어보았다고 한다. 나는 나무토막처럼 경직된 무릎 위에 펼쳐진 책을 책상 속으로 약간 밀어넣고 일어섰다. 하지만 슬금슬금 다시 책이 기어 나오는 통에 어쩔 수 없이 오른쪽 다리에 힘을 주고 서서, 왼쪽 다리는 굽혀 무릎으로 망할 책이 기어 나오지 못하도록 지탱해야 했다.

"응?"

선생님이 악의에 차서 다시 물었다.

"대체 뭐가? 무엇이 그렇게 만족스러운 건데?"

물리 선생님의 이름은 아르카디 투르순바예비치였는데, 우리는 투르순바이치 선생님이라고 불렀다. 까무잡잡한 피부에 젊었고, 어깨는 넓었는데 이것만으로 그의 장점이 다 고갈된 것 같았다. 청년 시절 투르순바이치 선생님은 각종 대회에 출전한 카누 선수였지만, 물리학자 상을 수상했다. 그리고 어떤 눈먼 바람이 선생님을 교직으로 인도했는지는 알려지지 않았다. 아마 그 스스로도 몰랐을 것이다.

그는 마치 카누를 젓는 것처럼 물리를 가르쳤다. 매일 반복되는 수업과 어린 제자들의 짓궂은 얼굴을 바라보는 역겨움을 극복하기 위해 물살을 거스르며 카누를 저어갔다.

투르순바이치 선생님은 새로운 내용을 설명하다가 지시봉을 휘두르며 내 책상 근처로 다가왔다. 이때 내 영혼은 비행을 시작했다가 그대로 얼어버렸고, 굉음을 내며 아래로 추락할 것만 같았다. 또한 책상 밑에서 부적절한 책을 받치고 있는 내 무릎은 이제 나무토막이 아니라 무거운 납으로 느껴졌다.

이제 무서운 추문이 퍼질 것이고, 수치스러움이 교무실과 콤소몰스크 회의, 부모님한테까지 도달할 것이다. 엄마에게는 어떻게든 설명할 수 있을지도 모른다. 그러나 불쌍한 우리 아빠…. 그는 항상 자신의 딸을 지나치게 높이 평가했다.

가장 끔찍한 것은 겁에 질려 하얗게 된 내 입술에 여전히 멍청한 미소가 들러붙어 있다는 것과 눈앞에서는 외설스러운 포스터 위 마른 여자들의 환영이 계속해서 행진하고 있었다는 점이었다. 이것은 다음 일 분간 나에게 닥칠 사건의 원인이 되었다.

투르순바이치 선생님은 내 책상에서 세 걸음 떨어진 곳에 멈춰 마치 진행자가 스태프를 조종하듯 지시봉으로 아이처럼 몇 가지 동작을 그리더니 소리쳤다.

"안 들리는구나, 응? 내 말이 안 들리는구나. 그 미소는 뭐니? 뭐가 그렇게 만족스러운 거야?"

그때 그의 손에서 날아다니는 지시봉을 황홀하게 바라보면서 명료하게, 심지어 필하모닉에서 활동하는 낭송가처럼 또박또박 말했다.

"저는 제 가슴에 만족해요…."

그러자 이후에, 벌어졌고, 발생했다! 내 말에 경악한 불쌍한 영혼이 마침내 몸에서 떨어져나와 종소리와 함께 이걸 뭐라고 부르더라? 그래, 심령비행을 시작한 것이다. 정말이다. 농담도, 지어낸 것도 아니다. 나는 실신한 것도 아니었다. 왜냐하면 나는 여전히 서 있었고, 말문이 막힌 투르순바이치 선생님을 매우 다정하게 바라보고 있었기 때문이었다.

그런데 내 영혼은 축축한 봄의 대기로 날아가 광택제가 발린, 납작 엎드린 웅덩이가 있는 학교 운동장 위를 두 바퀴 돌고, 더 높이 올라가 웃기 시작했다. 학년주임을 닮은 통통한 비둘기가 교무실 창문 아래 난간에서 산책하고 있었고, 회색빛 봄하늘에는 솜털 같은 긴 구름이 누워 있었다….

이게 전부였다.

바닥으로 기어 나오려고 하는 책을 왼쪽 무릎으로 받친 채 계속 서 있었다는 사실을 깨닫는 순간, 나는 깨어났다.

교실 안에는 고인 공기처럼 실신한 정적이 무겁게 내려 앉았다. 물리 선생님은 넋이 나간 채로 나를 바라보며 여전히 세 걸음 떨어진 곳에 계셨다. 어쩌면 내가 창밖으로 날아올라 학교 운동장 위를 두 바퀴 날았다는 것을 모두가 보았을지도 모른다고 생각했다.

중요한 건 기묘한 피곤함에 식은땀을 흘리고 있던 내가 입을 다문 채 가방을 싸서 교실 밖으로 나왔다는 사실이었다. 누구도 나를 막지 못했다. 나는 아무래도 좋았다….

덜덜 떨리는 다리가 더 이상 나를 지탱해주지 못할 것 같아 운동장 벤치에 앉았다. 고개를 들어 바라보니 삼 층 교무실 창문 아래 난간에는 비둘기가 여전히 산책을 하고 있었다. 물리교실 창문에는 비둘기가 보이지 않았다. 비둘기는 정말로 우리 학년

주임 선생님을 닮았다.

'그러니까, 정말로 그랬던 거군.'

나는 얼이 빠져 있었다. 하지만 무섭지 않았다. 촉촉한 봄의 대기가 젖은 이마를 시원하게 닦아주었지만, 나는 내 이마가 우주의 깊은 암흑의 공간에 닿는 것처럼 불쾌했다.

물론 나는 시원하고 멋진 비행에 대해서는 아무에게도 이야기하지 않았다. 친구들은 아직도 내가 '투르순바이치 선생님을 멋지게 무시했다'는 것에 대해 오랫동안 감탄하고 있었다.

약 이 주 후 선생님은 수업이 끝난 후 학교 근처에서 나를 불러 세웠다. 그의 어깨에는 어깨끈이 긴 운동 가방이 걸려 있었다. 그는 기계적으로 가방을 빙빙 돌렸는데, 지시봉을 빙빙 돌릴 때처럼 잘되진 않았다.

"내 말을 좀 들어보렴…."

선생님이 머뭇거리며 말했다.

"너와 잠깐 이야기를 나누고 싶었단다…. 그날, 수업시간에 있었던 일에 대해서 말이야."

"아르카디 투르순바예비치 선생님, 죄송합니다!"

내가 웅얼거렸다.

"우연히 생긴 일이었어요…."

그는 나를 바라보지 않았지만, 넌더리 나고 상처받은 표정을 짓고 있었다. 나는 그 표정을 길거리에서 주정뱅이한테 붙잡힌 멋쟁이의 얼굴에서 본 적이 있었다.

"내가 이 일이 퍼지지 않도록 했다는 사실, 알고 있지?"

"감사합니다, 선생님."

"왜냐하면 이건 교육적이지 못하기 때문이야…."

'교육적이지 못한'이라는 단어에서 선생님의 목소리가 단단해졌다.

"그렇지만 나는 개인적으로 너와 이야기를 하고 싶었단다. 나를 위해 알고 싶었어. 네가 어떤 사람인지…. 왜 네가…. 무엇을 위해 이… 이런 항의를 했는지!"

'항의'라는 단어에서 단단해진 선생님의 목소리가 크게 울리기 시작했다. 그는 어깨끈으로 가방을 빙빙 돌렸는데, 가방은 빠르게 돌기 시작했고, 어깨끈은 꼬이기 시작해 어떤 한계점까지 도달했다가 천천히 풀렸다…. 우리 둘 다 이 광경을 바라보고 있었고, 나는 이것이 내가 모르는 물리학의 법칙에 의해 벌어지는 일일지도 모른다고 생각했다….

"죄송합니다, 선생님."

나는 최대한 빨리 투르순바이치 선생님에게서 벗어나기 위해 이 말만 반복했다.

"우연히 생긴 일이었어요…."

"대체 어떤 '우연'이 있는 거지?"

그가 소리쳤다.

"넌 의도적으로 수업 내내 천박한 미소를 띠면서 내가 눈치챌 때까지 기다렸지. 그래, 너희 모두! 학급 전체가! 너희들은 나를 조롱하잖아! 내가 모를 것 같았니? 너도 그렇고, 스트레호프도, 코르부티나도, 그리고… 고르슈케비치도…. 너흰 서로 짜기라도 한 듯이 그랬어!"

"무슨 말씀이세요, 아르카디 투르순바예비치 선생님!"

"날 바보로 만들기 위해 그랬지!"

혼란에 빠진 선생님은 밝은 눈동자가 촉촉해지고, 광대뼈가 더 툭 불거져 나왔다.

"난 너희들이 날 선생님으로 여기지 않는다는 사실을 알고 있어. 자료 설명도, 수업도 잘 못 하지…. 그런데 너희는? 너흰 대체 뭐니? 너희 안에 있는 뻔뻔한 잔인함은 어디서 온 거지? 너희가 무언가 이룰 수 있을 거라고 생각하니? 어떻게 너희들이 미래에 무언가 달성할 거라 확신하지? 그저 남들을 부러워나 하겠지. 어쨌거나 나도 너희와 같은 시절에는 즐겁게 인생을 저어갔단다."

그는 소리 없이 슬프게 웃었고, 나는 투르순바이치 선생님이 수업시간에 보여주는 모습만큼 바보 같지는 않다고 처음으로 생각했다.

"넌 또 그 미소를 짓고 있구나…. 쌍둥이가 뭔지 아니?"

그가 갑자기 물었다.

"응? 쌍둥이란 하루에 사십 개의 기저귀를 빨아서 다리고, 이유식 식당으로 달려가고, 밤에는 재우기 위해 오뚜기처럼 행동하는 거야!"

그는 뒤돌아서 또다시 가방을 빙빙 돌렸지만, 가방이 다시 풀리기 전에 어깨에 맸다.

"아내가 유방암에 걸렸어."

그가 우울하게 덧붙였다.

"열이 사십 도까지 올랐어…. 그런데 나는 수업시간에 너희들의 경멸하는 미소를 보고, 버르장머리 없는 소리를 들어야만 해…."

"어떻게… 치료하세요?"

내가 조심스럽게 물었다.

"어떤 방법으로도 치료할 수 없어!"

그가 손을 저으며 말했다.

"밀가루를 넣은 꿀은 발라보셨나요?"

"뭐라고? 밀가루를 넣은 꿀?"

그가 믿을 수 없다는 눈초리로 나를 바라보았다.

"네, 민간요법이에요…."

나는 서두르기 시작했다.

"엄청 도움이 된대요. 꿀 한 숟가락이랑 밀가루 한 숟가락을 섞어서…."

"기다려봐!"

선생님이 엄격하게 말했다.

"메모할게."

그리곤 수첩을 꺼냈다.

"그러니까 꿀 한 숟가락이랑…."

투르순바이치 선생님은 내게 되물어가며 자세하게 처방전을 기록했다. 맹세코 선생님은 괜찮은 남편임이 틀림없었다.

"오늘 당장 해봐야겠어. 도움이 된다고 했지?"

"정말로요!"

나는 굳건히 약속했다.

"아르카디 투르순바예비치 선생님, 제가 가서 도와드릴까요? 전 아이들을 잘 돌보거든요. 그리고 빨래도 할 줄 알아요."

"얘야…."

선생님이 당황했다.

"아뇨, 진심이에요!"

"정말 고맙구나."

이렇게 말한 후 갑자기 그는 친근하게 내 어깨를 잡아당겼다.

"내일 로스토프에서 할머니가 오시고, 이웃 여자도 도와주고 있단다…. 그래, 좋아!"

그는 깊이 생각하곤 시계를 보았다.

"이만 갈게. 이유식 식당에 가야 하거든."

선생님은 몇 걸음 걸어가다가 뒤돌아서 소리쳤다.

"96장을 복습해오거라! 내일 널 시킬 테니까!"

"감사합니다."

나는 그의 뒷모습을 바라보며 말했다.

나는 바로 96장을 복습했다. 하지만 단 한 단어도 이해할 수 없었기 때문에 소리 내어 읽으며, 마치 외국어로 된 글들을 억지로 암기하는 것처럼 내 머릿속에 쑤셔넣었다. 다행히 나는 기억력은 좋았다. 96장의 제목은 '자기유도 벡터 모듈'이었다. 나는 이 제목을 아직까지도 기억한다. 불운한 벡터 모듈이 나의 집요한 기억력에서 외로이 툭 튀어나왔다. 벡터 모듈은 그곳, 내 기억 속에서… 타인의 집에서 길 잃은 고아처럼 불편하고, 즐겁지 않았다….

"감사합니다."

나는 물리 선생님의 뒤를 보며 웅얼거렸다.

당시 나는 물리 선생님과 내가 비슷한 사람이라고 생각했을지도 모른다. 길 잃은 영혼을 가진 사람에게서 어떤 공통점을 느꼈을 것이다. 물론 당시에는 나는 인생의 쓴맛을, 이 끈적끈적함을 완전히 느낄 수는 없었다. 한참 후에 투르순바이치 선생님을 떠올리며 온 마음을 다해 그를 가여워했다. 그 순간 나는 그가 겪은 삶의 어려움을 측은히 여겼다.

그런데 선생님은? 선생님은 나를 응원하고 싶어 했고, 용서와 합의의 표식을 주고 싶어 했다. 그리고 그는 그 표식을 주었다, 할 수 있는 만큼….

그 이후 나는 더 이상 날지 않았다.

비행을 하려는 이유는 있었다. 하지만 불운한 물리 수업에서와 같이 바보 같은 이유는 아니었다. 나는 더 이상 날지 않았다. 아마도 해가 지날수록 더 현명해지고, 더 우울해졌기 때문일 것이다. 물론 현명함과 우울함이 인생을 우뚝 설 수 있게 만드는 받침대라고는 말하고 싶지 않다.

따뜻한 상상의 물줄기로 가득 찬 그 공허함이 나를 열기구처럼 신선한 봄바람의 공간으로 데려가줄 수 있기를 바란다.

청소하는 날

뉴라는 싼 값에 일했다. 하루 일당이 고작 오 루블이었다. 물론 그녀에게 식사를 제공하는 것도 포함되어 있었는데, 반드시 점심시간 내에 주는 것이 원칙이었다. 뉴라는 이 원칙에 대해서는 그다지 불만이 없었다. 아무것이나 괜찮았다. 화이트 와인이 집에 없을 때에는 드라이 와인도 괜찮았고, 포트와인이나 집에서 담근 과실주도 괜찮았다.

집에서 담근 과실주에 대해 말하자면, 올바른 레시피에 따라 만든 과실주는 그 어떤 시판용보다도 나았다. 예를 들면 돌아가신 블라디미르 표도로비치가 담근 모든 술은, 그러니까 까치밥나무 열매로 직접 담근 와인이나 산딸기 보드카, 매실주 모두 직접 다차에서 재배한 과일로 빚은 술이었다. 어느 날엔 젊은 친구가 남쪽에서 보내온 포도로 술을 빚기도 했다. 돌아가신 블라디미로 표도로비치는 유쾌한 사람이었고, 그다지 많지 않은 나이에 세상을 떠났다. 예순여덟 살이 채 되지 않은, 앞날이 창창했는데 말이다….

그가 죽은 후 아내 갈리나 니콜라예브나는 다차도, 자동차도 팔아버렸다. 자동차가 그녀에게 무슨 소용이 있었겠는가? 그녀는 일가 친척도 없이 홀로 남겨졌다. 그녀와 블라디미르 표도로비치 사이에는 아이가 없었는데, 유일한 자식이었던 딸은 어렸을 때 죽었다.

단 한 가지 유일한 낙은 남쪽에 사는 젊은 친구가 모스크바를 종종 방문하는 것이었다. 뉴라는 그녀를 직접 본 적도 없었고, 볼 이유도 없었다. 하지만 블라디미르 표도로비치의 서재에 걸려 있는 그녀의 작은 초상화는 자주 보았다. 창문을 닦거나 바닥을 닦을 때 간간이 초상화로 눈길을 돌려 가까이 다가가서 보고, 또 보았다. 왠인지 초상화 속 그녀의 얼굴은 눈길을 끌었다. 얼굴은 매우 순수했고, 입술은 미소를 띠고 있었다. 입술은 거짓말을 하지만 눈은 속일 수 없다. 초상화에 그려진 미소를 띤 입술과 구슬픈 눈의 부조화는 손바닥을 내려다보듯 훤히 보였다.

뉴라는 초상화를 보고, 또 보다가 유리창에 붙은 먼지를 털어내며 가엾다는 생각으로 초상화에게 묻곤 했다.

"왜 연기하는 거니?"

어느 날, 청소를 마치고 뒤돌아서자 서재 입구에 블라디미르 표도로비치가 서 있었다. 그는 팔꿈치를 문기둥에 기대어 한 손으로 희끗희끗한 머리를 뒤로 넘겼다.

"뉴라."

그는 초상화를 향해 고개를 끄덕이더니 이렇게 물었다.

"초상화가 마음에 드나요?"

"네."

그녀는 한 발짝 물러나 머리를 숙여 다시 한번 초상화에 시선을 던졌다.

"약간 지루해 보이는 것만 빼면요…."

"그렇지 않아요."

그가 반박했다.

"그녀는 유쾌해요…. 원래 그런 사람이에요."

이 말을 끝으로 그는 더 이상 말을 잇지 못했고, 손가락으로 딱딱 소리를 낼 뿐이었다.

"이 사람은 말이에요, 뉴라. 그 앞에선 오버코트가 더러워지는 그런 사람이에요!"

그는 그저 평범한 작가가 아니었다. 오버코트라는 걸 생각해 내곤, 갑자기 더러워진다는 것도 생각해냈다. 어디서 나온 생각일까…? 뉴라는 모든 종류의 아름다움을 존중했다. 그 이유는 아마도 그녀가 속눈썹이 없고, 세제를 다루는 일 때문에 항상 활활 타오르는 눈꺼풀을 가졌으며, 우스꽝스런 얇은 목소리로 속사포 처럼 말을 쏟아내는 작고 땅딸막한 여성이었기 때문일 것이다.

뉴라에게는 더 중요한 고객들도 있었다. 그녀의 수첩에는 (일을 하는 모든 사람처럼 뉴라에게도 수첩이 있었다) '어머!' 소리가 나오게 하는 그런 사람들도 있었다. 그녀에게는 여러 해 동안 일을 해준 고객들이 있었다. 뉴라는 주로 볼쇼이 극장의 작가 몇 명, 작곡가 두 명의 집을 청소했다. 그들 모두가 그녀를 원했고, 그녀를 좋아했다. 왜냐하면 뉴라는 싼 값을 받으면서 창문도 닦고, 바닥도 훔쳐내고, 세탁까지 하는 등 하루 종일 일했기 때문이었다. 그리고 모든 일을 양심에 따라 했는데, 요즘에는 정말 찾아보기 드문 장점이었다.

뉴라가 오늘 블라디미르 표도로비치를 떠올린 건 그들의 집을 청소하러 왔기 때문이었다. 엄밀하게 말하면 그들의 집이 아니라, 갈리나 니콜라예브나의 집이었다. 갈리나 니콜라예브나는 오래 전에 10월 17일에 일해줄 것을 예약했고, 오늘이 바로 그날이었다.

뉴라는 미티시 시(모스크바 주에 있는 근교 도시)에 살고 있었기 때문에 오는 길이 멀었다. 전차를 타고 지하철로 갈아타 한 번 더 환승한 다음, 다시 버스를 타야 했다.

시간은 꾸준히 늘어져 가을에서 겨울이 되었고, 이른 아침부터 흐렸던 그날은 겨울로 다가가기 위한 자연의 저울의 마지막 무게였던 것 같았다. 쏟아지는 따가운 빗줄기는 마치 눈이 될 것인지, 혹은 이 가을의 백파이프를 조금 더 지속할지 고민하는 것처럼 기세등등했다가 힘없이 축 늘어졌다.

갈리나 니콜라예브나의 집 입구로 접어들며 뉴라는 선명한 터키색 패턴이 그려진 우산의 물기를 털어내 접은 후 엘리베이터를 탔다. 갈리나 니콜라예브나는 이 층에 살았지만, 뉴라는 항상 엘리베이터를 타고 올라갔다. 그녀는 삶에서 뽑아낼 수 있는 이득이란 이득은 절대로 무시하는 법이 없었고, 특히 무료로 제공되는 이득은 놓치지 않았다. 검정 인조 가죽으로 덧대진 문 앞에서 그녀는 매번 청소가 끝날 때마다 직접 손빨래를 한 걸레로 꼼꼼하게 발을 닦고 나서 벨을 눌렀다.

문 뒤에서 슬리퍼 끌리는 소리가 나더니 낮고 조금 쉰 듯한 낯선 여자의 목소리가 "잠시만요…. 좀 지저분해서요…"라고 말했고, 자물쇠를 여는 데 시간이 걸렸다. 마침내 문이 열렸고, 뉴라는 현관에 서 있는 소녀를 보았다. 소녀는 무늬가 그려진 스카프를 매고 갈리나 니콜라예브나의 유쾌한 플란넬 잠옷을 입고 있었다.

"제가 잘못 찾아왔나요?"

뉴라는 놀라서 물었다.

"제대로 오셨어요."

소녀는 낮은 소리로 말했다.

"들어오세요, 춥네요…."

현관에서 소녀는 뉴라의 겉옷을 받아주었는데, 이는 그 누구도, 뉴라의 친딸인 발랴마저도 한 적이 없는 행동이었다. 그 때문에 그녀는 더욱더 큰 혼란에 빠졌다.

"어머, 고마워. 아니, 괜찮아."

뉴라는 당황해서 말하면서도 계속 생각했다. 대체 집주인의 잠옷을 입고 저렇게나 자유롭게 행동하는 이 소녀는 갈리나 니콜라예브나와 어떤 관계일까?

'아마 토르조크(러시아 트베리 주의 도시)에서 온 손녀뻘 되는 조카일 거야.'

마침내 생각을 마친 그녀는 언젠가 이 소녀를 본 것 같다는 사실을 떠올려냈다. 아는 얼굴이었다.

"청소하러 왔단다."

뉴라가 말했다.

"알고 있어요."

소녀가 평범하게 말했다.

"뉴라 씨죠…. 어서 가요. 뉴라 씨에게 아침식사를 대접하라는 분부를 받았어요."

그녀는 삶에서 아무것도 이해하지 못하는 어린 아이의 순진무구한 표정을 하고 있었다. 단지 작은 주근깨가 얼굴을 망쳤을 뿐이었다.

'아마 좀 더 자라면 괜찮아지겠지.'

뉴라는 소녀를 안타깝게 생각했다. 환한 부엌에서 소녀를 보니 생각한 것보다는 나이가 좀 더 들어보였다. 열여덟 살즈음 되어 보였다. 그녀는 빠르게 치즈와 콜바사, 빵을 자른 후 프라이팬에 달걀 네 개를 깨넣었다.

'조카일 거야….'

뉴라는 식사를 시작하면서 생각했다.

'식사 대접을 잘하는 집안의 조카 말이야.'

"깜빡했어요. 지금 마실 것을 드릴까요?"

"아니, 점심 때! 안 그럼 진이 빠지거든."

뉴라가 친절하게 설명했다.

"오늘은 뭐가 있니?"

"산딸기 보드카요…."

소녀는 병을 약간 높이 들었고, 병 속의 술은 무거운 분홍색 핏빛 몸을 출렁이고 있었다.

"볼로댜(블라디미르의 애칭) 삼촌이 만든 거예요."

"넌 조카니?"

"비슷해요."

소녀는 불분명하게 대답했다.

"이렇게 드려요?"

뉴라는 앞으로 해야 할 청소에 대해 걱정을 하며 약간은 망설였지만, 보드카 한 병을 온전히 즐겼다. 사실 이 일은 삶이 서두르다 우연히 떨어뜨린 상상도 하지 못할 행복이었고, 이 행복을 즐기지 못하는 것은 죄악이었다.

"조금 더 따라보렴…."

뉴라가 허락했다.

통통한 샌드위치를 산딸기 보드카로 넘기며 술 취한 영혼이 유쾌하게 따뜻함으로 데워지는 익숙한 느낌을 즐기면서 뉴라는 갑자기 이야기를 시작했다.

"지금 지하철에서 어떤 남자가 청혼을 했어. '당신은 제게 꼭 어울리는 여자예요, 당신의 얼굴이 마음에 들어요.' 선량한 얼굴이라고 하더라고…."

소녀는 뉴라의 맞은편에 앉아 있었고, 깍지 낀 두 손으로 턱을 괴고 뉴라의 눈을 진지하게 응시했다. 그리고 그녀에게 어린 아이다운 순진한 얼굴을 들이밀었다.

"괜찮은 사람인가요?

"괘-앤찮지!"

뉴라는 자신의 말을 상냥하고 주의 깊게 듣는다는 데 만족하며 소녀의 말을 낚아챘다.

"토끼털 모자를 쓰고, 외투는 이렇게나 커다랬지…. 젊은 남자였는데, 아마 예순 살쯤 되었을까."

"그는 누구예요? 사별했나요, 아니면 이혼했나요?"

"사별한 사람이야, 사별한 사람…."

뉴라가 소녀의 말을 낚아챘다.

"아내는 작년에 죽었고, 아이들은 다 컸어…."

그녀는 중간에 끼어들지 않고 진지하게 따뜻한 갈색 눈으로 바라보았으며, 말이 끝나는 바로 그때 공감해주는 이 소녀와 대화하는 것이 점점 더 즐거워졌다.

"그는 클랴지마 강(여러 주를 지나 모스크바 시를 관통하는 강) 근처에서 일을 하는 사람이었어…. 집도 있었고, 닭이랑 칠면조, 새끼 돼지도 있었지…. 그는 일에 지쳤고, 열심히 일하는 여자가 필요했어…. 나는 그를 바라보고 말했지. '당신 얼굴은 선량하군요'라고 말이야."

"그래서 어떻게 되었나요, 뉴라. 동의했나요?"

"아-아니!"

뉴라는 절인 오이를 씹으며 유쾌하게 미소지었다.

"그럴리가! 난 혼자가 편해. 아들 콜랴는 기술학교를 곧 마쳐. 딸은 식당에서 요리사로 일하고…. 내가 대장인걸. 그뿐이야."

"안타까워라…."

소녀는 사려 깊게 말했고, 뉴라 때문에 마음 아파한다는 것이 얼굴에 드러났다.

"그도 혼자고, 당신도 혼자잖아요. 주소조차 남겨주지 않았나요?"

"아니!"

역시나 열렬하고 유쾌하게 뉴라가 소리쳤다.

"그와는 겨우 세 정거장 함께 왔을 뿐인걸…."

그녀는 갑자기 정말 뜬금없이 어제 발카(발레리야의 애칭)와 부엌에서 나누었던 대화를 떠올렸다. 발카는 그녀의 눈길을 피하더니 갑자기 눈물을 터뜨렸다. 임신한 지 두 달째인데 세료슈카(세르게이의 애칭)는 결혼식에 대해서는 말도 꺼내지 않는다고 말했다…. 처음에 뉴라는 이 갑작스러운 소식에 발랴의 뺨을 때렸지만, 밤이 되자 뒤척이고 또 뒤척이면서 생각했다. 그리고 결국 일요일에 세료슈카네 집에 가서 그의 어머니와 부딪혀보기로 결심했다. 엄마들은 모두 아이들의 마음을 움직이는 데 선수이기 때문에, 인간 대 인간으로 자신을 보여주리라 마음먹었다.

현관 초인종이 울렸다. 갈리나 니콜라예브나가 가게에서 돌아온 것이었다. 뉴라는 소녀가 현관에서 그녀의 외투를 벗겨주는 것을 식탁에서 보고 있었다.

"리나(갈리나의 애칭), 리나가 좋아하는 건포도가 들어 있는 커드치즈를 사왔어요."

갈리나 니콜라예브나가 피곤한 듯 소녀에게 말했다.

"볼로댜 삼촌이 생각해낸 신화 같은 고급 음식을 찾으러 식료품점을 바삐 돌아다녔어."

이에 소녀가 심술궂게 대답했다.

"전 건초도 씹어먹을 수 있어요."

"이 한마디로 모든 것을 대신하는 거죠."

갈리나 니콜라예브나가 원망스럽다는 듯 지적했다.

"고맙습니다, 고마워요."

그녀의 지적에 전혀 기죽지 않은 채 소녀는 그녀의 뺨에 키스한 후 슬리퍼를 내주었다.

"뉴라가 왔어요. 그녀는 지금 막 지하철에서 결혼할 뻔했대요. 프러포즈를 한 사람은 토끼털 모자를 쓰고 새끼 돼지를 가진 괜찮은 사람이었대요."

"새끼 돼지는 그의 집에 있어!"

뉴라가 부엌에서 소리쳤다.

"대체 왜 그가 새끼 돼지를 들고 지하철에 있었겠니!"

그녀는 주의 깊고, 시골의 순진한 모습을 보였던 소녀가 도시의 조롱자로 변하자 상처받았다.

"안녕하세요, 뉴라."

갈리나 니콜라예브나가 부엌에 들어와서 말했다.

"드세요, 어서 들어요. 서두르지 말고요. 오늘은 일이 많지 않아요. 마룻바닥과 욕조를 닦고 뭔가를 좀 씻으면 돼요."

"창문은 안 닦아도 되나요?"

뉴라가 물었다.

"네."

두통 때문에 인상을 찌푸리며 갈리나 니콜라예브나가 말했다.

"이렇게 우중충한 날씨에는 의미가 없어요…. 리노치카(리나의 애칭), 아가, 침실에서 두통약 좀 가져다주겠어요? 머리가 깨질 듯이 아프네요."

'왜 소녀에게 말을 높이는 걸까?'

뉴라는 생각했다.

'여기에 있는 예술가들은 모든 게 놀랍구나….'

뉴라는 갈리나 니콜라예브나를 존경했고, 그녀 앞에서는 약간 쑥스러움을 느꼈다. 그녀는 아양을 떨지도 않았고, 다른 집 안주인들이 그렇듯 뉴라를 '뉴로치카'라고 부르지도 않았다. 또 일당을 줄 때 흥정하지 않았고, 종종 더 얹어주기도 했다. 갈리나 니콜라예브나는 어머니에게서 폴란드인의 피를 물려받았는데, 자부심 있는 폴란드 영주의 피는 고개를 약간 뒤로 젖혀 상대방을 멀리서 바라보는 습관이나 걸음걸이, 나이 치곤 훌륭하고 위풍당당한 몸매 등에서 나타났다.

갈리나 니콜라예브나는 예전에 배우였고, 그래서인지 항상 약간 격앙되고 조금은 극적인 목소리로 말했다. 블라디미르 표도로비치가 세상을 떠난 후 그녀는 크게 쇠약해졌고, 두통과 그리움이 그녀를 괴롭혔다. 그녀는 남편과 무려 사십삼 년이나 함께 살았다! 그리고 농담이 아니라 이제는 그녀가 일흔 살에 가까워진다는 사실이 눈에 너무나도 선명하게 보였다.

리나는 약을 가져와 갈리나 니콜라예브나에게 차를 따라주었다. 그리고 질문을 계속하려는 명백한 의도를 가지고 뉴라 맞은편에 자리를 잡았다.

"뉴라, 아들은 좋은 사람인가요?"

그녀가 물었다. 뉴라는 일 분 전까지만 해도 이젠 더 이상 질문에 답하지 않겠다고 생각했음에도 불구하고 어른스러운 아이의 순진하고 애달픈 눈빛에 또다시 굴복하고 말았다.

"콜랴 말이니? 조-은 사람이야."

뉴라가 기쁘게 말하기 시작했다.

"콜랴는 자 - 알생겼어…. 눈썹 숱도 많고, 진하고…."

그때 전화벨이 울렸다. 순간 표정이 변한 리나는 벌떡 일어나서 침실로 쏜살같이 달려갔다.

"맙소사, 또!"

갈리나 니콜라예브나는 소녀의 뒤를 애처롭게 바라보며 웅얼거렸다. 그녀는 한숨을 내쉬곤 시선을 창가로 돌렸다.

부엌에 난 창문은 새로 지은 건물 주변이 으레 그렇듯 우울한 공터 쪽으로 향해 있었다. 얼마 전 심어진 나무들이 앙상한 가지를 흔들어 댔고, 얼어붙은 먼지 덩어리들이 날리고 있었다. 공터 뒤로는 대로가 이어졌는데, 이 길을 따라 노랗고 자그마한 '이카루스'가 천천히 지나다녔다.

"갈랴 이모, 이모를 찾는데요…."

리나가 침실에서 기어들어가는 목소리로 말했다.

"당연히 나겠지!"

갈리나 니콜라예브나가 알 수 없는 애석함으로 소리쳤다.

"그럼 누굴 찾겠니! 누가 전화했니? 타마라? 아님 두샤?"

"타마라요…."

갈리나 니콜라예브나는 타마라와 통화하기 위해 침실로 갔고, 리나는 부엌 식탁으로 돌아와 방금 전 갈리나 니콜라예브나가 그랬던 것처럼 창밖을 바라보다가 조용히 그리고 무심히 말했다.

"눈이 왔었네요…."

그러다 일어나서는 식탁에 있는 지저분한 접시를 치우기 시작했다.

그렇게 오늘, 가을이 겨울에 다가갔다. 마치 어떤 거인이 더러운 신발을 신고 뛰어간 것처럼 끈적끈적한 회색 하늘에 갈색 구름층이 붙어 있었다. 아주 멋진 검은색 푸들이 공터를 따라 신나게 걸어가고 있었고, 강아지에 매단 목줄과 연결된 뚱뚱한 남자가 볼품없이 강아지의 뒤를 따라다니고 있었다. 안개 낀 어둠 속에서 남자와 푸들에게로 천천히 그리고 게으르게 진눈깨비가 바스러졌다.

뉴라는 항상 블라디미르 표도로비치의 서재부터 청소하기 시작해 부엌과 현관에서 마쳤다. 천성적으로 수다스러운 그녀도 갈리나 니콜라예브나 앞에서는 부끄러움을 탔다. 다른 고객들 집에서는 늦은 저녁이 되어서야 청소가 끝났던 반면, 갈리나 니콜라예브나 집에서는 항상 네 시쯤 청소를 마쳤다.

그러나 오늘은 하루가 이렇게 시작해버렸다. 아주 완벽한 청중을 만난 덕에 뉴라는 쉴새 없이 떠들어 대고 있는 것이다. 소녀는 예전에 블라디미르 표도로비치가 그랬던 것처럼 뉴라의 뒤를 졸졸 쫓아다녔다. 그리고 그가 그랬던 것처럼 서재 문기둥에 팔꿈치를 기대고 서서 뉴라의 수다에 맞장구쳐 주었고, 뉴라가 전혀 예기치 못했던 시점에서 크게 웃었다. 소녀는 손에 흰색과 검은색 줄무늬 표지로 된 책을 들고 다녔지만, 단 한 번도 책을 펼쳐보지는 않았다.

"딸 발랴는 말이지, 일 년째 트레스콥스카야 식당에서 주방장으로 일하고 있어…. 좋은 식당이야. 크고, 음식을 많이 만들지…."

"딸은 예쁜가요?"

리나가 진지하게, 호기심을 가지고 물었다.

뉴라는 잠깐 멈추었다. 그녀는 발랴가 키도 작고, 몸매도 볼품없이 태어났다는 사실을 인정하고 싶지 않았다.

"딸 말이니…?"

그녀는 느릿느릿 말하다가 한숨을 쉬었다.

"발랴는 곱슬머리야…. 머리가 정말 곱슬거린단다…."

그리고 간단하게 설명했다.

"아버지가 유대계 폴란드인이거든…."

리나는 놀라는 듯하더니 유쾌하게 눈썹을 치켜들었다. 뉴라는 움푹 꺼진 볼에 불타는 손을 갖다 댄 듯한 불행하고 겁에 질린 발랴의 표정을 떠올리자 심장이 아파오기 시작했다.

'아아….'

그녀는 세료슈카와 그의 대단하고 부유한 부모를, '니바' 자동차가 마당에 있고, 어마어마한 집과 정원을 가진 그의 부모를 증오했다.

'만약 망설인다면, 괘-앤찮아, 그 사람들을 그렇게 본 건 아니지만, 괘-앤찮아, 사랑스러운 아이들을 낳을 거야, 낳아서 열여덟 해 동안, 이 나쁜 놈, 대가를 톡톡히 치르게 할 거야. 하루가 열여덟 해인 것처럼!'

"오! 여기 그녀가…."

뉴라는 젊은 남쪽 여성의 초상화에서 먼지를 닦아내며 말했다.

"미소짓는구나…. 바보인 척하네…. 마치 아무것도 보지 못하는 것처럼, 울고 싶은 것처럼…."

"맞아요."

리나가 말했다.

"그녀는 울고 싶어 해요."

그때 전화벨이 울렸고, 리나는 또다시 얼굴이 새하얘져선 침실로 뛰어들어갔다.

"리나를 찾는 게 아니에요!"

고통스러운 듯한 높은 목소리로 갈리나 니콜라예브나가 소리쳤다.

"그리고 기다리지도 마세요, 정신 나간 애 같으니라고! 그는 전화하지 않을 거예요."

리나가 이에 조용히 뭐라고 대답했고, 이상하게도 사랑과 고통, 분노가 얽혀 있는 듯한 옛 여배우의 강한 하이톤의 목소리로 갈리나 니콜라예브나가 소리쳤다.

"아름답게 마무리를 지으세요! 안드류시카(안드레이의 애칭)는 악당이 아닌 아버지가 필요해요!"

'그런 거였구나….'

뉴라는 귀 기울여 들으며 생각했다.

'그녀 같은 어린아이에게는…. 보아 하니 그 사람은 어울리지 않는 정부인가 봐….'

리나는 이상하게, 멀거니 미소지으며 겨드랑이에 책을 끼고 서재 문가에 나타났다. 그 모습을 본 뉴라는 그 소녀를 어디선가 본 것 같다는, 마주친 적이 있는 것 같다는 생각이 들었다…. 어디에서였지?

"좋아, 남쪽에서 봤겠지."

뉴라가 초상화를 못에 걸며 계속 말했다.

"일 년 내내 포도와 석류가 자라는 곳 말이야."

"일 년 내내는 아니에요."

리나가 지적했다.

“여기 그림 속에 있는 여자가 어느 가을에 주인집 내외에게 포도를 보냈단다…. 노오랗고 둥글둥글한 포도 말이야!”

그녀는 엄지와 검지로 커다란 동그라미를 만들어 리나에게 포도의 크기를 보여주었다.

“크림(크림반도)산 포도네요.”

리나가 말했다.

“맞아, 크림산…. 돌아가신 블라디미르 표도로비치는 그 포도로 술을 빚었어. 정말 맛있는 와인이었지!”

잠시 후 뉴라는 침실을 청소하기 시작했다. 그리고 그곳에서 리나가 전화기로 뛰어가는 모습을 보았다. 귀가 찢어지는 듯한 날카로운 전화벨이 그녀의 어린아이다운 마른 몸을 보이지 않는 올가미로 덮었고, 마치 무례한 힘이 올가미에 얽힌 그녀를 푸른색 전화기로 질질 끌고 가는 것 같았다. 어떻게 그녀가 수화기를 집어들었는지! 혹여 그 목소리가 들려올까 봐 수화기를 얼마나 간절히 바라보았는지! 그리고 그녀가 이 수화기에게 얼마나 애걸복걸했는지! 거칠고 찢어지는 듯한 낮은 목소리로 ‘여보세요!’라고 말하면서!

그러나 잘못 걸려온 전화에는 급격히 식어 정중하게 대답하거나, 갈리나 니콜라예브나를 불렀다. 이 집은 뭔가가 잘못되었다. 잘못되었다….

"내 아들 콜카는 말이지."

뉴라가 유쾌하고 작은 목소리로 말했다.

"컬러 텔레비전을 원했단다. 망설였지만, 결국 샀지. 흑백 텔레비전을 보는 게 지겨웠던 거야."

"컬러 텔레비전은 비싸잖아요."

리나가 지적했다.

"난 돈이 있는걸."

뉴라가 젠 체하며 반박했다.

"나는 돈이 마-않아! 있지, 책 속에 얼마나 있게?"

그리고 더 큰 효과를 거두기 위해 엄숙하게 털어놓았다.

"천오백!"

리나는 뉴라의 재산 앞에서 경건한 공포를 얼굴에 드러냈고, 갈리나 니콜라예브나는 씁쓸하게 미소지었다. 그녀는 볼로댜가 쓴 희곡이 많은 극장에서 공연되면서 한 달에 최대 이천 루블까지 벌었던, 그와 함께했던 좋은 시절을 떠올렸다. 그때는 특히 집에서 어린아이들의 목소리를 듣고 싶었다. 그래서 조카들에게 값비싼 선물을 준다든지, 휴양지를 다닌다든지, 다차나 자동차를 사는 등 극단적으로 쓸데없는 지출을 생각해냈다⋯.

"그럼 뉴라, 주말에도 쉬지 않고 일하면 한 달에 백오십을 버는 거예요?"

리나가 물었다.

"좀 더 높이 불러봐. 유치원에서 야간 경비도 서니까."

"그렇군요, 쏠쏠하네요…."

리나가 말했다.

"쏠쏠하게 벌지!"

뉴라가 기꺼이 말을 받았다.

"게다가 발랴가 식당에서 음식도 가져오는 걸. 나는 자식들의 돈을 가져가지 않아. 발랴 월급도, 콜랴 장학금도. 이 애들은 젊으니까, 데이트도 해야 하고…. 그렇지?"

그리고는 잠시 생각에 잠겨 팔을 뻗으면 닿는 거리에 먼지 묻은 걸레를 놓아두며 말을 이었다.

"콜랴는 잘 생겼어…. 눈썹이 진하지."

"남편은 안 도와주나요?"

"웬 남편?"

뉴라는 진심으로 기운이 났다.

"난 태어났을 때부터 남편이 없었어! 남자들이 무슨 소용 있겠어, 망할 술꾼들인데!"

청소는 순탄하게 이어졌다. 뉴라는 이미 빨래를 마쳐가고 있었다. 대야 앞 의자에는 물기가 꼭 짜진 무거운 침대 시트가 꼬아져 있었다. 뉴라는 젖은 손의 물기를 닦고, 이마에서 땀을 훔쳤으며 몸을 꼿꼿하게 편 후 난방 파이프라인에 조심스레 기대 밸브를 조였다. 욕실에는 정적이 깔려 있었다. 그때 부엌에서 목소리가 들리기 시작했다. 부주의한 리나의 목소리와 신경질적이고 찢어지는 듯한 갈리나 니콜라예브나의 목소리였다.

"…그러니까, 그가 통화를 할 수 없다는 거군요."

"에휴, 리나, 리나…. 마무리를 아름답게 지으세요! 대체 언제까지 괴로워할 건가요? 벌써 이 년째예요! 그는 리나의 젊음을 앗아가고 일그러뜨린다고요! 손톱만큼의 가치도 없는 그가 말이에요!"

"거짓말! 그에 대해서 그렇게 말하지 마세요!"

리나의 목소리는 덜덜 떨렸고, 말라가는 유리창에 남아 있는 마지막 빗방울처럼 변했다.

"그는 뛰어나요. 아시잖아요. 직접 말씀하셨잖아요."

"그의 재능 따위가 무슨 상관이에요!"

갈리나 니콜라예브나가 소리쳤다.

"그는 사랑하는 법을 몰라요. 그게 남자인가요? 그는 아무것도 아니에요. 아무것도…."

그녀가 웅얼거렸다.

"아뇨, 전 더 이상 삶에서 아무것도 이해하지 못하겠어요. 전 늙었고 망령이 났어요…. 대체 사랑하는 여인이 어디서 오든지 말든지…. 지구 반대편에서 오면서 고작 며칠 예정으로 온다는 게 뭐죠? 이건 미쳐야, 시간 관념을 잃어야 가능한 거예요. 아뇨, 전 아무것도 이해하지 못하겠어요…."

"그렇지만 그는 일을 해야 하고, 이런저런 일도, 친구도…."

"웬 친구요?"

갈리나 니콜라예브나가 신음하듯 말했다.

"고작 며칠인데…. 사랑하는 여인이 왔을 때에는 친구들 모두 지옥에나 가라고 해야죠! 그는 리나가 온 바로 그날 모르는 사람들만 있는 어떤 멍청한 생일파티에 데려갔죠…. 맙소사, 대체 언제 단둘이서 시간을 보내고, 이야기도 나누고, 서로 두 눈을 바라볼 건지!"

"그만하세요, 갈리나 니콜라예브나."

리나가 피로하게 말했다.

"이런 게 인생이에요. 어떤 희곡에서 주인공들의 역할을 떠올려보세요…. 그는 사랑에 빠진 주인공이 아니라 보통 사람이고, 여기저기 신경 쓰고 해야 할 일이 많아요…."

"다른 모두에게는 그럴지언정, 리나에겐 그러면 안 되죠! 불쌍한 소녀 같으니라고…. 볼로댜가 살아 있었더라면…."

그녀의 목소리가 끊기자 침묵이 찾아왔고, 잠시 후 그녀는 기침을 하더니 코를 풀었다.

뉴라는 발코니로 나가 시트를 널어야 했지만 발코니로 가려면 침실을 가로질러야만 했다. 그녀는 지금 침실에 모습을 보이지 않는 것이 좋다고 생각했다. 그렇게 욕조 끄트머리에 앉아 단호하지 못한 물방울이 어떻게 수도꼭지에서 떨어지는지 아무 생각 없이 응시하고 있었다.

'물론 그의 아버지는 선임 회계사일 거야…. 그들은 세료슈카가 장관의 딸을 만났으면 하겠지.'

뉴라는 이런 생각을 했고, 억울함과 깡마르고 곱슬머리이며, 어리석고 보호받지 못하는 딸에 대한 극심한 안타까움에 숨이 멎었다.

'그들에게 내 발랴는 어울리지 않는 거야…. 괜찮아, 괜찮고 말고…. 발랴의 배와 두 눈을 떠맡으라지, 이웃들이 손자를 예뻐하도록 해야지…. 절대로 애를 지우도록 해선 안 돼, 절대로! 법대로 아이를 낳아서 그들의 성을 붙일 거고, 그러면 그들은 매달 약속대로 돈을 줘야 할 거야, 이 후레자식!'

"그래요."

드디어 리나가 조용히 입을 열었다.

"이젠 확실히 해야 할 때인 것 같아요…. 그때 이 모든 편지가, 고통스러운 전화통화가, 와달라는 부탁이 무엇을 위한 것이었는지 말이에요…. 오늘 전 그에게 갈 거예요. 가서…."

"간다고요? 또다시 모욕을 받으러 가는 거예요? 그는 전화조차 하지 않았는데, 또 가려고 하는군요…. 절대로 안 돼요!"

뉴라는 잠깐 동안의 침묵을 이용해 시트가 들어 있는 대야를 들고 침실 문을 열었다.

"갈린니콜라브나(흥분해서 잘못 발음되었다)."

그녀가 말했다.

"거의 다 끝났어요. 이걸 널고 나면 점심식사를 해도 돼요."

"잘하셨어요."

갈리나 니콜라예브나가 고개를 끄덕였다.

"고마워요, 뉴라."

갈리나 니콜라예브나는 항상 식사를 잘 준비해주었다. 먼저 그녀는 다른 '민중아내(민중예술가나 명예예술가는 소련 시절 유명 배우들에게 붙이던 칭호임)'나 '명예아내'와는 달리 냄비 위에서 깊이 생각하면서 망설이지 않고 대접에 가득 수프를 담아주었고, 고깃덩어리를 넉넉하게 넣어주었다. 두 번째로는 넉넉한 양뿐만 아니라 청어와 버섯 요리까지 내주었다. 그리고 빵은 항상 넘쳐났다. 가장 중요한 것은 뉴라 앞에 푸른 유리로 된 큰 와인 잔을 놓고 잔이 넘칠 때까지 술을 따라주었다는 것이다! 뉴라는 점심식사 시간에도 쉬지 않고 수다를 떨었다.

"갈리나 니콜라예브나, 전 독일 요리도 먹어봤어요, 아세요? 유명한 작곡가의 집에서요…. 그 코주부 작곡가 말이에요. 그의 노래를 그 머리 긴 여자가… 이름이 뭐였지…."

"돈은 많이 주던가요?"

"아뇨, 안 받은 거나 다름없어요…. 그들이 핀란드 음식을 주었는데, 그만 제가 거기 푹 빠져버렸지 뭐예요. 핀란드 음식은 정말 보기 좋았어요. 요리가 열 가지나 되었거든요. 붉은 깡통, 회색 깡통도 있었어요."

리나는 거의 먹지 않았다. 그녀는 침실 전화벨 소리에 집중하며 긴장한 채 앉아 있었다. 그녀는 뉴라의 말을 듣고 고개를 끄덕이긴 했지만 따뜻한 갈색 눈동자는 실망한 기색이 역력했다.

"갈랴 이모, 여기 보세요."

그녀가 바로 옆 창가에 있는 신문을 가리키며 조용히 입을 열었다.

"나라에서 상을 받았대요…."

그리고 유명한 작가의 성을 댔다.

"그럴 만도 하지요."

갈리나 니콜라예브나가 덧붙였다.

"리노치카, 아시다시피 그와 볼로댜는 젊은 시절 친구 사이였어요…."

"네, 말씀해주셨어요."

"그렇지만 이후에 그는 아름답지 못한 한 사건에 연루되었고, 볼로댜는 그의 강직함으로…. 아시다시피 그는 인간 관계를 망치는 데 선수였죠. 그렇게 서로 등졌어요…."

그녀는 기억을 떠올리느라 잠깐 동안 침묵했다.

"우린 당시 니키츠키예 보로타 근처에 작디작은 단칸방에 살았어요. 볼로댜는 첫 희곡을 쓰는 중이었고, 우린 돈이 한 푼도 없었죠. 맙소사, 얼마나 기적 같았고, 배고팠고, 행복한 나날이었는지! 볼로댜는 작은 방 안을 돌아다니다가 희곡을 조금 쓰곤, 또다시 돌아다녔던 게 기억이 나요. 그러다 갑자기 소파에 몸을 던지곤 두 손을 머리 뒤로 깍지를 낀 후 비극적으로 소리치는 거죠. '왜 이렇게 일을 많이 하는 거지? 대체 왜 이렇게 일을 많이 하는 거지? 왜냐하면 멈추기에는 내가 게으르기 때문이지!'"

리나는 조용히 미소지은 후 눈을 떼지 않고 갈리나 니콜라예브나를 바라보았고, 뉴라는 이 두 사람이 단순한 혈연관계 그 이상의 무언가로 연결되었다는 생각을 했다.

"있지."

뉴라가 갑자기 자신 있게 리나에게 말했다.

"우리가 너를 결혼시켜줄게."

리나는 키득거리며 말했다.

“좋아요.”

“나는 남편감을 많이 안다고!”

뉴라는 진심으로, 진지하게 말하기 시작했다.

“나는 청소 일을 하잖아…. 예를 들면 마트베이 레오니디치는 학술회 위원인데, 그의 아들이 얼마 전에 이혼했어. 좋은 남편감이지. 잘생겼고…. 다만 약간 머리가 벗겨졌어.”

“뉴라, 그만하세요.”

갈리나 니콜라예브나가 헛기침을 한 후 말했다.

“아녜요, 아녜요!”

리나가 반박했다.

“정말 흥미롭군요! 뉴라, 계속 말씀하세요. 그러니까 잘생긴 대머리라는 거죠…. 그도 학술회 위원인가요? 아님 아직 교수?”

뉴라는 리나가 미소를 띠며 자신을 그늘 없이 투명한 눈빛으로 바라보았음에도 불구하고 그 속에서 야비함을 느꼈다. 하지만 이미 멈출 수 없었다.

“그러니까 똑똑하고 자상한 그는 왜 아내와 이혼했나요?”

“그건 왜냐하면….”

뉴라는 목소리를 조금 낮춰 믿음직스럽게 말했다.

“그녀가 먼도(술에 취해 발음이 올바르게 나오지 못했다)를 했기 때문이야. 그는 몰랐던 거지.”

그리고 말문이 막힌 갈리나 니콜라예브나와 리나를 흥겨운 눈빛으로 바라보았다.

"그러니까 면도를 했다고요? 턱수염 말인가요?"

갈리나 니콜라예브나가 당황해서 물었다.

"아뇨, 그녀는 온몸이 털로 뒤덮여 있었어요. 팔도, 다리도, 등도 그리고…."

"뉴라, 그만하세요…."

"결혼식 날까지 면도를 했던 거예요. 다음 날 아침에, 이건 그의 어머니인 엘리자베타 프로호로브나가 말해준 건데, 다음 날 아침 신랑이 마치 죽은 사람처럼 얼굴이 어둡디어두워져서 방에서 나와 '어머니, 이불 하나만 더 주세요…. 그녀는 따끔거려요…. 함께 잠을 잘 수가 없어요'라고 하더래요. 그의 어머니가 그 자리에 그대로 앉아 어떻게 따끔거리는 거냐고 물으니, 아들이 '이렇게요, 원숭이처럼요…' 하고 말했다는 거죠."

리나는 이상하게 고개를 틀더니 낮은 목소리로 음~ 하는 소리를 냈고, 부엌에서 뛰쳐나갔다. 곧 서재에서 그녀의 크고 진지한 목소리가 들려왔다.

"어쨌든 비웃을 거 없어요. 둘 다 불쌍해요…."

십오 분 후 그녀는 서재에서 나와 부엌 문간에 모습을 보였다. 뉴라는 흘끗 보고 숟가락을 접시에 내려놓았다.

리나는 옷을 갈아입었고, 외출하려는 듯 보였다. 빛바랜 푸른 스카프도, 안주인의 광활한 잠옷도 없었다. 무거운 낡은 은빛의 숱 많은 머리카락이 구불구불하게 머리 주위를 따라 내려왔고, 화장한 얼굴은 창백했으며, 입술은 어두운 립스틱으로 칠해져 있었다. 그리고 그녀는 머리끝부터 발끝까지 얇은 검은색 점퍼와 검은색 바지, 검은색 벨루어 재킷으로 타이트하게 감싸져 있었는데, 코트 속 그녀의 어깨는 오만하고 엄격했으며, 깨질 듯해 보였다. 그녀는 마치 검은색 벨벳 케이스에 담긴 고귀한 은으로 된 오래된 장신구 같았다.

"가볼게요."

그녀가 말했다.

갈리나 니콜라예브나는 양손을 깍지 끼더니 소리쳤다.

"리나! 결국 가는 건가요? 그 모든 일이 있었는데도요! 정신이 나갔군요. 절대로 보내지 않겠어요!"

리나는 입을 다문 채 코가 뾰족하고 굽이 높은 부츠를 신었고, 서두르지 않고 신발 속으로 바지를 집어넣었다.

"저는, 저는 앞으로 리나를 사랑하지 않겠어요!"

갈리나 니콜라예브나가 망연자실하여 어린아이처럼 말을 마쳤다. 리나는 쓸쓸하게 웃었다.

"사랑해주실 거예요, 갈랴 이모는…. 뭘 어쩌시겠어요…."

그녀는 갈리나 니콜라예브나에게 다가갔다. 하이힐을 신어 키가 크고, 종잇장 같은 리나는 양손을 갈리나 니콜라예브나의 나이 든 어깨 위에 올려놓곤 약간 실망한 첼로 같은 목소리로 조용히 말했다.

"하늘이 벌써 겨울로 다가가고 있어요, 갈랴 이모. 해가 점점 짧아지고 있어요…."

그리고 갑자기 모르는 언어로 긴 문장을 말했다….

"이건 말도 안 돼요! 당연히 거기서 밤을 보내야지요."

"절 쫓아내지 않기를 바랄 뿐이에요."

"혹시 모르니 택시비를 챙겨가세요. 저녁에 홀로 집에 돌아와야 할지도 모르잖아요."

"절 쫓아낼 수도 있다고 생각하시는군요?"

그녀가 즐겁게 물었다.

"오, 리나, 리나…."

리나는 외투를 입었다. 외투 또한 검은색이었고, 검은색과 빨간색 줄무늬로 된 목도리로 목을 감쌌다.

"뉴라!"

그녀가 현관에서 말했다.

"안녕히 가세요. 고마워요."

"제게 고마울 게 뭐가 있나요?"

뉴라는 조금 놀라서 대답했다.

"행운을 빌어요…."

리나는 문간에서 갑자기 뒤돌아 문을 붙잡고 말했다.

"전 그녀가 대체 어떻게 등을 면도했는지 생각하고 있어요. 그렇죠, 갈리나 니콜라예브나? 이게 바로 비극이에요…!"

"이젠 가세요, 얼빠진 사람 같으니라고!"

실망한 갈리나 니콜라예브나가 손을 흔들었다.

문이 닫혔다. 리나의 하이힐이 타일이 깔린 계단을 두드리는 소리가 들렸고, 이윽고 조용해졌다. 갈리나 니콜라예브나는 부엌으로 들어와 뉴라 맞은편 의자에 앉았다. 그녀는 차를 다 마셔가고 있었고, 조용히 중얼거렸다.

"주머니에서 십 루블을 찾을 수 있으면 좋으련만…. 아마 모르겠지, 너무나도 실망해서…."

뉴라는 한숨을 쉬고는 체리 바레니에를 한 스푼 떠서 차에 넣었다. 그녀는 또다시 발카를 생각하고 있었다.

"쓸모없는 아이인가요?"

그녀가 문을 바라보며 갈리나 니콜라예브나에게 불쌍하게 물었다.

"누가요?"

갈리나 니콜라예브나가 이해하지 못한 채 뉴라를 바라보았다.
"저… 조카아이 말이에요. 아니라면 리나와 어떤 사이인가요?"
"뉴라!"
갈리나 니콜라예브나가 놀라서 소리쳤다.
"설마! 리나잖아요! 못 알아보셨어요? 그렇게 그녀의 초상화를 보는 것을 좋아하면서…."
뉴라는 조용히 탄식하고는 의자에 기대어 앉았다.
"설마…."
그녀가 천천히 입을 열었다.
"전 대체 그녀를 어디서 봤는지 하루 종일 생각하고 있었어요. 못 알아봤네요…."
이제 뉴라는 그녀가 대체 왜 리나를 알아보지 못했는지 이해하지 못했다. 아마도 그림 속 리나는 도망치는 눈길로 옆을 보고 있었기 때문이고, 실제 리나는 눈을 똑바로 응시했기 때문이었을까?
뉴라는 어깨를 으쓱하더니 반복해서 말했다.
"이 스카프를 맨 리나는… 주근깨가…. 이렇게나 젊은데요…. 몰라봤어요."
"젊다고요…."
갈리나 니콜라예브나가 씁쓸하게 말했다.

"그녀는 서른 살이 다 되어가요, 뉴라. 아들 안드류시카는 내년에 학교에 입학한다고요…. 남편과는 이미 오래 전에 헤어졌어요…."

그리고 또다시 조용하게 덧붙였다.

"서른 살이요…. 그렇지만 예전에도, 지금도 행복하지 않아요."

"어떻게 그럴 수가…."

뉴라는 이해한다는 듯이 한숨을 내쉬곤 창가에 있는 리나의 검은색과 흰색 표지로 된 책을 만졌다.

"여긴 러시아어가 아닌 다른 말로 쓰여 있는데요."

"영어예요. 손턴 와일더의 책이죠. 그런 작가가 있어요…."

"어떻게 그럴 수가…."

뉴라가 또다시 놀랐다.

"리나는 대학에서 영어를 가르쳐요."

"그렇군요…."

뉴라가 결론을 내렸다.

"알겠어요, 좋아요. 그렇지만 이젠 가봐야겠어요. 전화 좀 하고요. 괜찮을까요, 갈리나 니콜라예브나?"

"물론이죠, 뉴라."

생각에 잠긴 그녀가 실망스럽게 고개를 끄덕였다. 아마 검은색 외투에 검은색 모자, 검은색과 빨간색 줄무늬로 된 목도리를 목에 두른 리나가 어떻게 지하철을 타고 가는지 상상하고 있었으리라…. 아니면, 아마도 이마에 짙은 머리칼이 흩뿌려진, 즐거운 미소를 씩 지으며 '왜 페르시아 실이죠? 그리스 실은 없나요?'라고 말했던 젊은 볼로댜의 얼굴을 떠올리고 있었을지도 모른다.

뉴라는 청소 가방을 뒤지더니 '어머, 어머' 하며 주소로 뒤덮인 붉은색 수첩을 꺼낸 후 침실 문턱에서 갑자기 뒤돌아 물었다.

"갈리나 니콜라예브나, 리나 초상화를 그린 사람은 누구인가요? 리나와 어떤 관계예요?"

"오빠예요. 화가죠."

"아…."

뉴라가 말을 이었다.

"그렇다면 이해가 가네요…. 오빠에게는 아무것도 숨길 수 없지요. 친오빠는 모든 게 보이니까요. 미소를 짓든, 그렇지 않든지 간에요."

"맞아요."

갈리나 니콜라예브나가 말했다.

"정말 뛰어난 화가예요. 그렇지만 변덕도 있고, 성격도 좀 그래요. 뉴라도 아시다시피 뛰어난 사람들은 한 성격 하잖아요."

"잘 알지요!"

뉴라가 자신의 세월을 되돌아보며 그녀에게 말했다.

"리나는 오빠와 안드류시카, 두 명의 남자를 간신히 붙잡고 있어요. 논문도 써야 하는데, 절대로 못 끝내고 있어요…."

그러고는 갑자기 생각에 잠겼다.

"전화하세요, 뉴라. 전화하세요!"

일 분 후 뉴라는 우스꽝스러운 가느다란 목소리로 전화기에 대고 소리치고 있었다.

"소피야 마르코브나, 벽지 바르실 거예요? 보아콥스카야 지하철 역에서요…. 예쁜 벽지예요…. 붉은색에 금색이 들어갔어요…. 정말 예쁘다니까요!"

저녁에 텔레비전 근처에 앉아 있던 갈리나 니콜라예브나는 현관문이 열리는 소리를 들었다. 그녀는 현관으로 뛰어나갔다. 그곳에는 추위에 바싹 말라버린, 군데군데 눈을 맞은 리나가 자유분방하게 그리고 미친 듯이 즐거워하며 서 있었다.

"리나…?"

그 모습을 본 갈리나 니콜라예브나는 당황해서 웅얼거리다가 입을 다물었다.

"그는 연습 중이에요."

리나가 옷을 벗지 않은 채 크고 분명하게 그녀에게 설명했다.

마치 그녀는 이것만을 해명하기 위해 온 사람 같았다.

"무슨 연습이요?"

갈리나 니콜라예브나가 조용히 물었다.

"가-라-테요! 요즘 유행이잖아요."

그녀가 키득거렸다.

"여기 메모가 있어요. '나는 지금 연습 중이오. 아파나시네 집에서 하룻밤 보낼 것이오. 내일 전화하겠소, 외로워 마시오. 사랑하오.'"

그녀의 가느다랗고 긴 손가락이 경련을 일으키며 힘껏 메모를 구겨버렸고, 외투 주머니에 집어넣었다.

"누구네서요?"

갈리나 니콜라예브나는 그가 어디서 밤을 보내든지 아무런 관심도 없었지만, 왜인지 물었다.

"아파나시요."

리나가 기꺼이, 생동감 있게 설명했다.

"연습이 열한 시쯤 끝나는데, 아파나시네 집에서 아침에 출근하기가 더 가까우니까요. 끝."

그녀는 울기 시작했고, 현관 의자에 스르륵 앉더니 천천히 목도리를 풀기 시작했다.

갈리나 니콜라예브나는 부엌으로 재빨리 가 찻잔을 움켜쥐고

쥐오줌풀 진정제를 몇 방울 떨어뜨렸다.

"리노치카, 아가. 마셔요…."

찻잔을 움켜쥔 손이 떨렸다.

리나는 뉴라가 큰 와인 잔에 담긴 음료를 마시듯 진정제를 목구멍으로 천천히 넘겼다. 그리고 주머니에서 십 루블을 꺼내더니 말했다.

"대체 왜 이걸 제게 넣어두신 거예요, 몽테 크리스토 시민? 저도 돈은 많아요. 궁금하시다면 말씀드리겠는데, 떠날 때까지 아직 이십오 루블이나 남았다고요."

그녀는 갈리나 니콜라예브나를 향해 눈물에 젖은 눈을 들어올리곤 미소지었다.

갈리나 니콜라예브나는 그녀 옆 의자에 앉아 모든 일이 잘 해결될 것이고, 결국에는 리나에게 모든 일이 잘 풀릴 것이라고 말하고 싶었다. 하지만 기어들어가는 목소리로 겨우 입을 열었다.

"리나, 리나…. 수요일에 가세요. 그러면 또다시 그런 슬픔이…."

미티시에서 뉴라는 전차에서 내려 식료품으로 가득 찬 청소가방을 집어들곤 익숙한 길을 따라 버스 정류장을 향해 천천히 걸어갔다.

가로등이 서 있는 밝은 모퉁이에서 가느다란 눈이 이리저리 흩날리고 있었다. 왜 그런지 집에 다 와가는 이 길의 회색 울타리를 지날 때면 뉴라는 피로함이라는 무거운 짐에 짓눌린 그녀는 이 길에서 그대로 쓰러져 내일 예약된 고객들에게서 그리고 콜카와 발라에게 무관심하게 더없이 행복하게 누워 있을 수 있을 것 같다는 생각이 들었다.

그녀는 깊은 한숨을 쉰 후 청소 가방을 두 손으로 더욱더 꼬옥 움켜쥐면서 생각했다.

'괜찮아, 다 잘될 거야. 확실하게 알지도 못하면서 반대할 필요 없지. 인간답게 모든 걸 원할지도 몰라…. 괜찮아, 발랴, 괜찮아….'

가로등에는 부리가 큰 덥수룩한 까마귀가 앉아 있었고, 우울하게 웃고 있었다. 까마귀는 뉴라가 이 주에 한 번 수요일마다 청소하러 가는 한 유명한 작곡가를 닮았다.

"뉴라에게 얼마를 줬나요? 요금대로요?"

리나가 물었다.

"일 루블 더 얹어줬어요."

갈리나 니콜라예브나가 말했다.

"오늘 일을 잘했거든요."

그들은 부엌에서 차를 마셨다. 푸른 스카프를 매고 안주인의 잠옷을 입은 리나는 무릎을 세우고 그 뒤로 턱을 숨긴 채 소파에 앉아 있었다. 그리고 갈리나 니콜라예브나가 조용히 오래된 잡지를 천천히 한 장 한 장 넘기고 있었다.

"축복받은 청명한 가을이네요."

리나가 뻔한 여성들의 사진으로부터 눈을 떼며 꿈꾸는 듯이 말했다.

"하늘이 푸른 소용돌이 같아요. 너무나도 거만하고 오만하면서, 아무 것에도 관심이 없는 것 같아요…. 플라타너스 낙엽이 아직 안 졌네요…."

그리고 머리를 흔들더니 가책을 느끼는 듯 미소지었다.

"사실 그들은 연습을 굉장히 혹독하게 한대요. 연습을 한 번 빠지면 아예 그룹에서 배제된다고 하더라고요."

갈리나 니콜라예브나는 벌떡 일어나서 리나는 바뀔 수가 없다며, 스스로 젊음을 망치고 갉아먹고 있다고, 이 이야기의 마무리를 아름답게 지어야 한다고 말하면서 초조하게 부엌을 돌아다녔다.

요란하게 내리는 눈이 창밖에서 점차 혼란스러워졌다. 마른 흰 눈가루가 집으로 쳐들어와 간섭하고, 모든 걸 분명하게 해주려는 듯 유리창을 끊임없이 미친 듯이 두드렸다. 아마도 사람들이 모르는 무언가를 알고 있는 것 같다. 아니면 반대로 아무것도 모르고, 운명을 보지 못한 채 앞으로 어떤 일이 펼쳐질지 추측하지 않으며 그저 자유분방하게, 심란하게 살고 싶은 것일지도 모른다.

애서가 모임의 예기치 않은 콘서트

젊은 시절 유명세는 나를 지탱해주었다. 아니, 정확하게 말하자면 나를 강타했다. 도시 전체에 흐르는 유명세의 홍수가 나를 덮쳤고, 옷깃을 타고 내려와서 귀 뒤로 숨은 다음, (모습을 끝까지 묘사하자면) 그렇잖아도 충분히 슬픔에 잠긴 뇌를 살짝 적셨다.

음악원 산하 음악학교 구 학년 시절, 어린 시절부터 남몰래 써 온 많은 단편소설 중 하나를 모스크바 유명 잡지로 보내면서 이 모든 것이 시작되었다. 무엇이 나를 움직이게 만들었는가? 바로 천진난만하고 고지식한 뻔뻔함이었다.

나의 단편소설 중 매우 웃긴 내용의 소설에 등장하는 교사들은 대부분 실명으로 등장하는데, 나에 의해 인류학적으로 정확하게 재창조되었다. 그러나 그보다 더 웃긴 건 이 단편소설이 출간되었다는 사실이었다.

여론은 전율했다. 나는 열여섯 살의 구제불능 수학과 과학의 낙제생에서 단번에 펜대를 쥐고 휘두르는 도덕적 폭로자가 되었다. 나는 두 번째 단편소설을 보냈고, 이 소설 또한 출간되었다! 세 번째 단편소설 역시 출간되었다. 이로써 내게 대수학 때문에 욕을 하거나 공부를 시킬 사람은 아무도 없었다. 왜냐하면 중앙 언론에 등장한 내 짓궂은 얼굴이 부모님을 마비시켰기 때문이다. 이 모든 것이 내가 미친 듯이 빠져 있던 문학이라는 그물망으로 나를 유인하기 위한 술수 그 이상도 이하도 아니라는 것을 알고 있다.

시간이 갈수록 나는 피아노 연주법마저 잊어버리게 되었다. 음악원 시절 내내 소설만 썼기 때문이다. 또 시험기간에는 포르테피아노를 오른손으로만 연주하는 방법으로 연습했다. 왜냐하면 시험 감독관은 항상 오른쪽에만 앉아 있었기 때문이다.

음악원 일 학년, 내 인생에서 가장 어려운 시기가 시작되었다. '애서가 모임'이라는 품위 있는 명칭을 가진 한 폭력배 집단이 나를 꼭 붙들고 있었다. 이 모임은 나의 휘황찬란한 청춘을 이용하려는 불타는 듯한 계획(기술전문학교와 관련된)을 실행하기로 결정했다. 내가 가진 흥미와 기쁨은 삼 층짜리 건물 벽에 쓰인 시만을 읽는 피에 굶주린 젊은 독자들의 소굴에 던져졌다. 처음에 나는 나의 입이 인생에서 무언가 이성적이고, 선하며 영원한 것을 심어야 한다고 생각했다.

공정함을 위해서는 공장에서도 강연을 해야만 했다는 사실을 말할 필요가 있다. 지금 나는 노동자들로부터 국가가 노동법에 따라 보장하는 점심시간을 얼마나 많이 빼앗았는지 떠올려보면 몸서리가 쳐진다.

그러나 또다른 기술전문학교 학생들과의 만남에서 청중이 내게 헛소리를 끝내고 공원을 거닐며 맥주나 함께 마시자고 했을 때, 나는 깨달았다. 나는 이 도시에 퍼진 유명세가 전국적인 유명세로 자라날 것이라는 위협을 받고 있다고 생각했다. 그리고 이 수치스러운 일을 즉각적으로 그만두기로 결정했다.

반 년간 나는 전화도 받지 않고, 앙심을 품고 빚을 갚지 않기 위해 법망으로부터 도망다니는 사람처럼 가능한 모든 애서가에게서 몸을 피했다.

그러던 어느 가을, 나는 한 통의 전화를 받았다. 그리고 젊은 청중 앞에 서줄 것을 정중하게 요청받았다. 나는 기술전문학교 학생들이 아닌가 하는 생각이 들었지만, 그는 급히 그들이 아니라고 설득했다.

"청중이 누구죠?"

"젊고, 호기심이 많은 사람들입니다."

"장소가 어딘가요?"

그러자 무슨 이유에서인지 미심쩍고 부산하게 나를 설득시켰다.

"멀지 않아요. 차량이 준비될 겁니다. 모시고 갔다, 다시 모셔다 드리겠습니다."

나는 터무니없는 거짓말로 매우 바쁘다고 머뭇거리며 말하다가, 결국 동의하고 말았다.

나는 약속시간에 차량을 기다리며 '애서가 모임' 입구에서 서성거렸다. 등 뒤에 매달린 가방 속에는 나의 단편소설이 실린 모스크바 잡지 세 권이 짐처럼 들어가 있었다. 나는 열여덟 살이었고, 재산으로는 새 청바지와 눈부신 어리석음 그리고 내가 작가라는 굳건한 확신이 있었다. 빚도 있었지만, 그리 많지는 않았다. 몇몇 음악 과목에서 맡은 반장직과 지난 학기 겪었던 불행한 사랑 정도였다.

마침내 차량이 다가왔다. 작은 밴이었는데, 단단한 격자창이라는 이상한 점 한 가지만 빼고는 참으로 평범한 라피크(리쥐스크 자동차 공장이 생산한 미니버스 이름)였다.

제복을 입은 젊은이가 운전대를 잡고 있었는데, 그를 보자 내가 군대와 관련된 곳에서 강연을 해야 한다는 사실을 깨달았다.

젊은 남자는 차문을 열며 공손하게 말했다.

"작가 동지?"

나는 차분한 점잖음으로 확인해주었다.

"보로노크(소련 시절 수감자들을 이송하기 위한 경찰 차량)에 타시죠, 작가 동지!"

그는 환영한다는 듯 차에 탈 것을 권했고, 우리는 출발했다.

군 시설은 멀리 있었고, 격자창을 통해 보이는 칸의 위대한 대리석 궁전이 흙벽의 교외로 바뀌었다. 우리는 계속해서 달리고, 또 달리고 있었다….

한 시간 반을 달려 차는 높은 철문 앞에 멈췄다. 철문은 병원이나 감옥, 시 인민법원의 복도 색깔인 진한 녹색으로 칠해져 있었다. 진한 녹색으로 이런 곳을 칠하는 이유는 아마 기분을 좋게 하기 위해서일 것이다. 철문 옆 흙으로 된 사잇길에는 붉은 별 두 개가 떨어져 있었는데, 이것들은 전혀 근사해 보이지 않았다.

제복을 입은 젊은이가 복도를 안내하며 격자창처럼 나를 걱정시켰던 격자문으로 나를 데려다주었고, 우리는 '교도소장'이라는 명패가 붙어 있는 문에 다다를 때까지 슬픈 복도를 굽이굽이 지났다.

내 등이 진한 녹색벽에 부딪혔고, 나는 태곳적부터 이어온 교도소의 차가움을 두 어깨로 느꼈다.

"우리는 어디에 온 건가요?"

나는 힘없는 목소리로 안내해준 젊은이에게 물었다.

"네? 모르시나요? 우리는 노동교화소에 왔어요…. 오래 전부터 작가를 만나게 해주겠다고 약속했거든요."

그리고 문이 열렸다.

방에는 여러 개의 책상이 있었는데, 책상 위에는 '신상기록카드 NO.…'라고 쓰인 파일이 산더미처럼 쌓여 있었다. 그 책상 중 한 개 너머로, 빨간 파일과 파란 파일로 된 탑 사이에서 대머리 호수가 반짝반짝 빛나고 있었다.

"팔 세메니치, 모시고 왔습니다!"

안내자가 소리쳤다. 대머리 호수에는 잔물결도 일지 않았다.

교도소장은 고개를 들어 개머리판을 연상시키는 햇볕에 탄 갈색 코와 가까이 붙어 있는 해맑은 두 눈을 보여주었다. 이 두 눈으로 그는 몇 초간 어안이 벙벙하도록 나를 찬찬히 쳐다보았다.

"테레셴코! 대체 누굴 데리고 온 건가?"

그가 물었다. 테레셴코는 놀라서 '애서가 모임'의 허가장을 꺼내 열심히 읽었다.

"사… 산문가입니다."

"테레셴코, 내가 작가 선생을 데리고 오라 하지 않았나?"

"제가 바로 작가입니다!"

나는 소리쳤다.

"산문가는 긴 글을 쓰긴 하지만 리듬에 맞추지 않고 글을 쓰는 사람이죠. 그러니 괜히 걱정하시는 거예요! 여기요…."

나는 가방에서 잡지를 한 권씩 꺼냈다.

"여기, 확인해보세요."

교도소장은 안경을 쓰고 있었고, 종종 내 사진을 보다가 고개를 들어 무언가 확인하는 듯한 경찰관의 시선으로 오랫동안 잡지를 유심히 보았다. 그는 헛기침을 하더니 책상에서 걸어 나와 제복인 하이칼라 재킷을 단정히 하고, 역시나 개머리판을 닮은 단단한 손바닥날을 내게 내밀었다. 나는 그의 손을 붙잡고 가능한 인상적인 느낌을 주기 위해 노력했다.

"마다암…."

그는 눈빛으로 내 가방과 청바지, 소설과 잡지 그리고 나를 얼추 살펴본 후 의미심장하게 말을 끌었다.

"그러니까… 제가 드리고 싶은 말은…. 오늘 청중들은 젊고, 예술을 애호합니다…. 예술을 애호합니다."

그가 굳건히 반복한 후 말을 멈췄다. 그러나 그는 갑자기 정신을 차리고 계속해서 말했다.

"여기서 가장 중요한 것이 무엇이냐? 중요한 것은 아무것도 두려워하지 말라는 것입니다. 약탈자들을 대할 때와 마찬가지로 말이에요. 배짱이 없으면, 될 일도 안 된다라는 거죠…. 경찰 한 명과 감화자 두 명을 붙여주겠습니다. 저도 같이 가죠…. 권위를 위해서죠…. 좋아요. 오늘 어떤 주제로 강의를 하실 건가요?"

"도덕 및 윤리…."

나는 무릎에 힘이 빠지는 걸 느끼며 웅얼거렸다.

"오, 꼭 필요한 것이네요! 우리는 이상적인 수준이 매우 필요합니다. 테레셴코! 키셀레프와 압둘라예프를 부르게."

테레셴코가 나갔고, 교도소장은 내게 말했다.

"한 가지 조언을 하죠. 서두르시고 절대로 멈추지 마세요. 잠시도 쉬는 시간 없이 강연하세요. 그들이 자각하지 못하도록요…. 건투를 빕니다!"

그는 나를 먼저 문 밖으로 내보낸 후 복도를 따라 나를 데리고 갔다. 출구 근처에서 테레셴코와 제복을 입은 두 명이 우리와 함께했다.

내가 어마어마한 교도소 마당을 따라 안내를 받는 동안 교도소장은 자부심을 가지고 팔을 오른쪽으로 뻗었다가, 왼쪽으로 뻗으면서 쾌활하게 말했다.

"저기는 수리 작업장인데 수감자들이 열심히 일하고 있습니다. 열심히 노동하면 가석방이나 그런 비슷한 걸 얻을 수 있죠."

나는 바보 같은 꿈속에서 걷는 것처럼 걸어갔고, 가는 길에 수

감자 두 명을 볼 수 있었다. 그들은 놀랍게도 수갑을 차고 있지 않았고, 무장한 경비원들도 없었다. 그들은 면도한 이마 아래로 똑같이 찡그린 두 눈으로 나를 쏘아보면서 옆으로 지나갔다. 나는 주위 경비가 허술한 것 같아 불안감이 들었다.

우리는 문화공간으로 추정되는 큰 나무 막사에 도착했다. 안은 떠들썩했다.

"이미 다 모였군, 잘했소!"

교도소장이 만족하며 말했다.

"여기가 우리 강당입니다."

나는 심각하게 감각을 상실했다고 느꼈지만, 검회색 누비재킷으로 빽빽히 가득 찬 강당은 전쟁 시절의 긴 화물열차와 닮았다는 사실이 온몸으로 느껴졌다. 누비재킷 위로 머리들이 삐죽 나와 있었다. 그 머리에는 얼굴들이 없었다. 나는 두려움과 메스꺼움에 두 눈이 멀어 얼굴들을 볼 수 없었다. 어둑하고 회색빛의 면도된, 나이를 구별할 수 없는 얼굴들….

줄을 맞추기 위해 허둥지둥 다니는 감화자 몇 명이 뒤죽박죽 섞여 떠들썩한 사람들을 통제하고 있었다. 교도소장은 내가 이를 하얗게 드러내며 부서진 포르테피아노가 있는, 나무판자로 대충 만들어진 무대로 올라가는 것을 도와주었고, 우렁차게 소리쳤다.

"이제 선… 산문가 선생님이 강연을 하도록 하겠습니다! 여러분이 조용히 하면 말이죠!"

면도된 둥근 머리를 가진 누비재킷들은 인정사정 없이 발을 구르고 휘파람을 불며, 거칠고 열렬히 소리치기 시작했다. 여기서는 이런 게 박수로 여겨지는 모양이었다. 그다음 정적이 이어졌다. 핵폭발 이후의 정적과도 같았다. 그때 내 작가적 자만심은 이미 깊은 졸도 상태에 있었고, 내가 가장 원했던 것은 격자창이 달린 '라피크'가 나를 이곳에서 데리고 나가는 것이었다.

나는 원고에 고개를 처박은 채 떨리는 목소리로 웅얼거리며 소설을 읽어내려갔다. 이 분가랑 흘렀을까…. 오른쪽에서 누비재킷 중 한 사람이 힘차고 강렬하게 딸꾹질을 하기 시작했고, 왼쪽에서는 누군가 긴장을 해서 기침을 하기 시작했다. 그러자 갑자기 뒷줄에서 큰 목소리가 빈둥거리듯 말했다.

"그만 좀 하시지! 그냥 노래나 하라고!"

그 말을 들은 나는 말을 더욱 더듬다가 잡지를 떨어뜨리고 말았다. 공포심이 내 뒤통수를 치며 등줄기를 타고 서늘하게 내려왔다. 나는 잠시도 쉬지 말라던 교도소장의 조언이 떠올랐다. 무대에서 뒷걸음치던 나는 포르테피아노에 부딪혔고, 중심을 잡지 못해 휘청거리다 피아노 건반 위에 앉고 말았다. 누비재킷들은 막사가 흔들릴 정도로 열광에 차 으르렁거렸다.

"어이, 간부!"

그들은 내게 소리쳤다.

"방금 했던 걸 다시 해봐!"

그러나 그때 내 몸에서 가장 재능 있는 부분이 예기치 않게 포르테피아노에서 뽑아낸 화음은 이상하게도 나의 감각을 소생시켰다. 한 줄기 빛이 보였다. 내가 뒤뚱거리는 의자에 단호하게 앉으며 낮은 음역과 높은 음역의 건반을 주먹으로 동시에 내리치자 누비재킷들은 갑자기 조용해졌다.

"노래 부르겠습니다!"

나는 자포자기해서 소리쳤다.

"여러분께 '1등급 보드카는 0.8리터짜리를 골랐고, 할와도 골랐네…'를 불러드릴게요. 조용히 하실 수 있다면 말이죠!"

나는 거칠게 3화음을 잡았고, 이에 맞추어 알렉산드르 갈리치(영화감독이자 가수)의 노래를 불렀다…. 손이 떨렸고 목이 막혔지만 노래를 끝까지 불렀고, 아무런 방해도 받지 않은 채 '구름' 소절로 넘어갔다.

구름이 흘러가네, 구름이
사랑스러운 주 콜림스크로 흘러가네.
그들에게는 변호사가 필요 없네.
사면도 소용없네.

나는 쥐 죽은 듯이 조용한 가운데 노래를 불렀다. 손떨림이 점점 잦아들었고, 크지는 않았지만 내 목소리는 자유롭게 울려 퍼졌다.

나는 썰매자국에 얼어붙었네.
피크 해머로 얼음을 팠네.
내가 그저 스무 살인 것은 않지 않는가.
그 수용소들을 강타했네.

내가 다섯 번째 노래를 부를 때 누비재킷 중 한 명이 물컵을 들고 와 내 앞에 소리 없이 내려놓았다. 나는 멈추지 않고, 노래 제목도 알려주지 않은 채 계속해서 노래를 부르고 또 불렀다. 나는 알렉산드르 갈리치의 레포드판은 없었지만, 긴 레코드처럼, 더 정확히 말하자면 쉬지 않는 카세트 테이프처럼 그의 노래를 불렀다….

목이 완전히 말라버렸을 때 나는 물컵 쪽으로 손을 뻗으며 강당 안에 있는 누비재킷들에게 눈길을 돌렸다. 그러자 갑자기 그들의 얼굴이 보였다. 그리고 긴장되고 뾰로통한, 고통받고 열정적인 많은 눈이 보였다. 이 사람들은 내 동년배들이었고, 대부분 나와 같은 세대였으며, 법에 의해 사회에서 떨어져나온 사람들이었다. 예기치 못한 부끄러움이 전류처럼 나를 찌릿찌릿하게 했다.

이 사람들도 각자의 운명을 타고났다. 무능력하고, 극악무도한 범죄로 얼룩지긴 했지만, 그래도 각자의 운명을 타고났다. 나는 새 청바지와 모스크바 잡지에 실린 소설 세 편을 보유하고 있지 않은가. 나는 찬물을 들이켜며 물컵을 피아노 뚜껑 위에 올려두곤 말했다.

"이제 비소츠키(블라디미르 러시아의 가수)의 노래를 들려드리겠습니다."

그들은 미동도 없었다. 나는 '늑대 사냥'을 부르기 시작했고, 그다음에는 '내게 바냐(러시아식 사우나)를 데워주오'를, 또 그다음엔 '7개의 바람 위의 집'을…. 얼마나 노래를 했지? 한 시간? 세 시간? 기억이 나지 않는다….

당시 내 마음을 가득 채우고 있던 무언가를 그들에게 전부 줘버린 것처럼, 마음 한구석에서 딩동거리는 가벼움만이 느껴졌다.

마침내 나의 연주가 끝났다는 사실을 깨달았을 때, 나는 그들에게 인사를 하며 이렇게 말했다.

"끝입니다. 이게 전부입니다."

그들은 기립박수를 쳤다, 오랫동안…. 모두가 내 뒤를 따라 교도소 마당을 돌며 계속해서 박수를 쳤다.

교도소장은 기쁜 듯 내 손을 흔들며 반복했다.

"왜 곧바로 할 수 있다고 이야기하지 않았소! 젖은 닭처럼 잡지를 들곤 꼬꼬댁거리기만 하고 말이오…."

그는 '애서가 모임'의 허가장 뒷면에 단호한 글씨체로 강연에 대한 평을 다음과 같이 썼다.

'콘서트는 매우 높은 이상적인 수준으로 진행되었음.

산문가 동지가 훌륭하게 노래함!

그런 작가를 더 보내주기 바람!'

격자창이 달린 '라피크'는 다시 법적으로 권리를 상실하지 않은 내 또래들이 있는 자유로운 도시의 삶으로 나를 데려다주었다. '애서가 모임'의 입구에서 나는 자동차에서 뛰쳐나와 가방을 등 뒤로 던지듯 매곤 테레센코에게 작별 인사로 손을 흔들었다.

아마도 이게 끝일 것이다…. 그러나 이따금 나는 푸른색 납땜

이 된, 격자로 나뉘어져 흘러가는 작은 하늘 조각을 떠올린다. 그리고 또 그들이 내게 어떻게 박수를 쳤는지도 떠올린다. 아마도 나는 다시는 그런 갈채를 받지 못할 것이다. 물론 그들은 내가 아닌, 망가진 포르테피아노의 반주에 맞춰 부른 노래의 작사가들에게 박수를 보낸 것이리라.

예기치 못한 나의 콘서트가 사회로부터 버림받은 이들의 마음에 큰 반전을 일으켰을 것이라고는 생각하지 않는다. 나는 예술이 갑자기 인간의 마음을 바꿀 수는 없다고 생각한다.

예술은 단 한 방울로 인간을 유혹해 곱사등으로 만들어 끌고 가려는 악의 바위를 조금씩 허물어뜨리는 것이라고 생각한다. 그리고 내 동년배 빡빡머리 중 한 명이 복역을 마치고 위대한 힘으로 자신의 운명의 관성에 맞서 싸워 보통의 삶의 궤도로 탈출한다면, 나는 오래 전 그 예술의 한 방울이, 순진했던 나의 그 콘서트가 구제불능이었던 인간의 귀중한 노력에 힘을 보탰다는 생각에 흐뭇할 것이다.

토요일에 눈이 내리면

초판 1쇄 인쇄 2018년 2월 28일
초판 1쇄 발행 2018년 3월 12일

지은이 디나 루비나
옮긴이 강규은
발행인 김우진

발행처 이야기가있는집
등록 2014년 2월 13일 제2014-000062호
주소 서울시 마포구 월드컵북로 375,
2306(DMC 이안오피스텔 1단지 2306호)
전화 02-6215-1245 | 팩스 02-6215-1246
전자우편 editor@thestoryhouse.kr

ISBN 979-11-86761-24-3
ISBN 979-11-86761-25-0 (세트) 04890

- 이야기가있는집은 (주)더스토리하우스의 단행본브랜드입니다.
- 책값은 뒤표지에 있습니다.

이 도서의 국립중앙도서관 출판예정도서목록(CIP)은 서지정보유통지원시스템 홈페이지(http://seoji.nl.go.kr)와 국가자료공동목록시스템(http://www.nl.go.kr/kolisnet)에서 이용하실 수 있습니다.(CIP제어번호: CIP2018005165)